AF307857

Heike Hamboch verfasste schon als Grundschülerin erste Kurzgeschichten, meistens Horror. Als Teenager begann sie mit einem High-Fantasy-Roman, den sie viele Jahre später beendete. Unter dem Pseudonym Ava Cooper hat die gelernte Journalistin mittlerweile einige Bücher in den Genres Fantasy und Dystopien veröffentlicht. Das Geheimnis des Weinguts Etoile ist der erste Roman im Bereich Familiengeheimnis, der unter ihrem Klarnamen erscheinen wird. Wenn es nach ihr geht, wird es nicht bei einem einzelnen Werk bleiben, weil sie Geschmack an diesem Genre gefunden hat.

Heike Hamboch

Das Erbe des Weinguts Etoile

ROMAN

Erstausgabe März 2024

Copyright © 2024 dp Verlag, ein Imprint der
dp DIGITAL PUBLISHERS GmbH
Made in Stuttgart with ♥
Alle Rechte vorbehalten

Das Erbe des Weinguts Etoile

ISBN 978-3-98778-822-2
E-Book-ISBN 978-3-98778-819-2

Covergestaltung: ARTC.ore Design / Wildly & Slow Photography
Umschlaggestaltung: ARTC.ore Design
Unter Verwendung von Abbildungen von
stock.adobe.com: © Suchan, © yotrakbutda, © yuliachupina,
© brillianata, © imran
Lektorat: The Write Spirit
Satz: dp DIGITAL PUBLISHERS GmbH
Druck und Bindung: Books on Demand GmbH, Norderstedt

Kapitel 1

Reims, 1965

Golden stand die Sonne am Firmament und tauchte die Hügel der Weinberge in ein sanftes Licht. Der Himmel strahlte schon in einem so tiefen Azurblau, dass Louise wusste, heute würde wieder kein einziger Regentropfen auf die Erde fallen. Für die aktuell laufende Lese war das gut, aber die Trauben könnten etwas Feuchtigkeit vertragen. Dennoch genoss sie diesen wunderbaren Herbsttag, der sie förmlich einlud, hoch zu Ross durch die Landschaft der Champagne zu streifen.

Einen kurzen Moment lang blieb sie stehen, hob ihren Kopf an und schloss genießerisch die Augen. Die warmen Strahlen der Sonne kitzelten ihre Wange, ohne sie zu erhitzen. Dazu war es noch zu früh am Tag. Den sie heute ganz für sich hatte, weil Vater sich mit dem Gutsverwalter besprach und sie ausnahmsweise nicht mit Aufgaben überschüttet hatte. Leise summend setzte sie ihren Weg zum Stall fort, in dem sich außer ihr noch kein Reiter blicken ließ. Nur der Stallbursche Alois eilte geschäftig umher.

Er tippte kurz an seine Kappe, als er sie sah, und ging weiter. Ambre, ihre wunderschöne Palomino-Stute mit beigegoldenem Fell und weißblonder Mähne, wieherte

Louise bereits aufgeregt entgegen. Lachend lief sie auf sie zu und strich ihrem Pferd über die Nüstern.

»Ja, *ma belle*, du weißt: Wir reiten heute wieder lange aus. Ich habe auch ein paar Leckereien dabei.« Sie griff in ihre Tasche, in die sie vorhin einige Sachen gelegt hatte. Ein Baguette, Schinken, Paté, Obst, Käse, Mini-Quiche und Wein sowie Äpfel für Ambre. Einen Apfel gab sie Ambre sofort, die ihn mit einem zufriedenen Schnauben nahm und krachend zerbiss.

Dann hob Louise die Putzutensilien auf und begann, das Fell mit langsamen, gleichmäßigen Bewegungen zu striegeln, während sie sich in Gedanken einen Plan für heute machte. Erst würde sie in die Wälder reiten und danach bei den Weinbergen vorbeischauen, um zu sehen, wie weit die Männer mit der Weinlese waren. Wie weit er war – Miguel.

Ihre Stute schnaubte und bewegte sich unruhig hin und her. Vermutlich hatte Louise den Striegel zu fest angesetzt. Beruhigend klopfte sie ihr den Hals, bevor sie sich darauf konzentrierte, Ambre reitfertig zu machen.

Sie saß auf und dirigierte das Tier ins Freie. Ihr Weg führte sie in die dichten, sattgrünen Wälder neben ihrem Anwesen. Die Luft roch frisch und klar. Louise genoss die Stille, die nur vom Zwitschern der Vögel oder dem Rascheln von Mäusen, die im Unterholz nach Essen suchten, unterbrochen wurde.

Als sie einen breiten Weg erreichte, trieb sie ihre Stute in einen wilden Galopp. Ambre raste mit weit ausgreifenden Bewegungen davon und in Louise breitete sich eine ausgelassene Freude aus. Sie hoffte, dass Miguel sich nachher von der Weinlese davonstehlen konnte.

Gegen Mittag steuerte Louise das Anbaugebiet an, das die Erntehelfer heute bearbeiteten. Ihr Blick schweifte über die endlosen Reihen der Weinreben. Die schlanken Triebe wanden sich um die Spaliere und bildeten ein dichtes Geflecht aus Blättern und Früchten. Ein Windhauch strich durch die Reben, der das Laub leise rascheln ließ. Tief atmete Louise den Geruch der reifen Trauben ein. Stolz und Glück erfüllten sie beim Gedanken daran, dass all das irgendwann ihr gehören würde.

Die Erntehelfer durchpflügten gerade eine der höheren Lagen, in denen die älteren Chardonnay-Trauben wuchsen. Dutzende Menschen wuselten auf dem Weinberg herum, die meisten von ihnen Spanier und Italiener aus dörflichen Gebieten, die nur zur Lese gekommen waren. Nach einigem Suchen erblickte sie Miguel inmitten weiterer junger Männer. Seine Haltung war stolzer als die der anderen und er bewegte sich zielsicher durch die Rebpflanzen.

Ein Kribbeln machte sich in ihrem Bauch breit, als sie beobachtete, wie er vorsichtig die Weintrauben von den Rebstöcken schnitt. Anschließend legte er sie in einen Korb, der vor ihm auf dem Boden stand. Sein muskulöser Oberkörper und die braun gebrannte Haut, die einen scharfen Kontrast zu dem weißen, kurzärmeligen Oberteil darstellten, strahlten pure Kraft und Männlichkeit aus.

Seine Lippen hingegen waren ganz weich. Louise erschauerte bei der Erinnerung an ihren ersten süßen Kuss, der nach so viel mehr geschmeckt hatte. Aber das durfte sie ihm nicht geben. Niemals. Denn auch wenn ihr Herz Miguel gehörte – Henri Bernard besaß ihre

Hand. Ein tiefer Seufzer entwich ihr, als sie an die Verlobung dachte, die der Verbindung ihrer Weinhäuser diente.

Sie wusste, dass sie nicht zu lange hierbleiben sollte, um nicht aufzufallen. Doch sie konnte einfach nicht aufhören, Miguel zu betrachten und seine Bewegungen zu bewundern. Schwungvoll hob er den Korb voller Trauben auf und legte die Riemen auf seine Schulter. Dann ging er die Reihen entlang und brachte die Früchte zu dem Sammelwagen, bevor er weiter aberntete.

Mit zunehmender Nervosität wartete sie darauf, dass er den Blick hob und sie sah. Doch er war völlig konzentriert auf seine Tätigkeit. Es dauerte eine gefühlte Ewigkeit, bis er eine Pause machte und sich mit dem Handrücken über die Stirn wischte. Seine Muskeln spannten sich bei der Bewegung leicht an und Louise sehnte sich danach, zu spüren, wie er diese Arme um sie legte und sie fest an sich drückte.

Dann drehte er den Kopf und schaute in ihre Richtung. Kurz nickte er ihr zu, bevor er sich ruhig abwandte und weiter arbeitete. Zur Pausenzeit würde er sich zu ihrem Treffpunkt schleichen. Dem kleinen Hain, der etwas abseits der Weinberge lag. Louise genoss jede Minute, jede Sekunde mit Miguel. Schließlich blieb ihnen nicht viel Zeit.

Der Gedanke an das drohende Ende ihrer Romanze schnürte ihr die Kehle so fest zu, als umklammerte jemand ihren Hals. Wie sollte sie nur ohne ihn leben? Bevor sie ihn kannte, hatte sie die Verlobung mit Henri Bernard klaglos akzeptiert. Aber nun, da ihr Körper in Flammen stand, wenn sie bloß an Miguel dachte, jagte ihr die bevorstehende Vernunftehe entsetzliche Panik ein.

Sie verscheuchte die Zukunftsängste wie eine der vielzähligen Bienen, die brummend um die reifen Trauben schwirrten. Zielstrebig lenkte sie Ambre zu ihrem Treffpunkt, den die mächtigen Eichen vor neugierigen Blicken schützten. Sie glitt von der Stute hinab und verknotete die Zügel, damit das Tier ihr nicht folgen konnte. Dann nahm sie eine Decke und den Beutel mit ihrem Mittagessen aus der Satteltasche, um alles bereit zu machen.

Sorgfältig breitete sie erst die rotgemusterte Decke auf dem Boden aus, danach platzierte sie Essen und den Wein. Leider mussten sie ihn aus Plastikbechern trinken, was ihr widerstrebte. Aber sie wollte kein Glas in die Satteltasche quetschen. Zum Schluss pflückte sie einen kleinen Strauß aus lila Herbstzeitlosen und Blauer Eisenhut. Sie liebte beide Pflanzen, obwohl sie giftig waren. Wie so oft im Leben lagen hier Schönheit und Gefahr dicht beieinander. Zufrieden betrachtete sie ihr Werk. Ja, so sah es einladend aus. Nun fehlte nur noch der Ehrengast.

Sie wusch ihre Hände an einem kleinen Bächlein, der mit einem leisen Plätschern vorbei floss, und setzte sich auf die Decke. Mit geschlossenen Augen wartete sie auf Miguel, wobei ihr Puls beim Gedanken an ihn sofort wieder raste. Es dauerte einige Minuten, bis sie seinen vertrauten, energischen Schritt hörte, obwohl er sich anscheinend bemühte, nicht allzu viel Lärm zu machen. Aber sein spanisches Temperament beherrschte ihn; Vorsicht lag nicht in seiner Natur. Er lebte den Augenblick, kostete ihn aus.

Sofort riss sie die Augen auf und sprang auf. Glücklich winkte sie ihm zu. Nun kam er mit raschen Schritten auf sie zu, nahm ihre Hände und blickte sie voller Bewunderung an.

»*Madre dios. Mirate!* Schau dich nur an. Du bist das schönste Wesen, das jemals einen Fuß auf die Erde gesetzt hat. Mit diesen goldenen Haaren siehst du aus wie ein Engel.« Sein spanischer Akzent machte die rauchige Stimme noch charmanter.

Louise schmolz unter ihrer Melodie und seinen Blicken dahin. Zumal sie wusste, dass er dieses Kompliment ernst meinte. Miguel spürte alles aus der Tiefe seiner Seele und genau das liebte sie ja so an ihm. Französische Männer – und gerade Henri Bernard – waren meist so furchtbar beherrscht.

Dennoch machte sie sein impulsiver Ausruf verlegen und die Hitze stieg weiter in ihrem Gesicht an, das wegen der Sonne sowieso schon ziemlich gerötet sein musste. Hastig drehte sie den Kopf weg, wodurch sich ihre Haare bewegten und einige Strähnen ihre Schultern kitzelten.

Sie zwang sich, ihn wieder anzusehen. »*Muchas gracias, mi amor.*« Louise war sich nicht sicher, ob sie die Worte richtig aussprach, aber Miguel strahlte sie an.

»*Mi angel,* du lernst meine Sprache?« Er schaute auf die Decke mit den Köstlichkeiten und lächelte sie dankbar an. »Und du verwöhnst mich mit wunderbarem Essen. Dabei sollte ich dir die Sterne vom Himmel holen.«

Fest zog er sie an sich, vergrub sein Gesicht in ihren Haaren. Dann hob er sanft ihren Kopf an. Seine Lippen suchten ihre, senkten sich darauf und Louise fühlte sich wie im Himmel. Miguels Liebe war so rein, während seine Berührung sündige Hitze in ihr auslöste.

Köln, heute

Wie immer kribbelte es ein wenig in Hannahs Bauch, als sie das Gebäude des *Grand Heritage* erblickte, in dem sie als Sommelière arbeitete. Der üppige Barockbau bestach nicht nur durch seine schiere Größe, sondern vor allem durch die prunkvoll gearbeitete Fassade, die herrliche Säulen und Wandpfeiler schmückten. Sie boten einen atemberaubenden Anblick, der dem Grand Hotel einen zeitlosen Charme verlieh. Hannah fühlte sich jedes Mal wie eine Königin, die zu ihrem Schloss zurückkehrte, wenn sie die breite Treppe hinaufstieg.

An dem Eingang, über den eine rote Balustrade gespannt war, um die Gäste vor Regen zu schützen, stand Stefan Niemeyer, der Portier. Der ältere Herr mit dem gepflegten, grau melierten Schnurrbart sah in seiner dunkelblauen Uniform mit den goldenen Knöpfen und der weißen Mütze würdevoll und ernst aus; wie aus einer anderen Zeit entsprungen. Als er Hannah erblickte, nickte er ihr freundlich zu und öffnete die große Tür des Hotels, als offenbare er einen Schatz.

»Guten Morgen, Frau Kramer.« Obwohl sie sich privat duzten, würden sie das nie vor den Gästen machen.

»Guten Morgen, Herr Niemeyer.«

Ohne Hast, aber mit schnellen Schritten durchmaß sie den eleganten Empfangsbereich und erfreute sich an den prachtvollen Kronleuchtern und dem glänzenden Marmor. Wie immer stimmte jedes Detail, bis hin zur kleinsten Blume in den üppigen Arrangements. Für die Gäste gab das Team alles, damit ihr Aufenthalt in dem Hotel eine unvergessliche Erfahrung werden würde, an die sie sich gern erinnerten. Hannah war stolz darauf, ein Teil davon zu sein.

Die Konferenzräume lagen in einem Seitenflügel des Hauses, ein wenig abseits von den beiden Hotelrestaurants und der Bar, in der sie gern nach getaner Arbeit noch einen Absacker tranken. Natürlich zu Hotelkonditionen, sonst würde sie verarmen. Die Besprechung fand im Saal Lindbergh statt, einem der kleineren Räume. Hannah mochte die Weltoffenheit des Namensgebers. Allerdings befürchtete sie, dass sie im Gegensatz dazu im Inneren wieder Annemaries Engstirnigkeit erwartete.

Sie stöhnte, als sie an ihre neue Chefin dachte. Annemarie, die das Ruder des Luxushotels vor vier Monaten übernommen hatte, war mit ihren dreiunddreißig gerade einmal vier Jahre älter als sie. Sie sollte das Hotel moderner, kosmopolitischer machen – stattdessen versuchte sie, alle Kostentreiber auszuradieren. Genau dafür hielt sie Hannah. Dabei gehörten Sommeliers in Grand Hotels zum guten Ton. Aber Annemarie sah das als Verschwendung an.

Vorsichtig trat Hannah in den Konferenzraum. Wie im Rest des Hotels war der Boden mit einem dunkelroten Teppich ausgelegt, in dem ihre Pumps beinahe versanken. Anders als in den übrigen Zimmern, die im Barockstil eingerichtet waren, dominierte hier moderne Eleganz. Im Zentrum stand ein halbdurchsichtiger Glastisch mit zwanzig schwarzen, lederbezogenen Stühlen. Durch die großen Fenster fiel das Sonnenlicht und ließ das Chrom an den Stühlen funkeln. Aus dem

Augenwinkel erblickte Hannah die Silhouette des Doms, der sich keine hundert Meter entfernt vom Hotel befand. Normalerweise würde sie diesen Anblick genießen – wenn nicht ihre Chefin bereits im Raum wäre.

Obwohl Hannah extra zehn Minuten vor der angesetzten Zeit gekommen war, hatte sich Annemarie schon den besten Platz am Kopfende unter den Nagel gerissen. Voller Triumph lächelte sie Hannah an, die am liebste vor Enttäuschung geschrien hätte. Warum arbeitete ihre Chefin bloß immer gegen sie, anstatt sie als wertvolles Teammitglied zu sehen? Direkt daneben saß ihre Assistentin Manuela, die ihr wie ein Wachhund kaum von der Seite wich.

Nicht zum ersten Mal fragte sich Hannah, ob sie wirklich weiter um ihren Job kämpfen sollte. Es war so ermüdend. Doch sie schätzte sowohl das Team als auch das Renommee des Hauses. Außerdem war es ihr großer Traum, eines Tages die Seiten zu wechseln und für ein Weingut zu arbeiten. Aber dafür war sie noch zu frisch in dem Metier. Also hieß es Zähne zusammenbeißen und durchhalten.

Sie versuchte, sich ihre Antipathie nicht anmerken zu lassen, als sie beiden Frauen zunickte. »Hallo, Annemarie, hallo Manuela. Wie geht es euch?«

»Gut. Danke.« Annemarie fragte nicht nach ihrem Befinden. So war sie halt. Hannah konnte beim besten Willen nicht verstehen, warum eine völlig empathielose Frau wie Annemarie in der Top-Gastronomie arbeitete. Sie sah in jedem Gast nur die Einnahmen, aber niemals den Menschen.

Manuela sagte gar nichts. Anscheinend war sie der Meinung, es reichte, wenn die Chefin sprach.

Mit starrer Miene setzte sich Hannah neben die beiden und verband das Tablet mit dem Beamer. Dann murmelte sie etwas von Durst, erhob sich und ging hinaus zum Self-Service-Bereich, wo Kaffee, Tee und Kaltgetränke zum Genießen einluden. Hannah machte sich einen Latte Macchiato und gönnte sich einen Keks. Nur während der Meetings durften sie sich hier bedienen. Und auch das vermutlich nicht mehr lange; sicher würde Annemarie dieses kleine Privileg aus Kostengründen streichen.

Mit stiller Resignation nahm sie einen Schluck. Während sie das Kaffeearoma in Verbindung mit dem leichten Schaum genoss, überlegte sie, ob sie in den Konferenzraum zurückgehen sollte oder nicht. Große Lust verspürte sie nicht, sich wieder zu Annemarie und Manuela zu gesellen. Aber alleine hierzubleiben, wirkte seltsam.

»Schau nicht so grimmig, das gibt Falten«, erklang auf einmal eine muntere Stimme.

»Nele!« Erleichtert drehte sich Hannah um und bemerkte, dass ihre beste Freundin gerade über den Gang auf sie zukam. »Was machst du denn schon hier? Du kommst doch sonst immer erst in letzter Sekunde.«

Nele grinste sie an, wodurch ihr fein geschnittenes Gesicht noch hübscher aussah als sonst. Bei der Gen-Lotterie hatte sie den Jackpot geknackt mit ihrer makellosen Haut, den ausdrucksstarken blauen Augen und diesen rotgoldenen Haaren, die schon beim Aufstehen perfekt saßen. Nur die elfenhafte Figur war mittlerweile einer kleinen Kugel gewichen, denn Nele war im siebten Monat schwanger und strahlte tief empfundenes Glück aus. Sie und ihr Freund Bastian waren der Inbegriff glücklicher werdender Eltern.

Kurz durchzuckte Hannah eine leise Woge der Eifersucht. Sie hätte ebenfalls gern jemanden, der sie so sehr liebte wie Basti Nele. Doch das war ihr bisher nicht gelungen. Länger als ein paar Monate war sie noch nie mit einem Mann zusammen gewesen. Andererseits war das vielleicht gut so, weil sie sich dadurch voll und ganz auf den Job konzentrieren konnte. Außerdem: Wenn es jemanden gab, der dieses Glück verdiente, dann die herzensgute Nele.

Als sie Hannah erreichte, drückte ihre beste Freundin sie fest. »Ich muss dir doch beistehen. Heute ist schließlich dein großer Tag.« Sie senkte ihre Stimme zu einem Flüstern. »Und bei unserem Hoteldrachen weiß man ja nie, wie sie reagiert.«

Hannah verdrehte die Augen. »Leider nein.«

»Ich würde ja gern mehr machen, als bloß anwesend zu sein. Aber ich bin nur die Pressefrau. Außerdem brauche ich diese Stelle nach der Geburt.« Schuldbewusstsein lag in den blauen Augen der Freundin.

Hannah legte einen Arm um ihre Schultern. »Das weiß ich doch. Hauptsache, du stärkst mir den Rücken.«

»Immer. Wir beide.« Demonstrativ strich sich Nele über ihre Kugel. Dann nahm sie sich einen Kräutertee und lud sich ein halbes Dutzend Kekse und etwas Obst auf den Teller. Als Hannah eine Augenbraue anhob, zuckte sie mit den Schultern. »Drittes Trimester. Ich könnte fressen wie ein Ackergaul.« Sie verdrehte lachend die Augen.

Hannah knuffte sie liebevoll in den Arm. »Na, wenn Junior Hunger hat, musst du wohl gehorchen.«

Immer noch grinsend gingen sie gemeinsam zurück in den Besprechungssaal. Mit ihrer besten Freundin an der Seite fühlte sich Hannah gleich viel selbstsicherer.

Langsam füllte sich der Raum mit dem Kernpersonal des Hotels. Ein gutes Dutzend Kolleginnen und Kollegen aus den verschiedenen Gewerken wie Service, Küche und Eventbereich trafen sich heute wegen der Hochzeit von Maximilian Brenner; einem bekannten Kölner Multimillionär, der sein Geld mit klugen Investitionen in Luxusimmobilien gemacht hat. Es war zwar seine zweite Hochzeit, aber deswegen sollte sie nicht weniger aufwändig sein – und die Medien warteten schon sehnsüchtig auf Details. Hannah sah sich um und ihr Puls begann zu rasen, weil sie vor dieser Runde sprechen musste.

Die Aufmerksamkeit machte sie immer noch nervös; vor anderen zu reden lag ihr nicht. Bei ihrem alten Chef hatte sie ihre Nervosität abgelegt, weil er hinter ihr gestanden war. Aber unter Annemaries strengen Augen wurde ihr mulmig.

Endlich kam die letzte Kollegin – Nazar, mit knapp neunzehn Jahren das Küken des Teams. Hannah mochte ihre Heiterkeit und ihre Hilfsbereitschaft.

»Die Besprechung sollte um Punkt zwei Uhr beginnen.« Die Stimme ihrer Chefin war schneidend.

Hannah schaute auf die Uhr und schüttelte den Kopf. Es war gerade einmal zwei Minuten später. Doch Annemarie hatte das Pünktlichkeitsempfinden eines preußischen Generals – und auch dessen Herzlichkeit.

Die junge Türkin wurde blass bei der Rüge der Chefin. Hannah wusste, dass sie Angst hatte, die Probezeit nicht zu überstehen. Daher schaltete sie sich hastig ein. »Sie hat noch etwas für mich herausgesucht. Danke, Nazar.«

Das Mädchen nickte ihr dankbar zu, während Annemarie sie starr musterte. Schließlich bedeutete sie Nazar mit einem Augenrollen, die Tür hinter sich zu schließen.

Als sie saß, schaute die Chefin streng in die Runde. »Nun, wo endlich alle da sind, können wir ja über die Weinauswahl für die Hochzeit der Brenners sprechen. Wenn du so nett wärst ...«

Mit einem falschen Lächeln deutete sie auf Hannah.

»Danke, Annemarie.« Hannahs Magengrummeln verstärkte sich, als sich alle Augen auf sie richteten. Sie räusperte sich und blickte auf die Ausdrucke der Weine vor sich. Natürlich lagen alle Informationen auch auf der firmeninternen Cloud, aber sie mochte die Papierausdrucke, weil sie ihr ein gutes Gefühl vermittelten. »Martin hat ja bereits großartige Gerichte gezaubert, die ich alle probieren durfte. Vielen Dank für diese Offenbarungen!« Sie lächelte hinüber zu dem Chefkoch, der trotz seines Jobs wie ein Athlet aussah; ein Umstand, den sie stets bewunderte.

Martin grinste ihr zu und reckte den Daumen in die Höhe. Als Dankeschön für seine deliziösen Speisen hatte sie ihn mit den erlesenen Weinen versorgt – und er liebte sie alle.

»Zu dem göttlichen gebratenen Hummer mit Kürbispüree und Grünkohlchips empfehle ich einen Viognier aus der Rhône. Er hat Noten von Pfirsichen, Aprikosen und Honig, die meiner Meinung nach gut mit dem süßen und buttrigen Geschmack des Hummers harmonieren.«

Hannah nickte der Studentin zu, die heute den Service übernahm. Sie kannte ihren Namen nicht, denn das Mädchen hatte erst am Montag angefangen, als Hannah wegen der Geburtstagsfeier von Oma Louise frei hatte. Um etwas Zeit alleine mit ihr zu haben, war sie einen Tag länger geblieben. Diesen Extratag hatte Hannah genossen, denn sie liebte es, mit der Älteren über Weine aus aller Welt zu fachsimpeln. Allerdings konnte sie mit Großmutter Louise selten über die Weine Frankreichs schwärmen, da ihre Oma eine tief sitzende Antipathie gegen ihre Heimat hatte. Dann wurde die Ältere immer ungewohnt heftig, fast schon beleidigend. Wie schade, dass Großvater Paul vor fünf Jahren gestorben war. Er hatte seine Frau immer damit aufgezogen, ob sie dort geheime Liebhaber versteckt hielte. Hannah vermisste ihn immer noch sehr.

Die Servicekraft ging mit einem Tablett herum und reichte jedem ein Glas von dem Wein. Zudem platzierte sie Spucknäpfe auf den Tischen. Dankend nahm Hannah ihr Glas entgegen. Obwohl sie den Inhalt kannte, schwenkte sie ihn und bewunderte seine satte goldene Farbe; ergötzte sich an den feinen Aromen, die von ihm aufstiegen. Danach trank sie langsam einen kleinen Schluck und schloss kurz die Augen. Dieser Wein war etwas ganz Besonderes und würde hervorragend mit dem Gericht korrespondieren.

»Fantastisch.« Martin ergriff als Erster das Wort. »Ich kann beinahe fühlen, wie er den Hummer umschmeichelt.«

Auch andere lobten den Wein.

Nur Annemarie und Manuela schwiegen und verbreiteten eine Aura eisiger Ablehnung. Endlich ließ sich die Chefin zu einem Urteil herab. »Na ja, er ist nicht schlecht. Aber muss es gleich aus der Rhône sein? Den kriegen wir sicher nicht unter zwölf, dreizehn Euro im Einkauf, oder?«

»Es sind fast vierzehn«, gab Hannah zu. »Doch der Wein hat zahllose Auszeichnungen. Er ist jeden Cent wert.«

Annemarie schüttelte den Kopf. »Das frisst unsere komplette Gewinnmarge. Das muss günstiger gehen. Manuela, wir hatten doch beim letzten Abendessen so einen guten Weißwein gehabt. Woher kam der denn noch?«

»Das war ein Weißburgunder aus der Pfalz.« Die Antwort kam wie aus der Pistole geschossen.

Merkte sich diese Speichelleckerin eigentlich immer alles, was Annamarie von sich gab? Hannah wechselte einen bedeutungsvollen Blick mit Nele.

»Ah, ja, genau. Nun, ich schlage vor, du lässt dir von Manuela den Namen des Weins geben. Und dann probieren wir den beim nächsten Mal.«

Hannah ballte unwillkürlich die Hände zu Fäusten, als Manuela hämisch zu ihr hinüberblickte. Schlimm genug, dass Annemarie all ihrer Vorschläge sabotierte. Aber dass ihre Assistentin sich jedes Mal diebisch darüber freute, setzte ihrer Demütigung auch noch die

Krone auf. Zumal Manuela den Weinverstand eines Toastbrots hatte.

Sie warf Martin einen hilfesuchenden Blick zu. Der Küchenchef wollte die Brennerhochzeit genauso wie sie zu einem kulinarischen Feuerwerk machen. Allerdings waren seine Vorschläge abgenickt. Wie edel der dazu passende Wein war, kümmerte ihn nicht so sehr wie Hannah. Er zuckte leicht mit den Achseln. Also lag es an ihr.

»Sorry, Annemarie, aber ich glaube nicht, dass wir den Brenners einen platten Weißburgunder aus der Pfalz anbieten sollten. Sie hatten extra um erlesene Qualität gebeten. Und das ist das Gegenteil davon.« Sie reckte das Kinn in die Höhe, um Entschlossenheit auszustrahlen.

Ihre Chefin musterte sie mit sichtlichem Unwillen. Kurz zuckte es in ihrem Gesicht. Dann setzte sie wieder die übliche arrogant-undurchdringliche Miene auf. »Obwohl ich die Weine aus der Pfalz keineswegs als *platt* bezeichnen würde, ist dein Punkt nicht ganz von der Hand zu weisen. Dann such etwas anderes. Zu einem anständigen Preis.«

Hannah lächelte. Schließlich war sie darauf vorbereitet gewesen, dass ihr Gegenwind entgegenwehen würde. »Das habe ich bereits vorsorglich gemacht. Ich hätte noch einen Sauvignon Blanc aus der Loire mit Noten von Stachelbeere und Äpfeln, der ebenfalls das Hummeraroma unterstreicht. Er liegt im Einkauf bei knapp zehn Euro.«

Wieder nickte sie dem jungen Mädchen zu. Nachdem alle Getränke verteilt waren, steckte Hannah ihre Nase ins Glas. Sie mochte den frischen, spritzigen Duft, auch wenn die Blume dieses Weins nicht so ausgeprägt war wie die des ersten. Nun, das lag eben an dem Qualitätsunterschied.

Die Mienen der anderen spiegelten ebenfalls Zufriedenheit wider. Alle – bis auf die von Annemarie und Manuela. Sie rümpften fast zeitgleich die Nasen.

»Na, so gut wie der Erste ist der nicht«, murrte ihre Chefin. »Da fehlt irgendwie etwas.«

»Das besondere Aroma der Rhône vielleicht?« Hannah konnte sich diesen sarkastischen Kommentar nicht verkneifen. Die anderen grinsten.

Nur Annemarie funkelte sie giftig an. »Deine Begeisterung für Frankreich in allen Ehren. Aber mir ist der Erste zu teuer und dieser zu fad. Hast du noch mehr Alternativen zum Hummer? Vielleicht aus Übersee?«

Hannah verdrehte die Augen. Das war ja mal wieder klar. Wenn nichts half, musste die Neue Welt herhalten. Wobei sie nichts gegen Weine aus Argentinien, Amerika oder auch Uruguay hatte. Privat trank sie die gern. Aber zur Hochzeitsfeier eines Mannes, der sein Geld mit Luxusimmobilien gemacht hatte, passte ihrer Meinung nach nun einmal Frankreichs stilvolle Eleganz am besten.

Warum konnte Annemarie nicht einfach ihrer Kompetenz vertrauen? Sie war gut in ihrem Job, verdammt! Aber die Chefin hatte wieder diesen entschlossenen Gesichtsausdruck, der absolute Ablehnung vermittelte, und Hannah wusste, alle Argumente würden nichts nutzen. Sie seufzte leise.

»Klar, mache ich. Vielleicht nehme ich ja einfach einen Chardonnay aus dem Napa Valley. Oder nein, die sind ja mittlerweile auch zu teuer.«

Bei dem Nachsatz traf sie wieder ein scharfer Blick von Annemarie. Allerdings verzichtete sie darauf, Hannah zurechtzuweisen. Ihre Chefin hatte schon gewonnen.

»Kopf hoch.« Nele drückte sie fest an sich, als sie nach der Arbeit gemeinsam zur Bahn liefen. »Du hast immerhin zwei Weine durchbekommen. Achte nur darauf, dass der Einkauf Bescheid weiß. Nicht, dass wieder ein Fiasko passiert wie bei der Gutmann-Hochzeit.« Sie sah Hannah bedeutsam an.

Das war so eine Gemeinheit gewesen; selbst für Annemarie. Sie hatte damals hinter ihrem Rücken einfach andere Weine einkaufen lassen als die ausgewählten. Die natürlich qualitativ schlechter waren. Danach gab es einen Riesenärger – und Annemarie schob alles auf Hannah. Angeblich hätte sie telefonisch falsche Bestellnummern durchgegeben. Klar, bei allen acht bestellten Weinen. Seitdem achtete sie darauf, alles schriftlich festzuhalten.

»Das mache ich, wenn die Auswahl irgendwann steht. Vermutlich mit Weinen aus irgendwelchen Provinzen, die so viel Stil haben wie Pommes mit Ketchup und Mayo.« Hannahs Puls raste und sie spürte wieder diese grenzenlose Hilflosigkeit, die Annemarie ihr während des Meetings vermittelt hatte. Dabei war sie immer stolz auf ihren guten Weingeschmack gewesen. Ihr alter Chef hatte sie stets in den höchsten Tönen gelobt. Doch nun kam sie sich vor wie eine Idiotin.

»Na ... vielleicht suchst du wirklich mal nach günstigeren Varianten. Immerhin können nur wenige Weine so gut auseinanderhalten wie du.«

»Soll ich denen etwa mit Chardonnay und Pinot Grigio kommen?« Sie spürte einen Knoten im Hals, als Nele in dieselbe Kerbe wie ihre Chefin haute. Von ihrer besten Freundin hätte sie sich Unterstützung gewünscht.

Nele lachte und stieß sie in die Seite, während sie weiter durch die Altstadt gingen, den Touristen ausweichend. »Quatsch. Das weiß sogar ich – *Go away with Chardonnay.* Aber vielleicht findest du ja etwas Gutes aus Spanien oder Italien. Das transportiert auch Qualität, ist aber sicher etwas günstiger. Das kann doch nicht so schwer sein, einen Kompromiss zu finden. Es gibt Hunderte Weine.«

»Das schon. Aber ich habe mir ja bei meinem Konzept etwas gedacht. Die Weine sollten aufeinander aufbauen und die Qualität der Speisen unterstreichen.« Hannah biss sich auf die Unterlippe.

Diese Strategie hatte nicht funktioniert. Warum konnte sie es nicht lassen, ihren Qualitätsanspruch einzubringen? Aber sie begeisterte sich halt immer so rasch, wenn sie deliziöse Weine probierte. Und sie arbeitete nicht für irgendein Hotel, sondern für das *Grand Heritage*, verdammt!

Schon erreichten sie den Bahnhof und sie mussten sich trennen, weil Hannah im Agnesviertel wohnte, während Nele und Basti seit kurzem im Umland lebten. In einer Wohnung mit Garten, damit ihr Kind später dort spielen konnte.

»Hey, lass den Kopf nicht hängen.« Nele drückte sie erneut. »Du findest schon einen guten Kompromiss. Lass uns nachher noch mal telefonieren, ja? Ich muss jetzt dringend los, ich habe Schwangerschafts-Yoga.«

Hannah nickte. Sicher, sie verstand ja, dass die beste Freundin sich auf die Geburt vorbereitete. Aber gerade heute hätte sie ihren Trost gebraucht.

Hannah zitterte immer noch vor Wut, als sie ihre Wohnung erreichte. Zornig pfefferte sie die verhassten Pumps in eine Ecke des Flurs. Die hatten ihr heute auch nicht geholfen, sich durchzusetzen. Ebenso wenig wie der Anzug, den sie extra gekauft hatte. Vielleicht missfiel ihrer Chefin ja der leichte Erdbeerton in ihren halblangen Haaren, der einen Hauch zu flippig für ein 5-Sterne-Hotel war.

Aber eigentlich wusste Hannah, dass Annemarie und sie sich auch dann nicht verstünden, wenn sie ihre Haare genauso bieder trug wie die Chefin, deren Pagenkopf mit Haarspray einbetoniert war. Sie wollte sie loswerden. Punkt.

Frustriert stieß sie ihren Atem aus. Diese Frau brach-te sie noch um den Verstand. Sie brauchte jetzt jemanden, mit dem sie reden konnte. Aber bis sich Nele meldete, würde es mindestens zwei Stunden dauern. Vielleicht hatte ja Emma Zeit für sie? Schnell nahm sie ihr Handy und schrieb ihrer zweiten Lieblingsfreundin eine kurze WhatsApp. Allerdings sah sie gleich an der Statusmeldung, dass Emma schon seit einer Stunde nicht online gewesen war. Sicher saß sie im Büro und entwickelte irgendwelche grenzgenialen neuen Strategiekonzepte. So kurz vor dem Börsengang ihrer Firma war das selbst um sieben Uhr abends nicht unrealistisch.

Verdammt, sie musste endlich mehr Leute in Köln kennenlernen. Aber bei Hannahs Arbeitszeiten war das schwer. Außerdem war sie kein Mensch, der tausend Bekannte brauchte. Ihr reichten zwei liebe Freundinnen. Wenn die nur greifbar wären … Sie sah auf die WhatsApp-Nachricht. Immer noch nicht gelesen. Sollte sie sie vielleicht einfach anrufen? Allerdings wollte sie nicht mitten in ein wichtiges Meeting platzen.

Seufzend ging Hannah in ihre viel zu kleine Küche und schenkte sich ein Glas von dem Pomerol ein, den Annemarie aus Kostengründen ebenfalls verschmäht hatte. Er schmeckte nach Cassis, schwarzen Waldbeeren, unterlegt mit der Würze von Kräutern und etwas Tabak. Seine Dichte und Komplexität waren atemberaubend und sollten mit Würde und Respekt genossen werden. Stattdessen trank Hannah den edlen Tropfen wie Wasser, wobei sie in der Küche stehen blieb. Schon nach wenigen Minuten war das erste Glas leer. Automatisch griff sie nach der Flasche, hielt jedoch inne.

Sollte sie wirklich noch mehr trinken? Immerhin musste sie morgen wieder im Service arbeiten. Mit einer Fahne konnte sie da nicht ankommen. Aber ein halbes Glas ging sicher noch. Mit einem Hauch schlechten Gewissens füllte sie ihr Glas erneut, doch nicht mehr ganz so voll.

Sie ging hinüber ins Wohnzimmer und machte den Fernseher an, um ihre Serie weiterzuschauen, vielleicht lenkte sie das ja ab. Während sie das Geschehen in der fiktiven Welt verfolgte, trank sie weiter ihren Wein und wartete sehnsüchtig darauf, dass jemand anrief.

Auch das halbe Glas leerte sich schneller, als es der Pomerol verdiente – und ihr guttat. Sie überlegte gerade, ob sie der Wut in ihrem Bauch oder der Vernunft folgen sollte, als das Handy klingelte. Endlich! Das war sicher Emma. Ohne auf das Display zu sehen, ging sie an das Telefon.

»Hey, du Arbeitstier. Endlich Feierabend?«

Sie horchte, doch der Anrufer am anderen Ende der Leitung meldete sich nicht. Vielmehr hörte sie leise Geräusche, als sei derjenige gerade irgendwo unterwegs. Dann war es vermutlich ein Hosentaschenanruf von Nele oder Emma. Das passierte ihr auch ständig.

Schulterzuckend wollte sie auflegen, als auf einmal die erstickte Stimme ihrer Mutter erklang. »Hallo, mein Schatz, ich ... ich muss dir etwas Schlimmes sagen.«

»Hat es mit Papa zu tun? Oder mit Mara?« Gott, sie wollte sich gar nicht ausmalen, was wäre, wenn ihrer kleinen Schwester etwas geschähe. Sie war so sanft, so friedfertig, ganz anders als sie selbst mit ihrer impulsiven Art.

»Nein, nein«, sagte ihre Mutter sofort. »Es geht ihnen gut. Aber Oma Louise ... Sie ... sie liegt im Sterben.«

Hannahs Herz krampfte sich zusammen und sie spürte, wie eisige Kälte in ihr hochkroch. Oma Louise unterstützte sie immer, egal wie verrückt Hannahs Ideen waren. Sie schüttelte den Kopf, obwohl ihre Mutter es nicht sehen konnte.

»Nein. Das ... das kann nicht wahr sein. Wir ... wir waren doch am Wochenende auf ihrem Geburtstag. Da wirkte sie ganz fidel.« Tatsächlich war Oma Louise bei der Feier im Familienkreis wie immer die perfekte Gastgeberin gewesen, die sie mit wunderbarem französischem Essen bekocht hatte. Obwohl sie eisern über ihr Erbe schwieg, kochte sie leidenschaftlich gern Speisen aus ihrer Heimat.

»Sie ... sie rief kurz vor dem Abendessen an und klagte über Kopfschmerzen und Schwindel. Es ... es ging ihr nicht gut, deswegen ...« Dann hörte sie nur noch das laute Schluchzen ihrer Mutter und ein Rascheln.

»Wir haben Oma Louise ins Krankenhaus gebracht.« Das war Vaters Stimme, der ernst und traurig klang. »Die Ärzte befürchten einen Schlaganfall. Morgen machen sie ein CT. Aber sie ist kaum bei sich. Ich denke, du solltest besser heute noch kommen. Nur für den Fall ...«

Entsetzt starrte Hannah erst auf ihr Telefon und anschließend auf das Glas Wein. So konnte sie unmöglich Autofahren. »Äh ... also, ihr müsstet mich wohl leider vom Bahnhof abholen. Ich hatte eben ein wenig Rotwein.«

Ihr Vater seufzte. »Kind, bloß, weil du als Sommelière arbeitest, musst du nicht ständig selbst Wein trinken. Aber ich kann dich gern in Frankfurt abholen. Sag mir nur, wann du am Bahnhof ankommst.«

»Danke Papa.« Hannah legte auf. Ein Gefühl der Schwere überkam sie wieder, als sie an ihre arme Oma dachte. Hoffentlich konnte sie sich noch von ihr verabschieden. Es wäre eine Tragödie, wenn sie zu spät käme.

Kapitel 2

»Schmeckt dir das Essen etwa nicht, Louise?« Die Stimme ihres Vaters ließ sie aufschrecken.

»Nein ... nein, es ist wie immer exzellent.« Hastig tauchte Louise ihren Löffel in die vorzügliche Fischsuppe, die ihre Mutter zur Feier des Tages gemacht hatte. Dabei hatte sie Seezunge, Steinbutt, Garnelen und Hummer verwendet. Und natürlich Champagner, denn das machte den Charme dieser Fischsuppe aus, die Louise sonst immer liebte.

Heute jedoch kam sie ihr vor wie eine Henkersspeise, denn Guillaume Bernard und ihr Vater wollten über den Ehevertrag sprechen. Die Grundzüge kannte sie: Sobald Henri und sie sich vermählten, würde ein stattlicher Geldbetrag an das Weingut *Etoile* gehen, der ihr angeschlagenes Gut stärken sollte. Gleichzeitig würde Henris Vater als Mitbesitzer in das Grundbuch eingetragen.

Und Henri als zweiter Geschäftsführer, was eigentlich Louise werden sollte. Sie wollte Lily Bollinger nacheifern, die aus ihrem Gut eine weltbekannte Marke gemacht hatte. Bereits jetzt beriet Louise ihren Vater, der ihre Intuition schätzte. Nun, sicher würde Henri ihren Rat ebenfalls gern annehmen. Selbst wenn sie das Gut nicht offiziell leitete, wäre es immer noch das Erbe ihrer Familie.

Die feine Note des Champagners aus dem letzten Jahrgang, der zwar wenig Ertrag gebracht hatte, aber dafür exzellente Qualität besaß, prickelte auf ihrer Zunge. In Verbindung mit den deliziösen Fischen und der leichten Knoblauchnote war die Suppe zum Dahinschmelzen. Sie erlaubte sich kurz, das Aroma zu genießen, dann warf sie ihrem künftigen Schwiegervater einen vorsichtigen Blick zu. Er war gertenschlank und sein asketisches, ernstes Gesicht strahlte Entschlossenheit aus. Dieser Mann verfolgte eisern das Ziel, sein Familienvermögen weiter zu vergrößern. Er hatte sich nicht nur auf das Champagner-Gut verlassen, sondern zusätzlich in Hotels sowie Lebensmittelgeschäfte investiert. Trotzdem erlaubte er seinem Sohn, in ihr finanziell angeschlagenes Weingut einzuheiraten. Seltsam.

»*Chérie*, lass dir das Rezept dieser köstlichen Suppe geben! Du musst sie unbedingt genauso für mich kochen.« Glücklich strahlte Henri sie an, was seinem Gesicht mehr Charme verlieh, als es sonst besaß. Mit den derben Zügen, den kleinen Augen und der wulstigen Nase entsprach er nicht unbedingt dem gängigen Schönheitsideal. Vielleicht war es ihm deswegen so wichtig, mit ihr das angeblich schönste Mädchen in Reims zu erobern. Zumindest fanden das viele Männer. Sie war bereits zur Weinkönigin gekürt worden.

Im Stillen seufzte sie. Was hatte das Aussehen denn mit echten Gefühlen zu tun? Sicher, an Miguel hatte sie auch zunächst seine männliche Statur und sein kantiges, markantes Antlitz gereizt. In Liebe war sie aber erst entbrannt, als sie erkannt hatte, mit welcher verzehrenden Leidenschaft er lebte und liebte. Ihre Wangen brannten heiß, als sie sich an ihre glutvollen Küsse bei dem Picknick erinnerte. Warum war nicht er ihr Bräutigam, sondern Henri? Aber Miguel war für sie so unerreichbar wie der Mond.

»*Oui, bien sûr*«, erwiderte sie mit einem Lächeln. Bitterkeit erfüllte ihr Herz. Das sah er also in ihr. Seine zukünftige Köchin? Wobei die Bernards sicher Personal hatten. Ihre Aufgabe würde wohl eher darin bestehen, den Angestellten Anweisungen zu geben.

Dabei war sie der Meinung, man sollte möglichst viele Arbeiten mit den eigenen Händen erledigen, um deren Wert besser zu schätzen. Erneut sehnte sie sich mit schmerzlicher Verzweiflung nach Miguel.

Louise atmete leise auf, als sie von der Auffahrt aus zusah, wie die Familie Bernard das Haus in ihrer schwarzen Limousine verließ. Henri hatte sich mit einem leichten Kuss von ihr verabschiedet, den sie pflichtschuldigst erwiderte. Nun wurden die Rücklichter immer kleiner und eine zentnerschwere Last fiel von ihr ab.

Florence stellte sich neben sie und musterte sie. »Lass es dir nicht so sehr anmerken.« Tadel lag in der Stimme.

Schuldbewusst lächelte Louise ihr zu und knetete die Finger. »Ich versuche es. Aber die Familie ...« Sie hielt inne.

»Ich weiß. Sie sehen uns als minderwertig an. Weil wir nicht so reich sind.« Florences Miene zeigte nun

Verständnis und sie drückte ihre Schulter. »Doch diese Ehe wird dem Weingut viel Geld in die Kassen spülen. Ich hätte ihn ja geheiratet, allerdings war Henri nur an dir interessiert. Außerdem ist das Thema sowieso erledigt.« Lächelnd sah sie in das Wohnzimmer, in dem ihre Mutter mit ihrem Enkel Jean spielte, der bald zwei wurde und ihr Augenstern war.

Florences Mann Gustave unterhielt sich derweil mit Papa. Er war ein freundlicher Mensch, der ihre Schwester mit Respekt behandelte. Bei ihrer Vermählung war es dem Gut noch blendend gegangen, daher hatte sie ihren Gatten nach ihren Gefühlen und nicht nach dem Geldbeutel aussuchen dürfen.

Wenn sie doch bloß unverheiratet wäre, dann müsste ich nicht mein Leben für das Weingut opfern, schoss es Louise auf einmal durch den Kopf.

Sofort schämte sie sich für den Gedanken. Sie gönnte ihrer Schwester ja ihr Glück. Allerdings strebte sie selbst ebenfalls danach, glücklich zu werden. Die wahre Liebe würde sie jedoch nur mit Miguel finden, das wurde ihr immer klarer. Verzweifelt fragte sie sich, ob es nicht doch einen Weg geben könnte, es zu erlangen.

Frankfurt, heute

Rund zweieinhalb Stunden später erblickte Hannah trotz der Dunkelheit den prägnanten Frankfurter Messeturm, der sie immer an einen Bleistift erinnerte. Für sie stellte er stets den Inbegriff von Großstadtflair dar.

Immerhin war die Bankenmetropole die nächstgelegene Großstadt gewesen. Noch immer beeindruckte sie dieses Gebäude.

Heute vermittelte es auch ein Gefühl von Heimat, versetzt mit der Angst um ihre Großmutter. Hoffentlich erholte sie sich wieder. Sie griff nach der Tasche und der leichten Jacke und reihte sich in die Schlange der Aussteigenden ein. Ihr Vater wartete direkt am Bahnsteig, sie konnte seine große, schlanke Gestalt schon von weitem ausmachen.

Er war alleine. Ihre Mutter wachte sicher mit Mara über Oma Louise. Er drückte sie kurz. Dann gingen sie schweigend zum Auto. Auch auf der Fahrt redeten sie nicht viel. Ihr Vater erkundigte sich lediglich, ob sie über Nacht blieb oder noch zurückmusste.

»Ich kann bleiben, so lange ... es sein muss. Meine Chefin hat mir frei gegeben.« Erstaunlicherweise sogar ohne gemeine Sticheleien. Na, vielleicht hatte Annemarie ja doch Gefühle – und eine Oma, an der sie hing.

Hannahs Herz schmerzte beim Anblick von Großmutter Louise in dem nüchternen Krankenhauszimmer.

Die kleine, zierliche Dame lag völlig bewegungslos in dem Bett und hatte die Augen geschlossen. Sie wirkte fast so bleich wie die Wände, die sie zu erdrücken schienen. In den Armen steckten diverse Schläuche zur Versorgung mit Flüssigkeiten und Medikamenten. Ein weiterer Schlauch führte zu einer Sauerstoffmaske, die ihre Nase und ihren Mund bedeckte.

Der Geruch von Desinfektionsmittel und medizinischen Geräten erfüllte die Luft, verstärkte die beklemmende Stimmung. Ein Arzt stand mit einer Krankenschwester am Kopfende des Bettes und betrachtete die Aufzeichnungen auf den Monitoren. Seine Miene wirkte besorgt und er redete leise mit der Schwester. Hannah hörte nur Bruchstücke der Gespräche, aber das wenige, was sie verstand, reichte aus, dass ihr die Tränen in die Augen stiegen. Es stand nicht gut um ihre Großmutter, das merkte sie ganz deutlich.

Erstickt schluchzte Hannah auf und stürzte zu ihrer Mutter, die mit Mara am Bett saß. Beide hatten rotverweinte Augen. Behutsam ließ ihre Mutter die Hand von Oma Louise los und ging zu Hannah, um sie fest an sich zu drücken.

»Danke, dass du hier bist«, flüsterte sie mit einer rauen Stimme, der man jede einzelne geweinte Träne anhörte. Dann schob sie Hannah zum Bett. Mara lächelte ihr schwach zu, ließ jedoch nicht Großmutters Hand los, die sie sanft umfing. Hannah setzte sich auf die andere Seite und nahm vorsichtig die zierliche Hand der alten Dame.

Sie besaß die langen, schlanken Finger einer Pianistin, die sie Hannah vererbt hatte. Wenn sie ihre Hände zusammen sah, wusste sie, wie ihre im Alter aussehen würden. Allerdings waren Oma Louises Hände bereits kalt und leblos, als nähmen sie das drohende Schicksal vorweg.

Trauer stieg in Hannah auf und schnürten ihr die Kehle zu. Ihre Großmutter durfte nicht sterben. Sie war doch erst siebenundsiebzig. Eine Schnapszahl, darüber hatte sie am Wochenende noch Scherze gemacht.

»Du musst wieder gesund werden, Oma«, flüsterte sie hilflos und drückte die dahinwelkende Hand. Dabei konnte sie nicht verhindern, dass eine Träne die Wange hinab rann und sie mit schwerer Nässe benetzte.

Plötzlich kam Leben in die schwache Person. In Oma Louises Gesicht zuckte es, dann schlug sie röchelnd die azurblauen Augen auf und sah Hannah direkt an.

»Ihr ... ihr ... m ... müsst ihn ... finden.« Sie sprach oder vielmehr keuchte diese Worte leise und stoßweise, sodass Hannah sie kaum verstand. Dabei krampften sich ihre Finger voller Druck um ihre. Hannah stöhnte vor Schmerz.

Kurz war sie versucht, ihre Hand wegzuziehen, aber sie wollte keinesfalls riskieren, dieses schwach aufflackernde Lebenszeichen zu unterbinden. Daher biss sie die Zähne zusammen und erwiderte den Druck.

»Wen sollen wir finden, Oma?«

»Ihn.« Das Gesicht der alten Dame verzerrte sich, Hannah wusste nicht, ob vor Entsetzen oder vor Schmerzen. »M ...«

Mit sichtlicher Mühe versuchte sie, weitere Worte zu formulieren, doch es gelang ihr nicht mehr. So plötzlich, wie es gekommen war, erstarb das Bewusstsein ihrer Großmutter Louise. Mit einem leisen Seufzen schloss sie ihre Augen und entspannte ihre Finger, als sei alles gesagt.

Hannah jedoch hatte tausend Fragezeichen im Kopf. »Wer ist er, Oma? Warum sollen wir ihn finden? Und wie?«, wollte sie von der Älteren wissen. Sie drückte ihre Hand fester, hoffte, sie damit irgendwie wieder zurückzubringen.

Vergebens. Großmutter Louise befand sich erneut in der gierigen Umklammerung des Todes. Der Sensenmann wartete bereits geduldig in der tiefen Dunkelheit, um sein nächstes Opfer in den ewigen Schlaf zu ziehen.

Hannah saß immer noch am Bett von Großmutter Louise. Seit Stunden verharrte die Familie hier, zwischen Hoffen und Bangen. Hannah wünschte sich verzweifelt, dass die Ältere sich wieder erholte. Sie brauchte sie und ihre Liebe doch. Sanft strich sie über ihre Wange. Danach nahm sie die Hand weg und schloss die Augen, um etwas zu ruhen.

Auf einmal erklangen Warntöne. Sofort war Hannah hellwach und starrte auf den Herzmonitor. Die Anzeige war nicht mehr sanft und gleichmäßig, sondern sah völlig wirr aus. Adrenalin schoss durch ihren Körper, denn sie ahnte, was das bedeutete: Großmutter Louise rang um ihr Leben und es sah aus, als verlöre sie diesen Kampf. Auch ihre Mutter und Mara, die auf der anderen Seite saßen, rissen die Köpfe hoch. Nur ihr Vater schüttelte am Fußende des Bettes leise den Kopf. Als Arzt kannte er diese Vorgänge besser als sie.

Dann, ganz plötzlich wurde die Hand von Großmutter Louise schlaff und ihre Atmung, deren Rhythmus sich vorher schon verlangsamt hatte, setzte aus. Ein Stich durchzog Hannahs Inneres. Sie fühlte sich gleichermaßen hilflos wie traurig, weil sie nichts tun konnte, außer zusehen, wie ihre Großmutter langsam aus dem Leben glitt. Ein Teil von ihr wollte die Ältere nicht loslassen, doch tief im Inneren wusste sie, dass es für sie Zeit war zu gehen.

Ein gellender Schrei durchbrach die Stille, die folgte, als der Monitor keinen Herzschlag mehr kundtat. Das war ihre Mutter, aber sie klang kaum wie sie selbst, sondern eher wie ein verwundetes Tier. »Sie stirbt. Tut doch etwas!«

Hannah sprang auf, um jemanden zu holen. Sie konnte nicht glauben, dass ihre Großmutter einfach so aus dem Leben schied. Es gab so viel moderne Technik!

Da kamen die Krankenschwestern mit einem Arzt in den Raum geeilt. Kurz schöpfte Hannah Hoffnung. Sie verflog sofort, als sie die Resignation in ihren Gesichtern erkannte. Der Arzt fühlte den Puls und schüttelte den Kopf.

Ihre Mutter stürzte tränenüberströmt zu ihm. »Bitte, Sie ... Sie müssen sie retten. Sie ist doch meine Mutter.«

Der Mann, der höchstens Mitte dreißig war, legte ihr beruhigend eine Hand auf dem Arm. »Es tut mir leid, Frau Kramer. Aber das wollte sie nicht. Das hat sie in ihrer Patientenverfügung explizit ausgeschlossen.«

Hilflos starrte ihre Mutter ihn an. Sie öffnete und schloss den Mund, als wollte sie widersprechen, ließ es jedoch.

»Mein Beileid, Frau Kramer, Herr Kramer. Und auch den jungen Damen.« Er schaute hinüber zu Mara und Hannah. »Wollen Sie sich noch von ihr verabschieden?«

Ihre Mutter nickte, während die Tränen weiter über ihr Gesicht rannen. Der Arzt warf den Krankenschwestern einen auffordernden Blick zu, bevor er mit leichten Schritten den Raum verließ. Eine Krankenschwester folgte ihm und kam nur wenige Augenblick später mit einer Kerze wieder. Sie stellte sie auf den kleinen

Tisch, neben die drei Blumensträuße, die Hannah, Mara und ihre Eltern mitgebracht hatten. Mit ernster Miene entzündete sie die Kerze. Dann ging sie zu ihnen.

»Mein herzliches Beileid. Bitte nehmen Sie sich alle Zeit, die Sie brauchen, um sich zu verabschieden.« Sanft drückte sie den Arm von Hannahs Mutter, bevor sie mit der zweiten Krankenschwester das Zimmer verließ.

Hannahs Mutter stand mit kläglicher Miene mitten im Raum, die Arme hingen hinab, als habe sie ihren Lebensmut verloren und könnte nicht einmal ihre Gliedmaßen bewegen. Hannah trat zu ihr und nahm sie in den Arm. Langsam schob sie ihre Mutter hinüber zu Großmutter Louise.

»Wir wollen ihr Lebewohl sagen«, flüsterte sie. Verzweifelt fragte sie sich, wie man sich für immer von einem geliebten Menschen verabschieden sollte. Eine Umarmung erschien ihr viel zu wenig zu sein für all die Liebe, die Großmutter Louise gespendet hatte. Aber es war zumindest ein guter Anfang. Sie setzten sich mit Mara wieder auf das Bett, umfassten die Hand der Großmutter.

»Alles Gute im Himmel, Oma Louise.« Weinend beugte Hannah sich vor und hauchte der alten Dame einen Kuss auf die Wange. Sie sah so gut und elegant aus wie früher, trotzdem erkannte man deutlich, dass mit dem letzten Atemzug ihr Wesen, das, was sie ausmachte, den Körper verlassen hatte.

Tränen liefen über Hannahs Wangen, weil sie die Ältere bereits jetzt vermisste. Ihr Fels in der Brandung, das war sie gewesen. Sie hatte ihre Enkelin gelehrt, in allem etwas Positives zu sehen, selbst in den schlechten

Zeiten, die es sicherlich auch für Großmutter Louise gegeben hatte, obwohl sie nie darüber sprach. Wenn man sie danach fragte, lächelte sie stets und sagte: *»Das ist kalter Kaffee. Und den sollte man wegschütten.«*

So war sie gewesen und das würde Hannah für alle Zeiten in ihrem Herzen behalten. Ihren Optimismus, ihre Liebe und ihren Glauben daran, dass am Ende alles gut wurde.

***

Am nächsten Morgen fühlte sich Hannah, als hätte sie ein Zug überrollt. Sie hatte kein Auge zugetan, sondern still vor sich hin geweint und bestenfalls etwas vor sich hin gedöst. Ihrer Mutter und Mara schien es nicht anders zu gehen, denn die beiden sahen auch wie lebende Zombies aus. Der Einzige, der halbwegs fit wirkte, war ihr Vater. Aber er hatte Großmutter Louise nie so nahegestanden. Er schätzte sie als Schwiegermutter, ihr Tod warf ihn allerdings nicht um. Was vermutlich gut war, weil er die Nerven behielt, und alles regelte, was getan werden musste.

Er organisierte einen Bestatter, sprach mit dem Notar und bestellte die Pflegerin ab, die einmal täglich nach Großmutter Louise sah und ihr im Haushalt zur Hand ging. Seltsam, wie schnell ein Mensch aus dem Leben radiert werden konnte. Der Gedanke machte Hannah wieder traurig, doch sie drängte die Tränen zurück. Denn sie wusste, dass ihre Mutter sonst ebenfalls weinen musste, und das wollte sie nicht. Sie hatte gerade die Fassung gefunden und trank einen Kaffee. Später, wenn sie wieder alleine war, hatte Hannah genügend

Zeit zu trauern. Jetzt würde sie sich um ihre Mutter kümmern.

***

Die Beerdigung fand knapp eine Woche später im kleinen Kreis statt. Ihre Mutter hatte keine Geschwister, daher waren nur ihre eigene Familie sowie einige Freundinnen mit ihren Männern da. Sie sahen genauso erschüttert aus wie sie, als sie ihnen ihr Beileid zu dem frühen Verlust aussprachen.

Der Pfarrer führte die Zeremonie voller Würde und Wärme durch. Man merkte, dass er Großmutter Louise, die sich in der Diakonie engagiert hatte, gemocht hatte. Er berichtete von ihrer Güte und Herzlichkeit, was Mutter und Mara sofort wieder zum Weinen brachte. Nur Hannah verkniff sich die Tränen trotz des bohrenden Schmerzes, der sich durch sie hindurchfraß. Sie wollte Stärke zeigen, wie ihre Oma es sich gewünscht hätte.

Nach dem Leichenschmaus kam Charlotte, die Großmutter Louises beste Freundin gewesen war, zu ihnen. Sie war einundachtzig, sah aber wie siebzig aus. Nur wenige Falten zierten ihr Gesicht, das von eleganten, silbergrauen Haaren umrahmt wurde. Sie drückte Hannah fest an sich.

»Wer hätte gedacht, dass sie als Erste von uns stirbt? Sie war immer so lebenslustig, so voller Elan.«

Hannah lächelte betrübt. Ja, so war Großmutter Louise gewesen. »Du weißt doch, was man sagt: Die

Lichter, die besonders hell brennen, verlöschen früher.«

»Ja, das stimmt. Und das traf auf Louise wahrlich zu. Wie hell hat sie gebrannt!« Charlotte strich ihr lächelnd über die Wange und musterte sie. »Darin erinnerst du mich an sie. Du bist ebenfalls voller Kraft und Leidenschaft für die Dinge, die du liebst. Wie deinen Wein.«

»Die Liebe dazu hat Oma Louise in mir geweckt. Sie hatte wohl früher, in Frankreich mit Weinen zu tun gehabt. Zumindest hat sie hin und wieder etwas in der Art angedeutet. Aber du weißt ja, wie sie war ...«

»*Kalten Kaffee schüttet man weg.*« Charlotte lächelte bitter, als sie den Spruch zitierte, den Oma Louise so gern zum Besten gegeben hatte. Dann runzelte sie die Stirn. »Allerdings muss etwas wirklich Schlimmes in Frankreich geschehen sein. So, wie sie immer reagiert hat.«

»Weißt du etwas darüber?« Aufregung machte sich in Hannah breit. Sie brannte regelrecht vor Neugierde auf die französische Vergangenheit, über die sich Großmutter Louise so beharrlich ausgeschwiegen hatte. Sie erzählte nur von ihren Anfängen hier, wo sie als Fabrikarbeiterin bei Opel gearbeitet hatte. Ein spanischer Bekannter hatte ihr zu dem Job verholfen, das hatte sie zumindest gesagt.

»O nein, darüber redete sie nie mit mir.« Charlotte schüttelte den Kopf. »Aber bei einem unserer letzten Treffen wirkte sie unruhig. Sie hatte eine Anwaltsserie gesehen, in der einer Familie ihre Fabrik durch Arglist weggenommen worden ist. Sie murmelte etwas von: *So etwas muss mit unserem Weingut geschehen sein, anders macht es keinen Sinn ...* Als ich sie fragte, was sie meinte, hat sie sofort abgewunken.« Charlotte beugte sich über den Tisch vor und sah Hannah ernst in die Augen. »Seltsam, oder?«

»Das ist es wirklich.« Hannah dachte einen Augenblick nach. Was meinte Großmutter Louise damit wohl nur? Hatte ihrer Familie etwa früher einmal ein Weingut gehört? Aber das würde sie wissen. Sicherlich hätte ihre Oma irgendwann davon erzählt, trotz der sonstigen Verschwiegenheit gegenüber ihrer Vergangenheit. Allerdings kannte Großmutter Louise sich ausgesprochen gut mit Weinen aus, das war ihr schon oft aufgefallen. Vor allem, seit sie sich selbst einiges an Weinverstand angeeignet hatte.

»Vielleicht meinte sie nur, dass sie dort gearbeitet hatte? Ich rede vom *Grand Heritage* oft auch als *mein* Hotel.« Hannah blickte Charlotte fragend an.

Die ältere Dame hob ihre fein nachgestrichenen grauen Augenbrauen. »Nun, das könnte natürlich sein. Aber da war etwas in der Art und Weise, wie sie es gesagt hat ...« Sie schüttelte seufzend den Kopf. »Ich kann es nicht in Worte fassen. Dennoch glaube ich, da steckt mehr dahinter.«

Nachdenklich erwiderte Hannah ihren Blick. Das klang in der Tat geheimnisvoll. Enthielt der Nachlass ihrer Großmutter vielleicht mehr Überraschungen, als sie ahnten?

Kapitel 3

Reims, 1965

Louise las noch vor dem Schlafengehen. Das Buch handelte von einer verarmten jungen Adligen, die einen reichen Herzog heiraten sollte, obwohl sie ihn nicht liebte. Wie gut konnte Louise sich in sie hineinversetzen! Sie hoffte, dass zumindest das Paar im Buch zueinanderfand.

Sie war so vertieft in die Geschichte, wodurch sie kaum bemerkte, wie ein kleines Steinchen gegen das Fenster flog. Erst als ein zweites Klacken ertönte, schreckte sie auf und legte ihre Lektüre weg. Was war das wohl? Während sie noch darüber nachdachte, kam ein dritter Stein. Hastig sprang sie auf und öffnete das Fenster, blickte hinaus in den milden Nachthimmel. Die Sterne leuchten am Horizont bereits wie funkelnde Diamanten.

Allerdings hatten die Geräusche ihren Ursprung nicht dort oben, sondern unten. Sie kamen von Miguel, der vor dem Anwesen stand und Steine gegen das Fenster ihres Schlafzimmers warf. Kaum erkannte sie sein Gesicht in der Dunkelheit, dafür aber seine stolze Statur.

»Louise. *Mi angel,* komm herunter.«

Ihr Herz pochte wild in ihrer Brust, als sie seine vertraute, rauchige Stimme hört. Nichts würde sie lieber machen, als ihm entgegenzufliegen, aber wie sollte ihr das gelingen? Sie konnte sich nicht nachts aus dem Zimmer schleichen.

»Ich darf nicht«, flüsterte sie. »Meine Eltern ... sie könnten es merken.«

»Wie denn? Schauen sie etwa noch nach dir?« Sie hörte die Belustigung in seiner Stimme.

Miguel zu sehen, ihn zu spüren ... Ihre Sehnsucht war größer als ihre Vernunft und sie beschloss, ihr nachzugeben.

»Ich bin in zwei Minuten unten.« Sie wisperte die Worte, unsicher, ob er sie hörte. Aber sie erahnte ein kurzes Nicken des Schemens, den Miguel darstellte.

Schnell schloss sie die Fenster wieder und suchte sich mit zitternden Fingern ein hübsches Kleid und eine leichte Jacke heraus. Dann drapierte sie Kissen und Decke so, als liege jemand darin. Als Kopf nahm sie eine Puppe, die normalerweise ihren Platz auf einem Regal hatte. Sie löschte das Licht und spähte ins Zimmer. Perfekt.

Leise schlich sie auf den Flur, der in nahezu totaler Dunkelheit da lag. Sie horchte in die Nacht, aber alles war ruhig. Ihre Eltern schliefen anscheinend bereits. Auf Zehenspitzen schlich sie durch den dunklen Flur, die Hände tastend an der Wand haltend. An der Treppe wurde es etwas heller, weil der sanfte Schein des Mondes durch zwei kleine Fenster an der Haustür drang. Sie beschleunigte den Schritt. Im Flur schlüpfte sie in

Sandalen, riss die Tür auf und huschte hinaus in die Nacht.

Miguel wartete unweit des Eingangs auf sie. Sobald er sie sah, rannte er auf sie zu und drückte sie mit einem freudigen Lächeln in seine Arme.

»*Mi corazón.* Mein Herz! Du bist gekommen.« Er trat einen Schritt zurück und küsste ihre Hände. Danach ergriff er eine Hand mit seiner und zog sie mit sich. »Komm mit.«

»Aber wohin? Wo sind wir denn sicher?« Sie blieb stehen, weil sie die Furcht vor einer Entdeckung quälte. Wenn ihr Vater von der Romanze erfuhr, würde er Miguel sicher sofort herauswerfen. Sie sah ihn verzweifelt an.

»Wir gehen in den Heuschuppen, *mi amor.* Er ist in der Nacht völlig leer. Bis auf die Mäuse.« Er zwinkerte ihr zu. Dann zog er sie sanft weiter und sie konnte nicht anders, als dieser verlockenden Bitte zu folgen. Immerhin drängte alles in ihrem Innersten, ihrer Seele zu Miguel. Also gingen sie weiter über das Anwesen, bis sie den Schuppen erreichten. Geschickt kletterte Miguel hinauf und half Louise, für die der Aufstieg in ihrem Kleid beschwerlicher war. Vielleicht wäre eine Hose besser gewesen. Allerdings wusste sie, wie sehr Miguel es liebte, wenn sie ein schönes Kleid für ihn trug.

Der Heuschuppen war tatsächlich völlig verwaist. Was sollte man auch in der Nacht hier? Die Fütterung der Pferde erfolgte schließlich bei Tage. Miguel deutete auf eine Decke, die er über den Halmen ausgebreitet hatte.

Mit einem glücklichen Lächeln ließ sich Louise auf die Decke sinken und streckte die Hände nach Miguel aus. Der folgte ihrer Einladung nur zu gern. Hastig legt er sich zu ihr und zog sie in seine starken Arme. Seine Umarmung sandte sofort kleine Stromstöße durch ihren ganzen Körper. Dann löste er sich von ihr, um sie anzusehen.

»Du bist so schön, *mi angel*.« Seine Stimme war ganz heiser vor Leidenschaft. Sanft legte er seine Hand auf ihre Wange und strich zart darüber. Er beugte sich langsam vor und ihre Lippen trafen sich zu einem Kuss.

Seine Hände glitten zart über ihren Rücken und bereiteten ihr eine Gänsehaut. Wie von selbst schlangen sich ihre Arme um seinen Nacken, und sie drückte ihn ganz fest an sich. Es kam ihr auf einmal vor, als würde die Welt um sie herum verschwinden und nur noch sie beide existieren. Es war berauschend, ganz allein mit ihm zu sein. Im Wald hatte sie immer Angst, dass jemand sie überraschte. Doch hier, auf dem Dach des Heuschuppens, fühlte sich Louise frei.

Sie spürte, wie seine Hände nach vorne wanderten, über die Rippenbögen entlang bis zu ihrer Brust. Ganz sanft strich er über die zarte Wölbung und diese Berührung ließ sie erbeben. Dann löste er seine Lippen von ihren und ließ sie hauchzart vom Hals abwärts gleiten, wobei ihre nackte Haut wie Feuer brannte. Seine heißen Küsse streiften schließlich ihren Ausschnitt. Sie biss sich auf die Hand, damit ihr kein Keuchen entwich. Aber die Hitze, die er in ihr entfachte, war kaum auszuhalten.

Vorsichtig schob Miguel seine Hand unter den Stoff und umfasste ihre andere Brust. Ganz leicht massierte er sie mit seinen Fingerspitzen und nun war es mit Louises Selbstbeherrschung vorbei. Sie stöhnte und merkte, wie sein Körper auf ihre kaum verhohlene Lust reagierte. Er griff fester nach ihr und drängte sich an sie. Wieder küsste er sie; härter, leidenschaftlicher als vorhin, wobei seine Hand ihre Brust weiter stimulierte und sie zum Beben brachte.

Einen Augenblick begegnete Louise seinem wilden Kuss mit derselben Glut. Aber als seine Hände über ihre Seite abwärts abstrichen, stoppte sie ihn.

»Nein«, keuchte sie. »Das dürfen wir nicht.«

»Warum nicht? Liebe mich, *mi amor*! Lass mich einmal deine Leidenschaft spüren.« Sein Atem fühlte sich heiß auf ihrer Haut an und brachte sie beinahe um den Verstand.

Natürlich hatte er recht mit seinem Einwand. Nichts verpflichtete sie, als Jungfrau in die Ehe zu gehen – obwohl sie ahnte, dass Henri das von ihr erwartete. Allerdings gab es noch einen Grund, der sie zurückschrecken ließ.

»Wenn ... wenn wir uns erst einmal ...«, sie errötete, denn es fiel ihr schwer, darüber zu sprechen, »nun ja ... vereinigt haben ... werde ich immer daran denken müssen. Wie sollte ich danach jemals mit Henri zufrieden sein?« Wobei ihr das jetzt schon immer schwerer fiel, je besser sie Miguel kennenlernte. Sie wusste, es wäre klüger, ihre Romanze zu beenden. Aber das schaffte sie nicht. Dazu liebte sie ihn zu sehr.

Seine dunklen Augen ruhten auf ihr. Die Glut wich dem Verständnis. Er nickte ihr zu und legte beide Hände an ihren Hals. Mit dem Daumen streichelte er ihre Kinnlinie sanft.

»Es ist deine Entscheidung, *mi angel*. Ich kann deine Gründe verstehen, obwohl ich sie bedaure. Für mich wäre eine Liebesnacht mit dir ein Geschenk, das ich für immer dankbar in meinem Herzen tragen würde.« Er hauchte ihr einen zarten Kuss auf die Stirn auf und rückte seufzend etwas weg. »*Pero como tú quieras* – wie du willst.«

Louise erhitzter Körper protestierte, als Miguel Distanz zwischen sie brachte. Ihr Verstand begrüßte dies jedoch, weil es ihre Entscheidung leichter machte. »Danke«, murmelte sie und strich sich einige Haare aus der Stirn zurück.

Eine Weile lagen sie schweigend nebeneinander. Dann richtete Miguel sich auf und setzte sich halb hin. Die alte Begeisterung trat in seine Züge. »Ich habe übrigens wunderbare Neuigkeiten! Mein Cousin – Hernando – er hat mir eine Arbeit in Deutschland besorgt. Ich kann nach der Erntezeit bei Opel anfangen. Für anständiges Geld.«

Er strahlte regelrecht bei diesen Worten und Louise freute sich für ihn. Dennoch überfiel sie wieder schmerzliche Wehmut, weil sie daran denken musste, wie trostlos es für sie würde, wenn er das Weingut verließ. Nur wenige Wochen später würde sie Henri heiraten.

»Sei nicht traurig, *mi amor*.« Wie immer konnte sie ihre Gedanken nicht vor ihm verheimlichen. Es war fast unheimlich, wie gut er in ihr lesen konnte. Miguel sagte immer, das läge daran, dass er ihre Seele so gut kannte.

Er nahm ihre Hand und schaute ernst zu ihr hinab. »Du ... du könntest mitkommen. Ich werde genug verdienen für zwei. Es wird sicher nicht so luxuriös für dich sein wie hier – aber es wird für uns reichen.«

Ihr Herzschlag setzte bei dieser Neuigkeit einen Augenblick aus. Er wollte sie mitnehmen. Nach Deutschland. Bisher kannte sie von diesem Land nicht viel, aber sie wusste, dass es nach dem Krieg ein wahres Wirtschaftswunder erlebte. Und dieser Aufschwung hielt immer noch an. Konnten sie beide ihr Glück in der Ferne finden? Sicher fände sie dort auch Arbeit, um sich eine bescheidene Existenz aufzubauen.

Am liebsten würde sie ohne Zögern ja ausrufen. Sie brauchte nicht viel Geld. Hauptsache, sie wäre mit Miguel glücklich. Allerdings ging es nicht nur um sie, sondern um das Gut. Welche Bürde hatte ihr Vater ihr nur auferlegt!

Tränen traten in ihre Augen, als sie den Kopf schüttelte. »Ich ... ich kann nicht. Das weißt du. Bitte bringe mich nicht in Versuchung.«

Sofort nahm er ihre Hände und drückte sie. »Das will ich auf keinen Fall, *mi amor*. Du musst tun, was du für richtig hältst. Aber wirst du das aushalten – ein Leben ohne Liebe?« Ernst waren seine Augen auf sie geheftet.

Das war die alles entscheidende Frage: Würde sie sich in dieses Leben mit Henri fügen oder ständig ihrer Liebe zu Miguel nachhängen? Sie wusste es nicht.

Rheingau, heute

»Denkst du wirklich, das ist okay?« Fragend schaute Hannah ihre Mutter an. Sie standen am Tag nach der Beerdigung vor Großmutter Louises Haus, weil Mara und sie sich jeder ein Teil aussuchen sollten, das ihnen besonders gefiel.

»Natürlich. Ihr werdet ja sicher sowieso beim Erbe bedacht. Doch das kann noch eine Weile dauern, bis die Ämter soweit sind. Und ich könnte mir vorstellen, dass ihr vorher ein schönes Andenken an sie haben möchtet.« Ihre Mutter lächelte sie mit rotverweinten Augen an.

Hannah drückte ihren Arm. »Danke, das machen wir sehr gern.« Sie hielt Mara auffordernd die Hand, der das Zögern deutlich anzusehen war. Dennoch kam sie ihr mit langsamen Schritten entgegen und nahm die Hand.

Ihre Mutter schloss das Haus auf, ermuntert von ihrem Mann. Zu viert traten sie vom schmalen Flur, in dem die Jacken und Schuhe der Großmutter ordentlich aufgereiht waren, hinüber in das Wohnzimmer. Ein dicht geknüpfter orientalischer Teppich bedeckte einen Teil des Bodens. Er fühlte sich weich unter Hannahs Füßen an. Ein funkelnder Kronleuchter über ihren Köpfen verlieh dem Raum die klassische Eleganz, für die sie Großmutter Louise immer bewundert hat. Die antiken Möbel mit ihren geschnitzten Verzierungen und die stilvollen Gemälde an der Wand unterstrichen den Hauch von Noblesse, den man kaum in diesem einfachen Einfamilienhaus erwarten würde.

Hannah ging zu dem gelbgolden schimmernden Samtsofa, das neben den passenden Sesseln im Zentrum des Raumes stand, und fuhr sacht mit den Fingern darüber. Als Kind hielt sie dies für das wertvollste Möbelstück der Welt. Wie gern hatte sie hier mit Großmutter Louise und Großvater Paul zusammen gesessen, in den Kamin gesehen und sich vor dem Schlafengehen Geschichten erzählt. Es war für sie und ihre Schwester immer etwas Besonderes, wenn sie bei ihren Großeltern übernachten durften. Sie schaute Mara an, deren Gesicht ganz wehmütig aussah, und sie ahnte, dass sie ähnliche Gedanken hatte.

Sie bezwang die Tränen. Dieser Raum war so voller Erinnerungen, dass sie es kaum aushielt, hier zu sein. »Wollen ... wir uns vielleicht ein schönes Schmuckstück aussuchen?« Sie machte den Vorschlag vor allem, um nicht haltlos los zu schluchzen. Außerdem wusste sie genau, wie sehr ihre Schwester die Erbstücke der Großmutter liebte.

Mara nickte.

Ihre Mutter, der die Seelenqualen im Gesicht standen, bestärkte sie. »Das ist eine gute Idee.«

Hastig, als würden sie verfolgt, betraten das Schlafzimmer von Großmutter Louise. Alles war so aufgeräumt, als sei die Ältere nur für einen Augenblick weg und käme gleich wieder. Doch sie würde nie wiederkommen. Hannah schluckte, fasste sich jedoch. In diesem Raum waren sie nur selten gewesen, deswegen steckte er nicht ganz so voller Erinnerungen. Dafür enthielt er Großmutters wichtigsten Besitz: ihre Schmuckstücke, zu denen Mara bereits ging.

Sie öffnete eine silberne, fein ziselierte Schatulle, in der Ringe, Anhänger, Ketten und Armbänder sorgfältig verstaut waren. Ihre Schwester ließ ihre Finger darüber schweifen, dann griff sie zielstrebig nach einem vertrauten Stück. Es war ein herrlich gearbeiteter Anhänger in der Form einer Blume, wobei die Umrisse mit einer Vielzahl von Brillanten eingefasst waren. In seinem Zentrum befand sich ein tiefblauer Saphir, der selbst im schwachen Licht des Raumes funkelte, als sei er von innen heraus beleuchtet.

»Wunderschön«, hauchte Mara.

Hannah nickte. Ja, das war dieser Schmuck. Er hatte zu den Lieblingsstücken von Großmutter Louise gehört. Sie erinnerte sich noch daran, wie ihre Oma es einmal zu einem Theaterbesuch getragen hatte. »Willst du es haben?«

Mara zögerte. »Ich ... ich weiß nicht. Vielleicht solltest du es eher nehmen? Immerhin bist du die Ältere. Großmutter hat immer gesagt, dies sei ein wichtiges Familienerbstück.«

Sie hielt ihr den Anhänger entgegen, doch Hannah konnte erkennen, wie viel Kraft es sie kostete. Ernst schüttelte sie den Kopf und schloss Maras Finger um das Schmuckstück. »Schwesterherz, warum sollte ich etwas beanspruchen, das du schon als Kind immer angesehen hast, als wären es die Kronjuwelen der englischen Königin? Nimm es.«

Unbändige Freude leuchtete auf in Maras Augen, sodass Hannah wusste, ihre Entscheidung war richtig, obwohl sie das Schmuckstück selbst mochte. Aber es hatte für sie nie dieselbe Bedeutung gehabt wie für ihre Schwester.

Ihre Mutter drückte lächelnd ihre Schulter. »Jetzt musst du auch noch etwas Schönes finden.«

»Das habe ich bereits.« Langsam ging Hannah hinüber in das Wohnzimmer. Über dem gemütlichen Sofa hing ein gerahmtes Gemälde, das eine Weinlese in der Champagne, den Geburtsort ihrer Großmutter, als Aquarell zeigte. Die Farben waren plastisch und satt, dennoch wirkte das Bild leicht verschwommen. Allerdings konnte sie gut die Rebstöcke, die sanften Hügel und die Männer und Frauen, die die Trauben ernteten, erkennen.

Dieses Gemälde hatte Hannah schon als Kind fasziniert, weil es durch die Landschaft idyllische Ruhe und durch die Arbeiter an den Reben kraftvolle Stärke ausstrahlte. Erst als sie älter geworden war, hatte sie sich gewundert, dass sich ihre Oma ein Bild aus der Heimat ins Wohnzimmer hängte, wenn ihre Vergangenheit sie so quälte. Vermutlich konnte man sie nie ganz von seinen Wurzeln lösen.

»Das?« Die Überraschung war ihrer Mutter anzumerken. »Das Bild ist natürlich schön. Aber einen großen Wert besitzt es nicht, soweit ich weiß. Möchtest du nicht lieber auch ein Schmuckstück haben?«

Hannah blickte das Gemälde versonnen an und schüttelte den Kopf. »Nein, ich mag dieses Bild. Es erinnert mich an Omas Weinleidenschaft, die uns so sehr verbunden hat.«

»Nun, dann sollst du es haben.« Ihre Mutter zuckte mit den Schultern.

Hannah nickte lächelnd und trat zu dem Gemälde, um es abzuhängen. Sofort kam ihr Vater zu ihr.

»Warte, lass mich dir helfen.«

Gemeinsam nahmen sie das schwere Bild herunter. Dabei verlor Hannah kurz den Halt und musste nachfassen. Staunend bemerkte sie eine kleine Unebenheit in der rechten oberen Ecke des Gemäldes.

»Hier ist etwas.«

Ihr Vater schaute sie verwundert an. »Und was?«

»Ich weiß nicht. Am besten drehen wir das Bild einmal herum.« Vorsichtig nahmen sie das Gemälde und bewegten es so, dass die Rückseite zu ihnen zeigte.

»Da ist ein Umschlag«, rief ihre Mutter aufgeregt. »Er klemmt zwischen dem Gemälde und dem Rahmen.«

Hannah tastete mit den Fingern den Fremdkörper entlang. Tatsächlich, das war die Ecke eines feinen Papierumschlags. Sie griff danach und zog ihn heraus. Anschließend stellten sie und ihr Vater das Gemälde vorsichtig gegen die Wand. Nachdenklich betrachtete sie das Kuvert in ihrer Hand, das mit einem Wachssiegel verschweißt war.

»Und, was ist es? Ein verlorener Schatz?« Ihre Mutter trat zu ihnen, gespannte Erwartung lag in ihrem Blick.

Auch Mara sah aus, als hoffte sie auf etwas Wertvolles.

»Ich weiß es nicht. Aber es fühlt sich weich und biegsam an.« Vorsichtig befühlte sie das Innere. Dabei stieß sie auf das Wachssiegel, das ihr wie ein Vorhängeschloss vorkam. Anscheinend hatte ihre Großmutter nicht gewollt, dass jemand den Umschlag unbemerkt öffnete. Sie ließ ihn sinken, als habe sie sich die Hand daran verbrannt.

»Warum öffnest du das Kuvert nicht?«, fragte ihre Mutter.

»Es ist versiegelt.« Sie hielt ihr das Kuvert hin. Ihre Mutter fuhr mit den Fingerspitzen über das Wachs, als nähme sie damit ein Stück von Großmutter Louise auf. Dann sah sie Hannah fest an. »Mutter ist tot und ich bin ihre einzige Erbin. Wer sonst hätte das Recht dazu, wenn nicht wir?«

»Vielleicht solltest du es lieber selbst öffnen?«

Im Gesicht ihrer Mutter zuckte es, als ob sie mit sich ränge. Sie hob die Arme und ließ sie wieder sinken. Langsam schüttelte sie den Kopf. »Mach du es lieber, Hannah. Ich ... ich glaube, das wäre für mich zu viel.«

Ihr Vater trat zu seiner Frau und legte seinen Arm um ihre Schultern. »Das wird besser so sein. Außerdem hat sich Hannah dieses Gemälde ausgesucht. Damit ist es auch ihr Geheimnis.« Er nickte ihr auffordernd zu.

Nach kurzem Zögern brach Hannah das Siegel und kam sich vor wie eine Verbrecherin. Dabei wollte sie nur wissen, was ihrer Großmutter so wichtig war, dass sie es hinter einem Gemälde versteckte. Mit einem absurden schlechten Gewissen öffnete sie unter den gebannten Blicken der Familie den Umschlag. Verwirrt blickte sie auf ein einzelnes Foto. Es zeigte Oma Louise als junges Mädchen. Sie war wunderhübsch mit langen, blonden Haaren und einem engelsgleichen Gesicht, in dem die blauen Augen herausstachen. Sie trug ein leichtes Sommerkleid und ein strahlendes Lächeln. Hannah musste aufpassen, dass sie nicht anfing zu weinen.

Von ihrer Mutter erklang ein leises Schluchzen. »Sie war so eine schöne Frau«, hauchte sie mit erstickter Stimme.

»Wie ihre Tochter und ihre Enkelinnen.« Hannahs Vater schaute seine Frau mit Stolz an und drückte sie noch etwas enger an sich. Dann erschien eine steile Falte auf seiner Stirn. »Aber was hat es mit dem Foto auf sich? Es muss ihr wichtig gewesen sein. Trotzdem hat sie es versiegelt und in einem Gemälde versteckt. Also wollte sie es gut verwahren.«

»Ich weiß nicht.« Nachdenklich wendete Hannah das Bild. Nur ein Datum stand darauf – September 1965. Was war daran so besonders? Man sah Oma Louise als glückliche junge Frau vor endlosen Weinbergen. Im Hintergrund erkannte sie ein prunkvolles Anwesen und ein schmiedeeisernes Tor. War darin nicht sogar etwas eingraviert? Sie hob das Bild dichter heran und betrachtete es genauer, konnte aber nicht lesen. Dafür erkannte sie ein Emblem mit einem Stern, der von verschlungenen Weinranken umrahmt war. Es sah beinahe aus wie ein Wappen – oder ein Logo.

Auf einmal dämmerte es Hannah. »Das ist Großmutters Weingut!«, entfuhr es ihr.

Die anderen schauten sie verdutzt an.

»Wieso Louises Weingut?«, fragte schließlich ihr Vater. »Sie kommt zwar aus der Champagne. Aber ich habe nie etwas von einem Familiengut gehört. Du etwa?« Er sah seine Frau fragend an, die den Kopf schüttelte.

Hatte Charlotte ihnen also nichts von ihrer Vermutung erzählt? Dies holte sie nun nach, indem sie von der Unterredung mit Großmutters bester Freundin berichtete. »Sie ist fest davon überzeugt, dass etwas dahinter steckt. Und nun haben wir hier einen Hinweis.« Sie tippte mit dem Finger auf das Foto. »Ich bin mir ziemlich sicher, dass sie auf diesem Gut gelebt und gearbeitet hat – oder dass wir vielleicht sogar die wahren Besitzer sind.«

Ihre Mutter schnappte hörbar nach Luft, während ihr Vater rau lachte. »Das glaube ich kaum. Sie hätten Ende der Siebzigerjahre beinahe das Haus verloren wegen der hohen Zinsen. Sicher hätte Großmutter Geldmittel gehabt, wenn sie in Wahrheit die Eigentümerin eines Guts wäre.«

»Das ist natürlich wahr.« Hannah seufzte und blickte nachdenklich auf das Foto. »Vielleicht geht es ja auch gar nicht um einen Besitz, sondern um Nostalgie.«

Ihre Mutter trat einen Schritt zurück und schüttelte den Kopf. »Schatz, das kann ich mir nicht vorstellen. Du weißt, wie sehr sie alles aus Frankreich verabscheut hat.«

»Trotzdem hängt das Gemälde hier. In dem sie ein Foto versteckt hat. Also muss es auch gute Erinnerungen gegeben haben.« Hannah wollte nicht nachgeben, denn ihr Instinkt rief ihr zu, dass dieses Foto wichtig war. »Oma hat Sachen nie ohne Grund getan. Dieses Bild ist zu irgendetwas der Schlüssel. Und ich möchte herausfinden, was er öffnet.«

»Sicher ein Geheimnis aus ihrer Vergangenheit in der Champagne«, unterstützte Mara sie. »Wollt ihr denn nicht auch erfahren, was sie dort erlebt hat?«

Ihre Mutter wechselte einen Blick mit ihrem Vater. Schließlich nickte sie. »Natürlich möchte ich mehr über das Erbe meiner Mutter wissen. Irgendwie ist es ja schon seltsam, was Tante Charlotte gesagt hat.« Obwohl sie nicht blutsverwandt mit ihr war, nannte sie sie Tante.

Hannah tippte wieder auf das Bild. »Ich wette, dieses Symbol ist das Wappen oder Logo eines Champagner-Hauses. Seht, es ist ein Stern.«

Die anderen traten dichter heran. Ihre Mutter nahm das Foto. Sie weinte nicht mehr, der Kummer war ihr allerdings deutlich anzusehen. Dennoch musterte sie das Bild aufmerksam. »Ja, das erkenne ich auch. Aber wie sollen wir ein Weingut nur anhand eines Fotos finden?«

Das war eine gute Frage. Immerhin gab es rund sechzehntausend Kellereien in der Champagne, wie Hannah wusste. Trotzdem wollte sie nicht aufgeben. »Sicher nicht von hier aus. Aber wenn ich hinfahre? Vielleicht sehe ich das Tor ja irgendwo. Es ist ja schon recht auffällig.«

Ihr Vater schaute sie skeptisch an. »Hm. Also, das halte ich für unwahrscheinlich. So klein ist die Champagne ja nun nicht. Da wärst du Wochen unterwegs, um alle Dörfer abzuklappern. Gibt es denn gar keine Anhaltspunkte?«

»Bestimmt gibt es die. Wir haben sie bloß noch nicht gesehen. Dieses Foto ist einfach zu klein!«, sagte Hannah und stöhnte frustriert auf. »Wir müssten es irgendwie vergrößern.«

Ihre Mutter lachte auf. »Aber sicher!«, rief sie aus und fummelte in ihrer Tasche herum. Mit einem triumphierenden Lächeln zog sie ihren Schlüssel heraus und nahm den Schlüsselanhänger ab. »Schau. Eine Lupe. Die habe ich vor ein paar Wochen als Werbegeschenk bekommen. Erst war ich ein wenig angefasst – so alt bin ich ja noch gar nicht. Aber nützlich ist dieses Ding tatsächlich.«

Sie hielt die Lesehilfe davor. »Ich glaube, hier steht etwas. Vielleicht kannst du das lesen, deine Augen sind besser.«

Sie reichte Foto und Lupe an Hannah. Aufgeregt brachte diese das Vergrößerungsglas in die richtige Position, sodass sich unterhalb des Logos Buchstaben herausschälten. Sie lächelte. »Da steht Reims. Damit können wir etwas anfangen. So groß ist die Stadt ja nun nicht. Irgendwie finde ich schon heraus, zu welchem Haus das Emblem gehört.« Auf dem ihre Großmutter gearbeitet oder das ihre Familie vielleicht besessen hatte. Vor Aufregung beschleunigte sich ihr Puls.

»Hast du im Hotel keinen Überblick über alle Winzer?«, fragte ihre Schwester hoffnungsvoll.

Hannah schüttelte den Kopf. »Nein, das wären zu viele. Wir haben nur Listen von unseren eigenen Lieferanten. Am besten kann ich etwas vor Ort herausfinden, wenn ich mit den Leuten dort rede. Irgendwer kann mir sicher sagen, welches Haus in Reims einen Stern als Logo verwendet.«

Die anderen schauten sie nun mit deutlich mehr Hoffnung an. Selbst ihre Mutter lächelte trotz ihrer Trauer.

»Oh, Schatz, es wäre toll, wenn du das machen könntest.« Ihre Mutter legte ihr eine Hand auf die Schulter. »Wenn jemand das schafft, dann du.«

Auch die anderen nickten feierlich und schauten sie nun mit hoffnungsvoller Erwartung an.

Nachdenklich biss sich Hannah auf die Unterlippe und kaute darauf herum. Es wäre ein Traum, mehr über die Wurzeln ihrer Oma herauszufinden – ihrer Wurzeln. Außerdem hätte sie endlich einen Grund, in die Champagne zu reisen. Sie wollte schon immer zum Herstellungsort des edelsten aller Schaumweine fahren, hatte aber nie die Gelegenheit dazu gehabt. Die meisten Degustationen fanden entweder auf Weinmessen oder bei den deutschen Weingroßhändlern statt. Bei dem Gedanken daran, die Heimat des Champagners zu sehen, klopfte ihr Herz schneller vor unbestimmter Sehnsucht.

Kapitel 4

Reims, 1965

»Schau mal, Florence, wie findest du dieses Medaillon?« Louise deutete auf einen flachen, runden Silberanhänger, in den Weintrauben kunstvoll eingraviert waren. Blätter umrankten die Trauben, formten eine Umrahmung. Die runden Beeren hoben sich leicht hervor und luden regelrecht ein, mit dem Finger darüber zu streichen. Sofort kam sie dieser Versuchung nach, fuhr zart über die Trauben.

Automatisch musste Louise an Miguel denken – wie er bei der Lese die Früchte von den Zweigen löste. Mit diesen wunderbaren Händen, mit denen er sie vor wenigen Tagen so zärtlich gestreichelt hatte. Sofort lief ihr ein wohliger Schauer über den Rücken. Hastig drängte sie den Gedanken zurück. Immerhin war sie hier, weil Henri sie gebeten hatte, in seinem Namen ein Schmuckstück für die Vermählung zu kaufen – quasi als Hochzeitsgeschenk. Es war unangemessen, an einen anderen Mann zu denken. So sehr ihr Herz nach Miguel verlangte, Henri würde ihr den Ring an den Finger stecken.

Florence trat neben sie und hob eine Augenbraue an. »Ganz nett. Aber willst du das bei deiner Hochzeit tragen? Ich nehme an, Henri stellt sich repräsentativeren Schmuck vor. Komm mit, ich weiß, wo es die guten Sachen gibt.« Schmunzelnd zog Florence sie weg von der Auslage mit dem einfachen Silberschmuck und ging mit ihr tiefer in den Laden hinein, in dem sich die wertvolleren Schmuckstücke befanden. Mit dem Kinn deutete sie auf ein herrliches Collier aus Weißgold mit fünf wundervollen, tiefblauen Saphiren, die von funkelnden Brillanten und Diamanten eingerahmt waren. Florence nickte leicht. »Etwas in der Richtung wäre wohl eher angemessen.«

Louises Atem stockte beim Anblick dieses Prunkstücks. Es war kunstvoll auf einem blausamtenen Kissen drapiert, gesichert hinter dickem Glas. »Das kostet sicher ein Vermögen«, erwiderte sie und wollte weitergehen.

Da kann bereits der Verkäufer auf sie zu. »Darf ich den Damen weiterhelfen? Sie haben sich da etwas besonders Exquisites ausgesucht, ich bewundere Ihren Geschmack.« Er taxierte sie kurz, als ob er abschätzen wollte, ob es sich lohnte, Zeit und Geduld in sie zu investieren. Ein Anflug von Hochmut trat in sein Gesicht, als seine Blicke über ihr gut sitzendes, aber nicht mehr ganz modernes Kleid und den schlichten Schmuck glitten. »Nun, vielleicht darf es ja ein Stück aus einer der anderen Vitrinen sein?«

Was nicht anderes bedeutete, als dass er ihnen die billigeren Waren zeigen wollte. Er stempelte sie einfach ab. Wut stieg in Louise auf und sie hob die Schulter an. »Ich benötige Schmuck für meine baldige Vermählung mit Henri Bernard. Ich bin mir sicher, mein Verlobter oder seine Familien haben bereits ein Konto bei Ihnen?«

Natürlich zog der Name. Immerhin waren die Bernards die reichste Familie in der ganzen Champagne. Kurz weiteten sich die Augen des Mannes, dann hatte er sich wieder unter Kontrolle. »Selbstverständlich. Die Familie Bernard hat nahezu unbegrenzten Kredit bei uns. Zur Hochzeit wäre das natürlich formidabel.« Er nahm einen Schlüssel, öffnete die Vitrine und hielt ihr das Prunkstück entgegen.

Obwohl es Louise widerstrebte, etwas so Teures von dem Geld der Bernards zu kaufen, bevor sie verheiratet war, ließ sie es zu, dass der Verkäufer ihr das Collier um den Hals legte. »Es ist wie für Sie gemacht«, schmeichelte er ihr. »Sehen Sie nur, die Saphire haben sogar genau die Farbe Ihrer Augen.«

Zögernd trat Louise vor den Spiegel. Das tiefe Blau der Edelsteine unterstrich die Farbe ihrer Augen, ließ sie aussehen wie zwei kleine Spiegel, in denen sich der Glanz der Saphire brach und ihn verstärkte. »Sie ist ein Traum«, murmelte sie und wagte kaum zu atmen aus Angst, dies könnte dem Schmuck schaden.

»Du musst sie nehmen«, bekräftigte Florence. Bewunderung lag in ihrem Blick.

»Ich weiß nicht ... Vielleicht sollte ich das vorher mit Henri besprechen? Wie viel kostet dieses Collier denn?«

Der Verkäufer winkte ab. »Ach, für diesen Anlass ist das unerheblich. Wenn Sie diese Kette gerne haben möchten, bespreche ich alles Weitere mit Monsieur Bernard.«

Louise war klar, dass er damit das Oberhaupt der Familie meinte und nicht Henri. Fragend schaute sie zu Florence, die heftig nickte. Sie drehte sich wieder zum Spiegel und fühlte sich beinahe geblendet von dem Funkeln der Juwelen. Ein bitteres Lächeln glitt über ihr Gesicht. Wenn sie schon Miguel nicht haben konnte, dann wenigstens Geschmeide.

Sie wandte sich an den Verkäufer. »Die Kette ist wunderschön. Klären Sie gern das Finanzielle mit Monsieur Bernard. Das ist eine Sache unter Männern.« Sie lächelte ihn an. Dass sie sowieso keinen Wert darauf legte, mehr mit ihrem baldigen Schwiegervater zu reden als nötig, sagte sie natürlich nicht.

Der Mann nickte dienstbeflissen. Vorsichtig nahm er ihr das Collier ab. Anstatt es wieder in der Vitrine auszustellen, legte er das Prunkstück in ein Schmucketui, das mit seinen feinen Verzierungen beinahe selbst ein kleines Kunstwerk war. »Hier wird es auf Sie warten.« Der Mann lächelte sie erwartungsvoll an. »Kann ich noch etwas für Sie tun?«

Louise dachte wieder an das Medaillon, das sie so sehr an Miguel denken ließ. Doch das konnte sie jetzt nicht kaufen, selbst wenn sie vorgab, es sei ein Geschenk für ihren Zukünftigen. Florence würde schnell herausfinden, dass es nicht für Henri war. Eine Idee formte sich in ihrem Kopf.

»Nein, danke«, erwiderte sie mit fester Stimme. Sie hakte sich bei ihrer Schwester ein und verließ den Laden mit ihr.

»So, dann können wir jetzt etwas essen, oder?«, schlug Florence vor. Sie zog Louise zu ihrem Lieblingsrestaurant, einem kleinen Lokal unweit des Zentrums, dessen

Speisenauswahl ebenso erlesen war wie die Weinkarte. Sie erreichten das Restaurant schon beinahe, als Louise stehen blieb und sich gegen die Stirn schlug.

»Ach je, ich muss dem Verkäufer noch sagen, dass die Kette etwas zu lang war«, verkündete sie. Das war noch nicht einmal gelogen; der letzte, zentrale Saphir saß so tief, dass er bei ihrem Hochzeitskleid fast in den Ausschnitt fiele. So viel Aufmerksamkeit wollte sie nicht dorthin lenken.

»Na, dann gehen wir zurück«, erklärte Florence, schaute jedoch sehnsüchtig zu dem Café, dessen Schild einladend in der Sonne funkelte. Louise lächelte ihr zu.

»Geh doch ruhig schon vor und trinke einen Aperitif für mich mit. Du musst mich nicht zum Juwelier begleiten«, beruhigte sie ihre Schwester.

Dankbar drückte Florence sie an sich, dann ging sie Richtung Restaurant davon, während Louise zurück zum Schmuckgeschäft eilte. Hoffentlich schaffte sie es vor der Mittagspause. Sie beeilte sich noch mehr und kam gerade an, als der Verkäufer den Laden abschließen wollte.

»Bitte, warten Sie! Ich möchte noch ein Medaillon mit meinem Geld kaufen. Als Geschenk ... für Henri.« Bittend schaute sie den Verkäufer an. Der zögerte kurz, drehte den Schlüssel jedoch wieder herum und hielt ihr die Tür auf.

»Natürlich, Madame. Welches Schmuckstück soll es denn sein?« Er wollte mit ihr zu den teuren Vitrinen gehen, doch sie schüttelte den Kopf und eilte zielstrebig auf die vordere Auslage zu. Sie deutete auf das Medaillon mit den Trauben. »Das hätte ich gern. Mit der Gravur: *In ewiger Liebe. Deine Louise.* Aber bitte verraten Sie die Überraschung nicht.«

Ein Lächeln zog über das Gesicht des Verkäufers. »Meine Lippen sind versiegelt.« Er hob das Medaillon so vorsichtig an wie das Collier zuvor, dabei kostete es vermutlich nur einen Bruchteil davon. Für Miguel wäre es ein schönes Geschenk. Spätestens zum Abschied, der nicht mehr lange auf sich warten ließe. Die Lese war bereits zur Hälfte erledigt. Der Gedanke schnürte ihr die Kehle zu und ihre Augen brannten. Sie nahm den Kopf höher. Sie durfte jetzt nicht weinen.

Köln und Reims, heute

»Also, ich weiß ja nicht … Du willst auf gut Glück in die Champagne fahren, weil deine Großmutter dort vielleicht irgendwo gearbeitet hat?« Davon, dass Oma Louise vielleicht sogar die Inhaberin gewesen war, hatte Hannah lieber nichts erzählt. Falls es doch nicht stimmte, würde ihre Chefin sie nur verspotten. »Obwohl wir die Brenner-Hochzeit noch nicht fertig geplant haben?« Der Missmut war deutlich in Annemaries grauen Augen zu erkennen, die natürlich jegliches Mitgefühl vermissen ließen.

Hannah unterdrückte ein leises Seufzen. Die kurzfristige Anteilnahme, die ihre Chefin wegen des Todesfalls verspürt hatte, war offensichtlich schon vorbei. »Das Hotel hat sicher auch etwas davon. Ich kann vor Ort Kontakte knüpfen und vielleicht danach bessere Konditionen aushandeln«, versuchte Hannah, es ihr schmackhaft zu machen.

Wie sehr sie es hasste, betteln zu müssen. Aber ihre Internet-Recherchen hatten wie erwartet nichts ergeben. Es gab keine Hinweise auf ein Weingut in Reims, das einen Stern in seinem Logo hatte. Sie musste selbst in die Champagne fahren und sich vor Ort umschauen.

»Hm.« Begeisterung sah anders aus.

»Ich bin ja auch nur für eine Woche weg.«

Annemarie schaute sie weiter so unergründlich an wie das Gebirgsmassiv, dem sie in ihrer Sturheit oft ähnelte. Nach einer Weile legte ihre Chefin einen perfekt manikürten Finger gegen ihre Oberlippe. »Also, ich weiß nicht ... Das ist jetzt schon ein ziemlich schlechter Zeitpunkt. Kannst du nicht zwei Monate warten, bis wir diese Hochzeit geplant haben?«

Na klar. Weil die Champagne im November auch so viel Spaß machte. Jetzt war gerade Lesezeit und die Sonne sollte laut Wetter-App die ganze nächste Woche scheinen. Außerdem: Irgendetwas war immer. Am Ende musste sie ihren Urlaub noch verfallen lassen. Ganz sicher nicht. Sie schüttelte den Kopf. »Im November kann ich nicht, da habe ich private Termine«, erklärte sie daher hastig.

Doch Annemaries geschürzte Lippen verdeutlichten, sie erwartete ein Entgegenkommen. Hannah knirschte mit den Zähnen. »Ich arbeite dafür auch die nächsten vier Wochenenden hintereinander.«

»Von mir aus können wir das so machen. Bitte bereite alles vor, damit Manuela dich vertreten kann.«

Beinahe hätte Hannah sich verschluckt. Wieso sollte denn ausgerechnet Manuela ihren Job machen, solange sie unterwegs war? Normalerweise übernahm das Martin. Er besaß immerhin genug Weinverstand, um keinen Weißburgunder aus der Pfalz als Offenbarung zu verkaufen.

Hannahs Magen zog sich zusammen. Sollte etwa diese Speichelleckerin demnächst ihren Job übernehmen? Annemarie glaubte ja sowieso, eine Sommelière sei unnötiger Luxus. Dann könnte von dieser Reise noch mehr abhängen, als nur das Geheimnis ihrer Großmutter zu lüften.

Kurz überlegte Hannah, die Sache abzublasen. Wer wusste schon, was es mit diesem Foto auf sich hatte? Es konnte einfach ein Schnappschuss vor einer schönen Kulisse sein. Aber das glaubte Hannah nicht. Nein, ihr Gefühl sagte oder vielmehr schrie ihr zu, dass mehr daran war. Also biss sie die Zähne zusammen. »Gut. Deal.«

***

Mit einem Gefühl der Erleichterung betrat Hannah das Hotelzimmer. Ihre müden Glieder und vor allem ihr gequälter Hintern sehnten sich nach einer Erholungspause. Die Reise in die Champagne hatte sich länger gezogen als erwartet, weil halb Köln wegen des herrlichen Altweibersommers unterwegs war. Die knapp vierhundert Kilometer dauerten fast sechs Stunden. Aber jetzt war sie ja endlich da.

Die Tür fiel sanft hinter Hannah ins Schloss, während sie den Blick schweifen ließ und den Flair des Hauses einatmete. Das Hotel lag mitten in Reims und war ein Traum. Dank ihrer Kontakte hatte sie ein 5-Sterne-Hotel zum Schnäppchen-Preis bekommen. Die Einrichtung verband modernes Design mit zeitloser Schönheit. Ein karamellfarbenes Designersofa mit weichen

Kissen, die einladend darauf drapiert waren, stand an der dezent beige gehaltenen Wand. Flankiert wurde das Sitzmöbel von zwei farblich passenden Cocktailsesseln und einem kleinen Beistelltisch. Darauf stand eine Schale mit frischem Obst und eine Piccoloflasche Champagner – eine Geste des Hotels, um die Gäste willkommen zu heißen.

Sofort trat Hannah zu dem Tischchen und zog die Flasche aus dem Eis, um nachzusehen, welche Marke es war. Ruinart. War das ein Zeichen? Ob Großmutter dessen geheime Besitzerin war? Sie schmunzelte. Wohl kaum. Immerhin war das Weingut eines der Flaggschiffe der Champagne.

Falls Oma Louise tatsächlich etwas mit einer hiesigen Kellerei zu tun hatte, dann wohl eher mit einer der unzähligen kleineren. Sie schaute durch das Fenster, von dem sie einen Blick auf die Weinberge erhaschte, die sich bis zum Horizont erstreckten. Die Weite machte ihr auf einmal klar, dass ihre Aufgabe der Suche nach einer Nadel im Heuhaufen glich.

Mit einem plötzlichen Gefühl der Ohnmacht ließ sie sich auf das Sofa sinken, schraubte die kleine Flasche mit dem Champagner auf und füllte den Inhalt in ein Glas. Genüsslich nahm sie einen Schluck. Danach zog sie das Foto aus ihrer Handtasche, das natürlich durch eine Hülle geschützt war. Welches Gebäude verbarg sich bloß dahinter? War es wirklich ein Weingut, wie sie glaubte? Wenn nicht, stand sie ganz schön doof da – insbesondere vor Annemarie. Hannah seufzte und wünschte sich nichts sehnlicher, als Großmutter Louises Geheimnis zu enträtseln.

Aber genau deswegen war sie ja hier. Sie würde sich unter die Leute mischen und das Angenehme mit dem Nützlichen kombinieren: Sie traf sich mit Winzern, probierte Champagner und plauderte mit ihnen. Die erste Besichtigung hatte sie in rund einer Stunde. Die sie nur durch die Hilfe eines befreundeten Hoteliers bekommen hatte. Normalerweise waren die Termine auf Wochen im Voraus gebucht.

Dank ihres Netzwerks hatte sie einige Treffen arrangieren können. Irgendjemand wusste sicher etwas. Dieser Gedanke verlieh ihr wieder Hoffnung. Beschwingt räumte Hannah den Koffer aus, nahm ihre Kosmetiktasche und ging hinüber in das Bad. Eine Dusche würde den Stress der Reise vertreiben. Und danach würde sie damit beginnen, den Schleier von Großmutters Vergangenheit zu lüften.

Gut vier Stunden später machte sich Ernüchterung in Hannah breit. Dies war nun schon die zweite Champagnerführung des heutigen Tages. Und wie zuvor bei Pommery erfuhr sie auch bei Taittinger nicht das geringste Bisschen über das Weingut, vor dem ihre Großmutter auf dem Bild stand. Der junge Mann, der sie und eine Handvoll weiterer Besucher durch das Champagnerhaus führte, war extrem freundlich.

Außerdem hatte er diesen charmanten französischen Akzent, den sie liebte. Obwohl dieser es nicht gerade leichter machte, seine Wortflut auf Englisch zu verstehen – deutsche Führungen gab es nicht. Leider wusste er überhaupt nichts von der Vergangenheit dieser Gegend, da er aus dem Pariser Umland kam. Vermutlich ein Student, der sich etwas dazu verdiente, um die teure Wohnung bezahlen zu können.

Nach zwei vorsichtigen Nachfragen, die er ebenso höflich wie nichtssagend beantwortete, sah Hannah ein, dass sie bei ihm nicht weiter kam. Sie gab es auf und hörte stattdessen seinen Ausführungen zu, wie das Champagner-Haus zu einem der größten geworden war und worauf sie besonders bei der Herstellung achteten. Dieser Teil interessierte sie am meisten und sie hakte einige Male nach, was ihr verwunderte Blicke ihrer Mitbesucher einbrachte.

Bei der anschließenden Tour durch den Weinkeller glaubte sie beinahe, sie seien in die römische Antike zurückversetzt worden, so prunkvoll war er. Aus ihrer Sicht passte diese Atmosphäre perfekt zur Seele des edlen Schaumweins. Zum Abschluss der Tour ging es in den Degustationsraum. Aufgeregte Vorfreude lag in der Luft, als die Gruppe auf einen Tisch zusteuerte, auf dem schon einige Flaschen in silbernen Kühlern bereitstanden. Hannah schaute sich um und bemerkte, dass etwas Wichtiges fehlte.

»Entschuldigen Sie bitte, wo ist denn der Spucknapf?«

Sofort drehten sich ruckartig alle Köpfe zu ihr. Die Gesichter spiegelten alle Facetten der Verwirrung bis hin zu blankem Entsetzen wider. Letzteres lag auf dem hübschen Antlitz des jungen Mannes von Taittinger.

»Sie wollen den Champagner ... *ausspucken*?«

Sofort fühlte sich Hannah ganz schlecht. Natürlich war es ein Sakrileg. Allerdings war das bei professionellen Verkostungen üblich. Aber sie waren hier nun einmal unter Laien, die jedes noch so kleine Schlückchen des edlen Tranks trinken wollten. Dazu waren sie schließlich hier.

»Leider ja. Ich brauche meinen Führerschein.«

Er verdrehte die Augen und wechselte einen Blick mit dem Mann am Degustationstisch. Anschließend zog er unter leisem Murmeln von dannen, um einen Napf zu besorgen.

»Er bezeichnet Sie übrigens gerade als deutsche Ignorantin«, erklang auf einmal eine dunkle Stimme hinter ihr. Seltsamerweise sprach der Mann ein fließendes Deutsch, mit einem charmanten französischen Akzent. Verwundert drehte sie sich um und schaute direkt in braungrüne Augen, aus denen der Schalk blitzte. »Wollen Sie den genauen Wortlaut hören?«

Hannah schüttelte lachend den Kopf. »Ich kann es mir schon denken. Er hat mich eben ja angesehen, als hätte ich ihm einen Dolch mitten ins Herz gestoßen.«

Der junge Mann, der nur wenige Jahre älter sein konnte als sie, lachte leise. Hannah bemerkte erstaunt, wie nett es klang. Dieser Typ war ziemlich sympathisch – und verdammt süß. Lockige, nussbraune Haare umrahmten ein gutgeschnittenes Gesicht mit ausgeprägten Wangenknochen und um seinen Mund spielte ein amüsiertes Schmunzeln.

»Für einen Franzosen ist Ihre Bitte beinahe genauso schlimm. Einen Champagner zu verschmähen ... Und dann auch noch so einen edlen. *Sacre bleu!*« Er riss die Augen in gespieltem Entsetzen auf. »Sie wissen, dass man dafür in Reims mit einer Freiheitsstrafe rechnen muss?«

»Und wie kommt es dann, dass Sie noch mit mir reden und nicht gleich die Aromapolizei holen?«

Wieder lachte er. »Nun, anhand Ihrer detaillierten Fragen bin ich mir sicher, dass Sie aus dem Metier sind. Allerdings sind Sie nicht hier, um Weine im großen Stil zu kaufen, sonst hätte man Ihnen eine private Führung gegeben. Deswegen vermute ich, Sie verbinden Privates mit – *comment dit-on en allemand?* – ah, dienstlichen Interessen, *non*?«

»Ja, das stimmt. Aber wieso ist Ihnen das überhaupt aufgefallen?«, wunderte sie sich.

Er grinste. »Ich mag Ihre Haarfarbe. Sie erinnert mich an einen Rosé-Champagner. Das sieht man nicht oft.«

Verlegen strich sie sich mit den Fingern durch ihre Haare. »Danke. Falls es ein Kompliment sein soll«, murmelte sie. So ganz sicher war sie sich dabei nicht. Mit Champagner waren ihre Haare noch nie verglichen worden. Irgendwie süß.

»O ja, das ist es. Ich liebe Rosé-Champagner, auch wenn das wohl wenig männlich ist. Ich heiße übrigens Julien.«

»*Salut,* Julien«, gab sie eins der wenigen Wörter zum Besten, die sie auf Französisch kannte. »Ich bin Hannah.«

Er stöhnte. »*Non!* Warum muss es ein Name mit einem unaussprechlichen Buchstaben sein? Nun denn, ich gebe trotzdem mein Bestes. *Salut, 'annah.*«

Hannah musste schmunzeln. Auch wenn Juliens Akzent nicht so ausgeprägt war wie der ihres Führers, so stellte das H anscheinend eine unüberwindbare Herausforderung für ihn dar. Er sprach ihren Namen wie *Anna* aus; nur ein leichtes Hauchen vor dem A verriet seine Bemühung.

»Na, Sie wissen doch – ich bin eine gemeine, deutsche Ignorantin. Kein Sinn für Champagner, die französische Sprache und erst recht nicht für französische Männer.«

Sein Lächeln vertiefte sich und auf seinen glatt rasierten Wangen erschienen zwei extrem süße Grübchen. »Ich habe vor, alles drei zu ändern. Aber wollen wir nicht du sagen?«

»Unbedingt.« Ihr Puls beschleunigte sich, als ihr klar wurde, was er eben von sich gegeben hatte. Dieser heiße Franzose flirtete mit ihr. Nur zu gern hätte sie mit etwas genauso Schlagfertigem gekontert, allerdings fiel ihr nichts ein, obwohl sie sonst nicht auf den Mund gefallen war. Aber Julien gefiel ihr und das verunsicherte sie.

Zum Glück kam da auch schon ihr Führer zurück. Mit finsterer Miene knallte er den Spucknapf auf den Tisch und murrte: »Bon, hier ist der ... *Topf* für Sie.«

Er brachte es noch nicht einmal über sich, das Wort auszusprechen. Hannah musste im Stillen grinsen.

Julien trat einen Schritt vor und stellte sich neben sie. »Nun, wo wir uns duzen, darf ich mich sicher in deine Nähe wagen, oder?« Er schaute sie einen Moment nachdenklich an, bevor er sagte: »Wie wäre es denn, wenn ich dich heute fahre? Du kannst den Wagen sicher über Nacht hier stehen lassen.«

»Das würde mich natürlich freuen. Aber ... was ist mit dir? Dann kannst du ja gar nichts trinken.«

Er machte eine wegwerfende Bewegung mit der Hand. »Ach, das ist egal. Wenn du schon extra aus Deutschland anreist, solltest du den Champagner auch genießen können. Ich kann jederzeit wiederkommen.

Eigentlich bin ich sowieso nur hier, weil ich einige Unterlagen abholen soll. Bei der letzten Messe hat man unsere Papiere vertauscht.« Mit einem weiteren Lachen schüttelte er den Kopf. »Als ob das Weingut Bernard an Taittinger herankäme. Die sind ja nur zigfach größer.«

»Also bist du auch im Business?«

Er öffnete den Mund zu einer Antwort, als der Mann am Tresen etwas auf Französisch zu ihm sagte. Der Führer und einige Besucher schmunzelten, während Julien gutmütig grinste. »Später«, murmelte er nur. »Samuel hat mir eben zu verstehen gegeben, dass ich ruhig sein soll.«

Anscheinend hatte er ihn dabei aufgezogen. Konnte das etwas mit Hannah zu tun haben? So, wie alle sie ansahen, wirkte es fast so. Seltsamerweise störte sie das aber gar nicht, im Gegenteil. Sie fand das sogar sehr charmant.

Kapitel 5

Reims, 1965

Die Sonne stand schon tief am Himmel, als sich Louise mit einem Buch auf den knarzenden Holzstuhl auf der Veranda setzte und in die Weiten der Weinberge blickte. Ein laues Sommerlüftchen strich durch ihr Haar und trug den betörenden Duft von reifen Trauben zu ihr herüber. Oder zumindest bildete sie sich das ein. Sie atmete tief durch und genoss die Wärme des Frühherbstes. Das herrliche Wetter so kurz vor dem Ende der Weinlese sorgte dafür, dass die Früchte noch eine Extraportion Süße bekamen.

Sie vertiefte sich ganz in ihr Buch, in dem es allmählich auf ein glückliches Ende für die Liebenden zuging. Daher bekam sie es gar nicht mit, als ihr sich Vater zu ihr gesellte.

»Sieht gut aus, nicht wahr?«, sagte er und sie ließ vor Schreck beinahe das Buch fallen. Sein Blick war auf die weitläufigen Weinberge gerichtet, die sich bis zum Horizont erstreckten. Ein stolzes Lächeln lag auf seinen Lippen, das die Falten um seine Augen vertiefte.

Louise nickte andächtig und wandte ihren Blick nicht von dem Anblick ab. »Die Trauben sind perfekt entwickelt, Papa. Die Ernte wird großartig sein.«

»Ja, das denke ich auch«, antwortete er mit einer Mischung aus Zufriedenheit und Vorfreude. »Die Menge wird genauso vielversprechend wie die Qualität sein. Dieses Jahr könnte endlich wieder ein gutes Jahr für uns werden.«

Louise stieß einen Stoßseufzer aus. »Wir hätten es verdient, nach den zwei schweren Jahren in Folge.«

»Das stimmt.« Ihr Vater nahm sich eine seiner heiß geliebten Zigarren und zündete sie genüsslich an. Im Haus durfte er nicht rauchen, weil Louises Mutter den Geruch nicht leiden konnte. Deswegen hatte sie ihn auf die Veranda verbannt. Allerdings glaubte Louise, dass ihn das nicht besonders störte, da er hier auf seine heiß geliebten Weinberge schauen und mit ihr über Wein reden konnte. Das war etwas, das sie immer gern machten. Florence hatte nie so viel Interesse dafür aufgebracht wie sie selbst. Louise war mit Leib und Seele Winzertochter.

Ein angenehmes Schweigen legte sich zwischen sie, während ihr Vater genüsslich an seiner Zigarre zog. Im Gegensatz zu ihrer Mutter mochte Louise den Geruch des Rauchs, weil er für sie untrennbar zu ihm gehörte. Wann immer sie irgendwo eine Zigarre roch, dachte sie stets an ihren Vater, egal, wo sie war. Sie genossen die Stille des Abends und hingen ihren Gedanken nach.

Dann brach Louise das Schweigen und ihr Blick wanderte zu ihrem Vater. »Papa, ich habe überlegt ... Wenn dieser Jahrgang besonders gut wird – vielleicht könnten wir ja auch einen Vintage-Champagner keltern? Das machen viele andere Winzereien ebenfalls.«

Ihr Vater lächelte amüsiert. »Und vor allem Lily Bollinger, nicht wahr? Sie hat das perfektioniert.«

Sie nickte und schaute aufgeregt zu ihm hinüber.

Mit der freien Hand strich er über sein Kinn, an dem die dunklen Bartstoppeln sprossen. Danach nahm er einen weiteren tiefen Zug von seiner Zigarre und hielt ihn einen Moment, bevor er den Rauch langsam entweichen ließ. »Nun, es wäre sicherlich eine Idee. Wir könnten unsere Reputation damit vielleicht weiter verbessern. Aber du weißt, das schürt auch Erwartungen. Manche Kunden wollen, dass wir jedes Jahr Vintage-Champagner anbieten, und sind enttäuscht, wenn der Jahrgang es nicht hergibt.«

»Lily Bollinger spielt genau mit diesen Erwartungen«, gab Louise zu bedenken.

»Sie ist auch eine Ikone.« Ihr Vater lachte leise. »So sehr du mich an sie erinnerst, wir sollten unsere Güter nicht miteinander vergleichen. Sie spielt in einer anderen Liga.«

»Aber auch Bollinger hat klein angefangen.« Louise schob den Unterkiefer vor. Sie wollte keinesfalls einknicken, denn sie war fest davon überzeugt, dass das Gut *Etoile* über ein bedeutendes Potenzial verfügte. Ihr Vater nutzte es bloß nicht richtig aus. Doch das wollte sie ändern. Und vielleicht wäre der aktuelle Jahrgang ein guter Anfang dafür.

Er schaute sie nachdenklich an und es schien, als sei er nicht ganz abgeneigt. Schließlich schüttelte er den Kopf. »Louise, *mon Chou*, ich schätze deine Ideen. Aber ich denke, das ist etwas, das ich mit Henri besprechen sollte.«

Louises Magen krampfte sich zusammen. Durfte sie nicht einmal ihre Vorschläge mit ihm diskutieren, ohne dass ihr Verlobter anwesend war? Noch hatte Guillaume Bernard keinen Franc in das Weingut gesteckt. Warum warf er trotzdem schon einen Schatten darauf und verdunkelte alles?

Ihr Vater stieß geräuschvoll die Luft aus, als er ihre starre Miene bemerkte. Er drückte seine Zigarre in dem Aschenbecher aus und tätschelte sanft ihre Hand. »Ich weiß, es ist schwer für dich. Aber denk daran – die Bernards können das Weingut stärken und ausbauen. Sie haben schon einige gute Ideen.«

Louises Magen verklumpte sich. Also hatte Guillaume bereits Pläne und ihr Vater kannte sie. Vermutlich wusste auch Henri davon. Jeder kannte sie – nur nicht Louise. Bittere Galle stieg in ihr auf, als ihr klar wurde, dass die Zeiten, in denen ihr Vater sie um Rat fragte, anscheinend vorbei waren. War dies wirklich das Leben, das sie künftig führen wollte?

Reims, heute

Hannah genoss das unerwartete Vergnügen, den Champagner nicht ausspucken zu müssen, sondern das prickelnde Nass die Kehle hinabrinnen zu lassen. Den Anfang machte eine eher einfache Sorte – elegant, frisch und leicht fruchtig, aber nichts Besonderes. Auch wenn die anderen Besucher schon Ahs und Ohs ausriefen. Hannah trank einige wenige Schlucke, den Rest des Glases schüttete sie aus.

Das brachte ihr weitere verwunderte Blicke seitens der anderen Gäste und eine pikierte Miene ihres Führers ein. Nur Julien, der seit dem Rüffel konsequent schwieg, lächelte leise vor sich hin. Er hob sein eigenes Glas, nahm einen kleinen Schluck und ließ die Flüssigkeit wieder entweichen. Das wirkte so gekonnt, dass man sah, er machte dies nicht zum ersten Mal.

Der nächste Champagner war schon von einer gehobeneren Kategorie, aber immer noch keine Offenbarung. Hiervon trank Hannah allerdings etwas mehr, bevor sie das Glas wieder leerte. Um den Gaumen zwischendurch zu neutralisieren, knabberte sie an den Grissini. Julien tat es ihr gleich. Dabei warf er ihr einen fragenden Blick zu und zeigte auf ihr Glas. Sie nickte lächelnd, bedeutete ihm aber mit einer entsprechenden Handbewegung an, dass sie noch wartete. Verständnis blitzte auf in seinen Augen. Anscheinend wusste er ebenfalls, dass bei Degustationen die Qualität immer anstieg. Deswegen war es Unsinn, sich zu viel von den ersten Proben hineinzuschütten. Sonst war man betrunken, bis die guten Sachen kamen und man konnte sie nicht würdigen. Zu gern würde sie fragen, was genau er bei dem Weingut Bernard machte, für das er anscheinend arbeitete. Aber er schwieg beharrlich, während ihr Führer die Charakteristika der nächsten Sorte erläuterte.

»Dieser wunderbare Champagner besticht durch die Aromen von reifem Pfirsich und süßen Aprikosen sowie Vanille. Er stammt aus den Lagen rund um Reims«, erklärte er gerade. »Beachten Sie die feine Perlung.«

Hannah neigte das Glas leicht und sah zu, wie die Kohlensäure in einem fröhlichen Reigen aufstieg. Sie liebte diesen Anblick. Dann hielt sie das Glas wieder gerade und tauchte ihre Nase hinein. O ja, das Bouquet war schon deutlich spannender als das der beiden Einsteigertypen. Dieses Glas würde sie mit Genuss austrinken. Aus dem Augenwinkel bemerkte sie, dass Julien sie neidvoll anblickte. Wenn er nachher noch Zeit hatte, würde sie ihn für seinen Alkoholverzicht zum Essen einladen. Das hatte er sich verdient.

Außerdem würde sie gern weiter mit ihm reden. Er war echt verdammt süß. Von der Seite schaute sie ihn an und musterte ihn. Diese tollen Wangenknochen. Die vollen Lippen. Und diese knackige Figur. Wirklich nicht schlecht. Als er ihren Blick bemerkte, zwinkerte er ihr zu und sie sah hastig weg. Nicht, dass er dachte, sie schmachte ihn an.

Wobei – eigentlich war das auch egal. Sie war ja sowieso nur für wenige Tage hier. Da konnte sie ruhig etwas offensiver sein als sonst. Wenn sie schon nichts über Oma Louises Weingut erfuhr, konnte sie wenigstens mit Julien flirten. Sie mochte seine französische Lässigkeit.

Also drehte sie sich wieder zu ihm und versuchte, ihn möglichst sinnlich anzuschauen, während sie den letzten Schluck von dem exquisiten Schaumwein nahm. Sie bemerkte, wie er schluckte, und seine Pupillen sich weiteten. Na, anscheinend wusste sie doch noch, wie es ging, obwohl ihre letzten Flirtversuche eine Weile zurücklagen. Er lächelte ihr zu und nun lag Verheißung in seinem Blick. Ihr Magen kribbelte und ihr Puls raste. Er machte einen kleinen Schritt auf sie zu, wodurch sich ihre Schultern berührten.

Das Glas am Mund haltend sah sie zu Julien hoch. Sie ging ihm trotz ihrer mickrigen Einsfünfundsechzig fast bis zur Nasenspitze. Wenn sie sich etwas noch oben streckte, könnte sie ihn küssen. Sein Lächeln vertiefte sich, als ob er ihre Gedanken erahnte. Oder wollte er nur freundlich sein? Allerdings kam er ihr nicht wie ein Aufreißer vor.

Der nächste Champagner kam, der diesmal durch einen wunderschönen Rosaton bestach.

»Fast wie deine Haare, oder?«, murmelte Julien in ihr Ohr. Dabei beugte er sich so weit zu ihr, dass sein warmer Atem wie eine zärtliche Berührung über ihren Hals strich.

Ihre Haare an den Unterarmen richteten sich auf und sie spürte, wie sich ihr Unterleib zusammenzog. Gott, sie brauchte wirklich dringend wieder einen Freund, wenn sie so auf die kleinste Annäherung reagierte! Anstelle einer Antwort nickte sie nur, weil sie Angst hatte, ihre Stimme könnte vor unterdrücktem Verlangen kehlig klingen.

Während der ganzen Degustation spürte sie Juliens Nähe überdeutlich. Die Wärme seiner Haut ebenso wie das dezente Aftershave, nach dem er duftete. Mit steigendem Alkoholkonsum wurde sie mutiger und lehnte sich sogar einmal gegen ihn. Sie hörte, wie er scharf die Luft einsog. Aber er machte keinerlei Anstalten, ihr auszuweichen, sondern hielt die Spannung in seinem Körper.

Als die Verkostung vorüber war und sich alle zerstreuten, fühlte sie eine leise Traurigkeit. Ihr hatte diese Innigkeit seltsam gut gefallen, obwohl sie ihn kaum kannte.

»Einen Moment.« Julien hob den Zeigefinger und ging zu den beiden Taittinger-Mitarbeitern, um mit ihnen zu reden. Die drei schauten kurz zu ihr hinüber, dann folgte ein Wortschwall auf Französisch. Zum Schluss kam eine Runde Schulterklopfen für alle, bevor Julien lächelnd zu ihr zurückkam. »So, es ist alles geklärt. Dein Wagen kann bis morgen hier stehen bleiben. Ich stehe dir heute Abend als Fahrer zur Verfügung. Wenn du möchtest, auch als Begleitung beim Diner. Ich habe nämlich Hunger. Und du?«

Sie nickte eifrig. »Sehr gern. Wenn du mich bezahlen lässt. Immerhin konntest du nichts trinken!«

»Bitte, nein. Ich bin froh, dass ich dir eine Freude machen konnte. Außerdem – du kennst die Preise französischer Restaurants nicht. Sonst wärst du vorsichtiger mit deinem Angebot«, erwiderte er schmunzelnd.

»Wenigstens die Weine? Oder musst du beim Essen auch nüchtern bleiben?«

»Wo denkst du hin? Was wäre denn ein gutes Essen ohne anständige Weine?« Er schüttelte entrüstet den Kopf. »*Non*, ich schlage vor, wir essen direkt in Reims etwas. Von da aus kann ich zu meiner Wohnung laufen. Und du kannst ein Taxi nehmen. Oder liegt dein Hotel außerhalb?«

»Nein, es ist relativ zentral.«

»Na dann – folgen Sie mir zu Ihrem Gefährt, Mylady.« Er verneigte sich tief vor Hannah, die kichern musste, was dem Ganzen die Förmlichkeit nahm.

Als er sich wieder aufrichtete, ergriff er zu ihrer Überraschung ihre Hand. Er zog sie sanft aus dem Degustationsraum, während seine Freunde etwas hinter ihm her riefen. Hoffentlich nichts Anzügliches. An der Art, wie er leise vor sich hin lachte, erahnte sie jedoch, dass es nur gutmütige Späße unter jungen Männern waren.

Sie befürchtete schon, er würde ihre Hand loslassen, doch er hielt sie weiter sanft umschlossen. Keine Frage, das französische *Savoir Vivre* gefiel Hannah.

Nachdem Julien den Wagen geparkt hatte, liefen sie durch die Straßen von Reims. Leider nahm er nicht mehr ihre Hand. Hannah schluckte die Enttäuschung herunter und schaute sich in der Stadt um, auf die sie bisher nur kurz einen Blick erhaschen konnte, als sie ihr Hotel gesucht hatte. Ihr Blick glitt über die alten Fassaden und die hohen Fenster mit ihren hübschen, schmiedeeisernen Balkongeländern. Eine leichte Brise trug den Duft von blühenden Blumen zu ihnen herüber.

Sie gingen durch enge Gassen, die sich in schattigen Winkeln verloren, und über malerische Plätze. Der Klang von Lachen und fröhlichen Gesprächen vermischte sich mit den Geräuschen der Autos. Schließlich steuerte Julien ein prunkvolles Gebäude mit einem goldenen Schild an.

»Et voilà – wir sind da«, sagte er und hielt ihr höflich die Tür auf. Sie nickte ihm zu, ging an ihm vorbei und trat in eine Welt voller Luxus ein. Die Wände waren mit opulenten, tiefroten Tapeten geschmückt, die von kunstvoll gestalteten Wandlampen sanft beleuchtet

wurden. Der Fußboden bestand aus dunklem Mahagoniholz, das jedem ihrer Schritte eine gedämpfte Resonanz verlieh. Die Tische waren kunstvoll mit weißen Tischdecken, silbernen Besteck-Sets und funkelndem Kristallgeschirr angeordnet. Kerzen warfen sanfte Schatten, die das Gesamtbild in ein romantisches Licht tauchten.

Ein Kellner mittleren Alters begrüßte Julien mit Handschlag. Sie sprachen kurz miteinander auf Französisch, dann eilte der Mann voraus, um ihnen einen Platz in dem nahezu voll besetzten Restaurant zuzuweisen. Es war ein kleiner Zweiertisch, der etwas an die Wand gequetscht wirkte. Aber deswegen war er vermutlich noch frei. Hannah ließ sich von Julien den Stuhl zurechtrücken und setzte sich.

»Gefällt es dir hier?«, erkundigte er sich.

»Ja, sehr sogar. Ich mag solch ehrwürdige Gebäude. Es erinnert mich an das Hotel, in dem ich arbeite.« Süß, wie aufmerksam er sie behandelte. Ganz anders, als sie es sonst kannte. Die meisten jungen Männer, mit denen sie sich bisher getroffen hatte, dachten mehr an sich selbst.

Die Kellnerin, eine nette junge Frau mit dicken, blonden Zöpfen, kam mit den Speisekarten. Hannahs Blick wanderte über das Angebot und sie schluckte. Julien hatte bei den Preisen für das Essen nicht übertrieben. Selbst die Vorspeisen waren deutlich teurer als die Hauptgerichte in den Lokalen, in denen sie sonst verkehrte. Sie reichten schon an die Preise des *Grand Heritage* heran, dem es mit seinem exklusiv-gehobenen Ambiente allerdings auch ähnelte.

Dafür war das Speisenangebot aber sehr verlockend. Sie schwankte zwischen der gefüllten Perlhuhnbrust mit Foie gras und einer gegrillten Hummer-Sushi-Rolle.

»Und als was arbeitest du in dem Hotel?«, fragte Julien, der bereits die Speisekarte zuklappte, als kenne er das Angebot sowieso in- und auswendig.

»Als Sommelière«, gab sie mit einem gewissen Stolz zurück.

»Ach, deswegen kennst du dich so gut aus.« Er nickte und schaute sie lächelnd an. »Auf so etwas hatte ich getippt.«

Wieder einmal wunderte sie sich über sein flüssiges Deutsch. Nur ganz selten stockte er kurz beim Reden. Meist sprach er jedoch ebenso schnell wie in seiner Muttersprache. »Wie kommt es eigentlich ...«, setzte sie an, da kam bereits die Kellnerin zurück.

»*Salut, que puis-je vous apporter?*« Sie schaute Hannah fragend an. Vermutlich wollte sie ihre Bestellung aufnehmen.

»Ich nehme bitte die Perlhuhnbrust mit Foie Gras«, versuchte sie es zunächst auf Deutsch. Als die Kellnerin lediglich mit den Schultern zuckte, wiederholte sie ihre Bitte auf Englisch. Sie hob zwar die Augenbraue an, notierte sich die Bestellung aber. Dazu empfahl sie einen Champagner, von einem Gut, das Hannah nicht kannte.

Julien lachte. »Genau das wollte ich auch essen. Es ist meine Lieblingsspeise hier.« Er wandte sich an die Kellnerin: »*S'il te plaît deux fois.*«

Die junge Frau ging und Hannah setzte erneut an: »Also, wieso kannst du so gut Deutsch?«

Er fuhr sich mit den Fingern durch die Haare und grinste schief. »Danke für das Kompliment. Ich weiß nicht, wie gut ich es ausspreche. Aber ich habe deine Sprache gelernt, als ich für ein Jahr in Deutschland war. Bei einem großen Unternehmen, um meinen Beruf von der Pike auf zu lernen.«

»Und was machst du, wenn du Unterlagen von einem Weingut zum nächsten bringst? Bist du ein Laufbursche?«

Er lachte lauthals. »O nein, dafür bin ich zu alt. Ich arbeite als Controller.«

»Also in der Buchhaltung?« Hannah konnte nicht verhindern, dass die Überraschung aus ihr herausplatzte. Aber eine so trockene Materie hätte sie ihm nie zugetraut.

Er schmunzelte. »*Oui, je sais* .... Alle glauben, Finanzleute sind total steif und tragen Brillen.«

»Äh, das habe ich nicht gesagt«, stotterte Hannah.

»Aber gedacht. Keine Bange, das ist in Ordnung. Das geht vielen so. Doch ich mag meinen Job. Vor allem, weil die Bernards nicht nur das Champagnerhaus besitzen, sondern auch eine Kaufhaus- und eine Hotelkette. Kennst du das Weingut Bernard eigentlich?« Fragend schaute er sie an.

Hannah durchforstete ihr Gehirn, aber dort klingelte nichts. »Nein, es tut mir leid.«

»Nun ja, es gibt so viele Winzer in der Champagne. Selbst eine Sommelière kann nicht alle gehört haben. Das Gut ist nicht besonders groß, stellt aber einige sehr edle Tropfen her. Wenn es schon nicht für eine Karriere in der Geschäftsführung gereicht hat, so kann ich immerhin mit den Zahlen jonglieren.« Er grinste sie an, doch sie glaubte, eine leise Wehmut in seinem Blick zu bemerken. War dies sein Traum – die Leitung eines Champagnerhauses zu übernehmen? Nun, hier in dieser Region, in der sich alles um den edelsten aller Schaumweine drehte, war das vermutlich wenig verwunderlich.

Bevor sie etwas erwidern konnte, kam die Kellnerin mit dem Champagner und einem Teller mit gefüllten Wachteleiern wieder. *»Et voilà, les Amuse-bouches.«*

Nachdem sie fort war, nahm Hannah eins von den kleinen Eiern, deren Eigelb mit Sahne und vermutlich Mayonnaise vermischt worden war. Obenauf prangte schwarzer Kaviar. Sie biss hinein und erahnte die leichte Würze, die in der Füllung lag. Vielleicht ein Hauch von Trüffel? Mit dem salzigen Kaviar, der darauf verstreut war, schmeckte es vorzüglich. Der vollmundige Champagner, der eine etwas dunklere, leicht ins Orange gehende Farbe hatte, passt perfekt dazu. Sie wandte sich wieder Julien zu.

»Ist das deine wahre Leidenschaft – das Management?«

Er starrte sie verwirrt an, die Hand nach einem Wachtelei ausgestreckt. »Wie kommst du darauf?«

»Du hast gerade gesagt, dass es nicht für eine Karriere in der Geschäftsführung gereicht hat. Das wirkt daher nicht so, als ob das Controlling deine große Liebe ist. Also: Was willst du wirklich?« Auffordernd schaute sie ihn an.

»Ich ... mein Gott, was ist nur in mich gefahren, dass mir so etwas gleich beim ersten Date herausrutscht?« Er fuhr sich verlegen durch die Haare und schnaufte.

»Vielleicht hältst du mich für einen Spinner, wenn ich das sage …«

»Bestimmt nicht. Jeder Mensch hat Träume, oder?«

Er lächelte sie befreit an. »*Bon*, das stimmt. Also, ich träume tatsächlich davon, eines Tages ein tolles Unternehmen zu leiten. Am liebsten natürlich einen internationalen Konzern. Wobei – eigentlich ist mir die Größe der Firma nicht so wichtig. Entscheidend ist doch, dass die Produkte Charme und Esprit besitzen. Wie unser wunderbarer Champagner.« Er hob sein Glas an und prostete ihr zu.

Sie nahm lachend einen Schluck, dann schaute sie forschend zu ihm hinüber. »Würdest du denn gern das Champagnerhaus leiten, für das du arbeitest?«

»Klar. Schon alleine, um meinem Chef Raphael eins auszuwischen. Mann, würde der dumm schauen, wenn ich ihm sagen würde, wo es lang geht.« Julien lachte leise vor sich hin. »Geschähe ihm ganz recht.«

Hannah grinste. »Also bist du auch mit einem Kotzbrocken gestraft, der über dir steht?«

»O ja, das kann man so sagen. Raphael ist der älteste Sohn der Bernards – und der skrupelloseste Typ, den du dir vorstellen kannst. Der macht alles für den Erfolg!« Julien hielt inne und schaute sie ernst an. »Vor ein paar Monaten wollte er einen Megadeal mit einem französischen Kaufhaus einfädeln. Da hat er sich unter falschem Namen an die Tochter des Geschäftsführers herangemacht und ihr die große Liebe geschworen. Kurz nachdem ihr Vater unterschrieben hat, hat er ihr den Laufpass gegeben. Ich habe die Ärmste weinend im Innenhof getroffen und sie getröstet.«

»O je, das ist wirklich schlimm.« Hannah verspürte sofort Mitleid mit der unbekannten jungen Frau. Wie konnte ein Mensch nur so dreist sein? »Ist sicher nicht einfach mit ihm. Und als Sohn des Hauses ist seine Stelle vermutlich in die Ewigkeit gemeißelt.«

Julien nickte und nahm eins der Wachteleier. Nachdem er fertig gegessen hatte, meinte er nachdenklich: »Na ja, es muss nicht das Haus Bernard sein. Obwohl sich das zu einer beachtlichen Größe entwickelt hat. Und es muss auch kein Champagnerhaus sein. Irgendein schönes kleines Familienunternehmen vielleicht. Ich würde lieber Dinge vorantreiben, als immer nur die Kosten zu addieren.« Er spielte gedankenverloren mit der Gabel. Dann blickte er Hannah mit einem amüsierten Schmunzeln an. »Und wer ist dein – wie sagtest du noch: *Kotzbrocken*?«

Hannah lachte, weil er das Wort so akzentuiert aussprach. »Sie heißt Annemarie. Sie leitet das Hotel seit ein paar Monaten und will alle unnötigen Kosten abschaffen. Genau das bin ich für sie – wandelnde Kosten auf zwei Beinen.«

»Auf zwei sehr schönen Beinen übrigens.« Julien grinste. Dann wurde er wieder ernst. »*Mais non*, bei einem guten Hotel darf man nicht am Sommelier sparen. Außerdem bist du wunderbar in deinem Job!«

»Ach, das sagst du nur so. Woher willst du das denn wissen?«

»Du hast ein Gespür für die Seele der Weine. Das habe ich bei der Weinprobe gemerkt. Du probierst sie nicht nur, sondern lässt sie ganz und gar auf dich wirken.«

»Danke dir.« Verlegen strich Hannah sich die Haare zurück und griff nach ihrem Glas. »Dann lass uns anstoßen: Auf wahres Talent. Nieder mit furchtbaren Chefs!«

»Darauf trinke ich. *Santé!*«

»*Santé!*« Lachend stießen sie miteinander an.

Sie nahm sich das letzte Wachtelei und ließ es sich auf der Zunge zergehen. Dann seufzte sie. »Ich glaube, insgeheim arbeitet Annemarie daran, mich abzusägen, damit ihre Assistentin meinen Job mitmacht. Aber die kann einen Cabernet Sauvignon nicht von einem Cabernet Franc unterscheiden!«

Julien lachte leise. »Na ja, immerhin, das erste Wort ist ja schon einmal gleich. Erwarte nicht zu viel.«

Sie grinste ihn an.

Julien nahm einen Schluck von seinem Champagner und schaute sie streng an. »So, Madame, nun kennst du meine geheimen Träume, aber ich deine noch nicht. Sag mir: Was willst du noch in deinem Leben erreichen?«

»Du meinst, außer reich und berühmt zu werden?«

»Wenn es das ist, was du willst, dann erzähle mir gern mehr davon. Aber eigentlich wirkst du nicht so«, erwiderte er so ernst, dass es sie seltsam berührte.

»Nein, Geld ist mir nicht wichtig. Ich brenne für Weine. Ich liebe es, mich den ganzen Tag damit zu beschäftigen.«

»Dann bist du ja eigentlich genau richtig in deinem Job aufgehoben, oder nicht?«

Sie zuckte mit den Achseln. »Wenn Annemarie nicht wäre, ja. Aber eigentlich würde ich noch viel lieber für eines der großen Häuser in Frankreich arbeiten.«

Erstaunt senkte er das Glas, von dem er gerade einen Schluck nahm. »Warum hier und nicht in Deutschland? Ihr habt auch exquisite Weine. Eure Riesling-Weine sind sensationell. Selbst beim Rotwein werdet ihr besser.«

»Das stimmt. Ich mag die ja. Und ich lebe gern in Deutschland. Trotzdem … Ach, ich weiß nicht.« Sie zögerte kurz, weil sie nicht wusste, wie sie ihre Gedanken formulieren sollte. Was sie ihm überhaupt erzählen wollte. Aber er schaute sie so interessiert an, dass es sie förmlich drängte, weiterzureden. »Hier – in der Champagne – fühle ich mich, als wäre ich angekommen. Es ist, als zöge diese Region mich irgendwie magisch an.« Sie lachte leise auf, als er nichts dazu sagte, sondern sie schweigend ansah. »Ich weiß, das klingt total albern.«

Er schüttelte den Kopf. »Nein, das klingt gar nicht albern. Ich glaube fest daran, dass jeder Mensch einen Ort hat, der für ihn bestimmt ist. Wenn das für dich die Champagne ist, dann lass dich darauf ein und genieße es.« Er musterte sie neugierig. »Warst du denn schon oft hier?«

»In Frankreich schon. Ich war an der Cotes d'Azur, der Bordeaux, der Provence und natürlich in Paris. Nur in die Champagne habe ich es bisher noch nicht geschafft. Aber jetzt … jetzt musste ich einfach kommen.« Sie brach ab und dachte wieder an Großmutter Louise. Wie aufgeregt ihre Stimme klang, als sie Hannahs Hände umklammert und sie gedrängt hatte, *ihn* zu finden – wen auch immer. Ob dieser rätselhafte M. etwas mit dem Weingut zu tun hatte? Oder waren das zwei Rätsel in Großmutter Vergangenheit?

»Warum musstest du hierher? Aus geschäftlichen Gründen?« Julien schaute sie verwirrt an.

»Nein, es ist wegen meiner Großmutter.« Hannah atmete einmal tief aus und versuchte, den Kummer zu verdrängen, der wieder mit klammen Fingern nach ihr griff. »Sie ist vor kurzem gestorben. Und sie … sie hatte irgendetwas mit einem Weingut hier zu tun. Entweder gehörte es ihr oder sie hat dort gearbeitet, das weiß niemand«, platzte es aus ihr heraus.

»Wie – eure Familie weiß nicht, ob deine Oma eine Winzerei besessen hat? Hat sie das vor euch verheimlicht?«

Sie schüttelte den Kopf. »Keine Ahnung. Aber irgendetwas muss hier vorgefallen sein. Denn sie hat niemals über ihre Zeit in der Champagne gesprochen. Wir durften kaum das Wort in den Mund nehmen.«

Julien lehnte sich vor und schaute sie aufmerksam an. »*Alors*, das klingt interessant. Davon musst du mir mehr erzählen.« Er schenkte ihnen beiden noch etwas Champagner ein und richtete seine warmherzigen braungrünen Augen unverwandt auf sie.

Eine Weile zögerte Hannah. Julien war viel zu jung, um etwas über Oma Louise zu wissen. Aber er wirkte so interessiert, dass sie nicht anders konnte, als ihm die ganze Geschichte bis ins kleinste Detail zu verraten. Das Essen kam in der Zwischenzeit und sie hatten schon fast aufgegessen, als sie endlich fertig war.

Julien starrte sie aus großen Augen an. »Wow. Das nenne ich mal eine spektakuläre Entdeckung. Wer weiß, vielleicht gehört dir in Wirklichkeit Taittinger und du weißt es nicht.«

Hannah musste lachen. »Sicher. Wenn schon denn schon.« Sie nahm sich den letzten Bissen des Perlhuhns und steckte sich es in den Mund. Die Kombination der verschiedenen Aromen raubte ihr beinahe den Atem. Sie trank einen Schluck von dem leichten Rotwein, den die Kellnerin ihnen dazu empfohlen hatte, und legte die Stirn in Falten. »Ich weiß ja gar nicht, wie Oma das gemeint hat. Vielleicht hat sie da gearbeitet. Oder sie ist dort besonders gern gewesen. Oder ich bin einfach nur die größte Idiotin der Welt, weil ich mir nichts, dir nichts hergefahren bin. Ohne die Spur eines Beweises. Ich habe nur ein Foto.« Sie knetete ihre Finger.

Julien beugte sich vor und legte eine Hand auf ihre. Sanft strich er mit dem Daumen über ihren Handrücken. »Du bist alles mögliche, aber sicher keine Idiotin. Und glaub mir: Wenn deine Großmutter in Reims gelebt hat, dann werden wir das herausfinden. Meine Familie wohnt seit Generationen hier. Mein Großvater kennt jeden Stein und jeden Rebstock. Wir können morgen zu ihm fahren, wenn du möchtest.«

Hannahs Herz begann vor Aufregung zu klopfen. »Das wäre nett von dir! Vielen Dank, Julien.« Am liebsten würde sie aufspringen und ihn umarmen, aber dazu war das Restaurant definitiv zu exquisit. Daher drückte sie seine Hand. Es fühlte sich gut an, wie ihre Hände ineinander verschlungen waren und er machte keine Anstalten, sich von ihr zu lösen. Stattdessen lächelte er sie an. Ein Kribbeln überlief sie.

»Hast du das Foto denn dabei?«, fragte Julien.

»Sicher. Auf dem Handy. Ich kann es dir gern zeigen.« Sanft entzog sie ihm ihre Hände und es fühlte sich an, als ob etwas fehlte. Sie vermisste seine Wärme. Schnell griff sie nach ihrer Handtasche, nahm ihr Telefon, suchte nach dem Foto und hielt ihm das Gerät vor die Nase. »Hier, das war meine Großmutter Louise.«

Er betrachtete es aufmerksam und ein Lächeln umspielte seine Lippen. »Sie ist schön. Genau wie ihre Enkelin.« Er hob das Foto, um es noch genauer zu inspizieren. Schließlich sagte er: »Ihr habt beide eine sanft geschwungene Wangenpartie und dieselben wunderschönen Augen. Sie sehen aus wie funkelnde Sterne.« Hannah spürte, wie das Blut bei diesem Kompliment in ihre Wangen schoss. »Danke«, murmelte sie und strich sich die Haare zurück.

»Ich habe nur ein gutes Auge für Schönheit.« Er zwinkerte ihr zu. Dann wurde er wieder ernst und blickte erneut auf das Display. »Dieses Emblem hier«, er tippte auf das schmiedeeiserne Tor, »ich habe den Eindruck, als hätte ich es irgendwo schon einmal gesehen ...«

»Ja? Wo denn?«, fragte Hannah aufgeregt.

Julien hob die Schultern. »Es tut mir leid, ich kann mich nicht erinnern.« Auf seiner Stirn bildete sich eine steile Falte. »Ich glaube, es hat etwas mit einem Weingut zu tun.«

»Vielleicht bist du einmal daran vorbei gekommen?«

»Nein, das ist es nicht. An das Haus dahinter erinnere ich mich nicht. Aber dieses Wappen hier ... das kenne ich. Wenn ich bloß wüsste, woher.« Er zog die Augenbrauen zusammen.

»Na ja, vielleicht weiß dein Großvater ja mehr.«

»Ganz bestimmt.« Er grinste. »Er wird dir sicher alles darüber erzählen – und auch darüber, wie schön das Leben damals war und warum heute sowieso alles schlechter ist. Oh, und er wird natürlich ein Loblied auf Reims anstimmen.«

»Die Stadt ist ja auch schön. Obwohl ich leider bisher noch fast gar nichts gesehen habe. Ich war nur im Hotel und auf zwei Champagnerproben. Na, und jetzt mit dir hier.«

»Nun, das müssen wir ändern.«

»Was – dass wir zusammen hier sind?«, witzelte sie.

Er legte wieder eine Hand auf ihre und schaute sie ernst an. »Das möchte ich auf keinen Fall ändern. Aber du musst etwas von der Stadt sehen, aus der deine Oma vielleicht kommt. Und ich kenne zufälligerweise einen sehr guten Stadtführer.«

Sie musste lachen. »Lass mich raten ... Er sitzt mir genau gegenüber.«

»*Oui*. Und ich weiß genau, was ich dir gleich noch zeigen möchte. Ich bin mit ein paar Freunden im Club verabredet. Das wird dir sicher gefallen, sie spielen dort fantastische Housemusik. Und die Disco ist in einem umgebauten Weinkeller. Geht es besser?«

Hannah zögerte. Der Gedanke, dass er sie seinen Freunden vorstellen wollte, mit denen sie Smalltalk machen musste, jagte ihr eine Heidenangst ein. Das lag ihr einfach nicht. »Ich weiß nicht ... die Fahrt war ganz schön anstrengend.«

Julien grinste sie verschmitzt an. »So leicht kommst du mir nicht davon. Ich muss meinen Freunden die Deutsche zeigen, deren Haare genau den Farbton eines Rosé-Champagners haben. Das glaubt mir sonst keiner. Außerdem will ich mit meiner schönen Begleiterin angeben.«

Bei dem letzten Satz schlug ihr Herz so heftig, dass sie befürchtete, es fiele aus ihrer Brust. Meinte er das ernst? Sie schaute prüfend in seine Augen und erkannte den gewohnten Schalk, aber auch eine bange Erwartung. Sie schluckte, schließlich wollte sie sich nicht von ihm trennen, dazu war der Abend zu schön und er zu süß.

»Also gut, ich komme mit. Aber davor brauche ich mindestens einen doppelten Espresso.«

Julien lachte. »Das wird sich einrichten lassen. Ich schlage vor, den trinken wir nicht hier, sondern in einer etwas lebhafteren Bar, ja?«

Bevor Hannah es sich anders überlegen konnte, nickte sie.

Kapitel 6

Reims, 1965

Die Abfuhr ihres Vaters hing Louise auch noch am nächsten Tag nach. Schon beim Aufwachen sah sie vor ihrem inneren Auge seinen abweisenden Blick, als er sich weigerte, mit ihr über den aktuellen Jahrgang zu sprechen. Früher hatten sie ihre Zukunftspläne gemeinsam entwickelt; sie hatten den Kopf immer voller Ideen gehabt.

Ein dumpfer Schmerz umfing sie, als sie erkannte, dass diese Zeit vorbei wäre, sobald Henri Bernard ihr den Ring auf den Finger steckte. Sie wäre gefangen – und es gab niemanden mehr, mit dem sie reden könnte, der ihre Träume verstand und ihr zuhörte. Tränen stiegen in ihr auf. Mit zittrigen Fingern nahm sie ihre Reitkleidung und zog sich für einen Ausritt um. Zumindest dieses Vergnügen blieb ihr noch.

Keine halbe Stunde später saß Louise auf Ambres Rücken und genoss die sanften Bewegungen des Pferdes. Sie ritten durch die endlosen Weinberge der Champagne und das goldene Fell der Stute schimmerte im Sonnenlicht.

Louises Blick schweifte über die malerische Landschaft, doch der Kummer lastete schwer auf ihr. Die Vorstellung, den Rest ihres Lebens an Henris Seite zu verbringen, raubte ihr die Luft zum Atmen. Sein anspruchsvoller Vater und er würden alles in ihr ersticken, was nicht in die Pläne der Familie passte. Sie sollte der Familie Bernard Kinder schenken, vorgezeigt werden – und sich ansonsten ruhig verhalten. Bloß keine eigene Persönlichkeit haben. Und vor allem, sich nicht in die Geschäfte der Männer einmischen.

Zornig trieb sie Ambre an. Die Stute fiel erst in einen Trab, dann in einem Galopp, der immer ausgreifender, immer schneller wurde. Sie rasten an den Weinbergen entlang, als seien alle Dämonen der Hölle hinter ihr her. Und genauso kamen ihr die Bernards vor.

Erst als Ambres Bewegungen immer schwerer wurde, zügelte sie die Stute. Im Schritt ging es weiter, wobei die Hufe auf dem weichen Boden kaum hörbar waren. Louise konnte nun die Vögel zwitschern hören. Vorher war sie ganz erfüllt vom Dreitakt des schnellen Galopps, der in ihr widergehallt hatte. Sie ließ Ambres Zügel hängen und atmete tief durch. Für einen Augenblick erlaubte sie sich, den Duft der Trauben zu genießen, der in der Luft hing.

Danach kreisten ihre Gedanken wieder um die Entscheidung, die vor ihr lag. Gab es wirklich keine Alternative zu Henri? Einer Ehe voller Konflikte und Kompromisse ... Sie fühlte sich gefangen in einer Rolle, die sie sich nicht ausgesucht hatte. Wie konnte sie nur wählen zwischen der Liebe und dem Wohlergehen des Weinguts?

Ihr Verstand flüsterte ihr zu, dass sie sich für Tradition und Verpflichtung entscheiden musste. Aber ihr Herz weinte bei dem Gedanken, Miguel nie wieder zu sehen. Ihn nie wieder zu küssen. Ihn niemals körperlich zu lieben.

Gegen Mittag steuerte Louise die kleine Lichtung an, bei der sie und Miguel sich immer heimlich trafen. Sie verknotete Ambres Zügel und schob die Steigbügel hoch, danach ließ sie die Stute grasen. Langsam ging zu einem alten Baumstumpf, um dort auf Miguel zu warten. Sie zwang sich, wieder ruhiger zu atmen, während ihr Blick zwischen den Bäumen hin und her wanderte. Dann hörte sie endlich feste Schritte, die sich ihr entschlossen näherten. Ihr Puls beschleunigte sich und ein Lächeln stahl sich auf ihr Gesicht.

Miguel tauchte zwischen dem Blattwerk auf, sein dunkles Haar verschwand beinahe im Dickicht. Er strahlte wie die Morgensonne, sobald er sie sah, und wurde noch schneller. Die Erde schien für einen Moment stillzustehen, als er sie erreichte und sie in seine starken Arme zog. Ihr Atem vermischte sich, und für diesen Augenblick waren sie die einzigen Menschen auf der Welt.

»*Mi angel*«, flüsterte er, und es klang wie ein Gebet.

»Endlich bist du da.« Glücklich schmiegte sie sich an seine Brust, lauschte seinem Herzschlag. Sie schloss die Augen, um dieses Glück zu genießen. Warum war es nur so vergänglich? »Ich weiß nicht, wie ich es ertragen soll, mich von dir zu trennen. Oh, das ist alles so ungerecht!«

Ihr ganzer Kummer brach aus ihr heraus und sie weinte haltlos. Dabei klammerte sie sich an seinem Hemd fest. Miguel sagte kein Wort, als die Tränen aus ihr herausströmten wie die Fluten des Ozeans. Er strich ihr nur sanft über den Rücken und drückte sie an sich.

Irgendwann versiegten ihre Tränen und sie löste sich von ihm. Voller Verzweiflung starrte sie ihn an. »Wir haben nur noch so wenig Zeit miteinander, Miguel. Wenn die letzte Weintraube gepflückt ist, bleibt uns nur noch die Erinnerung. Ich ertrage das nicht mehr!« Fast hätte sie wieder angefangen zu weinen, aber sie riss sich zusammen. Sie konnte nicht als ein heulendes Bündel Elend ihre kostbare Zeit zerstören.

Seine dunklen Augen betrachteten sie voller Verständnis. »Ich weiß, *querida*,« murmelte er leise in ihr Ohr. »Die Tage sind lang und die Nächte noch länger, wenn wir nicht zusammen sein können. Aber, *mi amor*, wir müssen uns nicht trennen. Mein Cousin Hernando hat Jobs für uns beide besorgt. Louise, du könntest frei von deinen Verpflichtungen sein. Wir machen einen neuen Anfang. Gemeinsam.«

Louises Atem ging schneller, flacher, und sie spürte eine Mischung aus Aufregung und Angst. Die Vorstellung, mit Miguel ein Leben aufzubauen, weit weg von den Zwängen und Erwartungen ihrer Familie und der Weinwelt, war verlockend. Sie könnte ihr eigenes Geld verdienen und niemand würde ihr vorschreiben, was sie zu tun hätte. Aber würde sie die Konsequenzen ertragen können?

»Was ist mit Henri? Mit meinem Vater? Dem Weingut?«, flüsterte sie, ihre Augen voller Sorge.

Miguel senkte den Kopf und strich ihr sanft über die Wange. »*Querida,* du kannst nicht immer nur die Erwartungen der anderen erfüllen. Du verdienst ein Leben voller Liebe. Wir verdienen unser eigenes Glück.«

Welch eine wundervolle Vorstellung! Ein Leben mit dem Mann, den sie über alles liebte. Vielleicht konnte sie sich für Miguel entscheiden. Für eine Zukunft, in der ihre Liebe die einzige Wahrheit war, die zählte.

Reims, heute

»Ich brauche eine Pause, Julien«, überbrüllte Hannah den tosenden Lärm in der Disco. Er nickte und führte sie zum Tresen, wo sie sich schwer atmend hinsetzten.

Es war mittlerweile zwei Uhr und Hannahs Füße taten schon weh vom vielen Tanzen. Der Club war genau nach ihrem Geschmack; mit moderner Einrichtung und in dem ausgebauten Gewölbe standen zum Teil noch alte Weinfässer.

»Was willst du trinken?«, fragte Julien.

»Eine Coke Zero.« Sie brauchte unbedingt etwas Koffein, das die Müdigkeit vertrieb. Nach dem Essen hatten sie noch einen Kaffee in einer charmanten, kleinen Bar getrunken. Danach trafen sie Juliens Freunde in der Disco, die genauso nett waren wie er. Samuel, der Führer von Taittinger war auch da sowie fast ein Dutzend andere. Sie unterhielten sich ganz ungezwungen auf Englisch mit Hannah. Die meiste Zeit tanzten sie allerdings.

Sobald das Glas vor ihr stand, stürzte sie es hinunter. Julien lachte. »Du hattest anscheinend Durst.«

»Hm, ja. Irgendwie schon.« Sie lächelte verlegen, als ihr klar wurde, dass sie sich wenig damenhaft verhielt.

»Ich aber auch.« Kaum hatte Julien es ausgesprochen, leerte er sein Glas ebenfalls in einem Zug. Anschließend bestellte er eine weitere Cola, die er ihr wortlos hinüberreichte. Dankbar griff sie danach und trank davon, nun aber etwas langsamer. Sie schaute sich nach einem Sitzplatz um, doch natürlich waren alle Stühle besetzt. Leise seufzend lehnte sie sich gegen den Tresen.

Da stand jemand neben Julien auf. Sofort schnappte er sich den Barhocker, um ihn Hannah zuzuschieben.

»Komm, setz dich. Du musst völlig fertig sein nach deinem langen Tag.«

Sie lächelte ihn dankbar an, als sie Platz nahm. Gott, war dieser Typ süß! Irgendwie schaffte er es immer, genau das Richtige zu sagen oder zu tun. Warum liefen solche Kerle nicht in Köln herum? Die wenigen Männer, die sie bisher in der Domstadt kennengelernt hatte, waren entweder Vollpfosten oder hatten eine Freundin.

Eine Weile genoss Hannah die Erholung auf dem Stuhl, während sie an ihrer Cola nippte und den Tanzenden zusah. Dann kamen Juliens Freunde und umringten sie.

»Hey, ihr zwei, wir wollen weiter ins *Le Chat Gri*. Kommt ihr mit?«, fragte einer von ihnen.

»Wollen wir?« Julien blickte sie fragend an.

Hannah rang mit sich, schließlich schüttelte sie den Kopf. »Ich würde echt gern. Aber ich muss morgen einiges erledigen. Und ... wir wollten doch noch zu deinem Großvater.«

Samuel grinste. »Wieso – wollt ihr das Aufgebot besprechen?«

Julien schlug lachend nach ihm. »Sicher. Nächstes Wochenende ist die Hochzeit.«

»Na, wenn du schon mal so eine tolle Frau abbekommst«, fiel ein anderer lachend ein.

Julien verdrehte die Augen und Hannah kicherte. Gleichzeitig freute es sie, dass sein Freund sie als *tolle Frau* bezeichnete. Die Truppe hier war so ungezwungen, dass sie nur zu gern mit ihnen weitergezogen wäre. Aber sie wusste, dass sie das morgen bitter bereuen würde. Also sahen sie zu, wie die anderen lachend und winkend verschwanden. Als sie weg waren, wandte sich Julien ihr zu. *»Alors*, meine Schöne, was machen wir nun? Willst du schon zurück ins Hotel oder könnte ich dich noch zu einem Champagner überreden?«

»Hier?«, fragte Hannah erstaunt. Die Preise dafür waren astronomisch. Und wenn Julien als Controller nicht deutlich mehr verdiente als sie, war das Wahnsinn.

Er lachte. »Nein, dazu müsste ich schon im Lotto gewinnen. Ich dachte, wir gehen vielleicht noch zu mir. Ich würde dir gern ein, zwei Gläser von unserem Champagner anbieten. Also, von der Winzerei, für die ich arbeite. Der ist wirklich gut. Aber natürlich nur, wenn du willst.«

Kurz versteifte Hannah sich. Ging es ihm darum? Wollte er sie bloß ins Bett bekommen? Prüfend musterte sie den hübschen Franzosen. Sein Blick war voller Wärme, aber ohne Berechnung. Vielmehr wirkte er angespannt, regelrecht nervös. Nein, Julien war kein typischer Aufreißer, das passte nicht zu ihm. Dennoch wollte sie automatisch ablehnen. Aber dann regte sich ihr neu erwachter Abenteuersinn. Warum sollte sie nicht mit zu ihm gehen? Der Bernard-Champagner reizte sie schließlich mindestens ebenso sehr wie Julien. Er würde schon nicht über sie herfallen. Und selbst wenn: So schlimm fand sie die Vorstellung nicht.

Also lächelte sie ihn kokett an. »Sicher will ich.«

Seine Augen blitzten erfreut auf. Langsam beugte er sich zu ihr und flüsterte in ihr Ohr: »Du wirst es nicht bereuen.«

Der Tonfall und sein Blick verrieten, dass er nicht nur die Getränke meinte. Gespannte Vorfreude überlief Hannah.

Neugierig schaute sich Hannah kurz darauf in Juliens Zweizimmer-Wohnung um. Die Einrichtung war modern und geschmackvoll, wenn auch wie bei den meisten jungen Männern eher spartanisch. Kissen oder Dekoration suchte man vergeblich. Die einzige Zierde stellten zwei Bilder dar, die die Landschaft der Champagne in einem modernen, verfremdeten Stil darstellten. Hannah ging darauf zu.

Julien lächelte. »Ah, du hast Noels Bilder entdeckt.« Er kam zu ihr. »Sie sind keine hohe Kunst, aber ich mag sie sehr. Sie fangen etwas ein ... Ich weiß auch nicht.«

Er fuhr sich mit den Händen durch seine dichten Haare und Hannah wünschte sich auf einmal nichts sehnlicher, als diese braunen Locken ebenfalls zu berühren. Bestimmt würden sie sich wunderbar weich unter ihren Fingern anfühlen. Fast hätte sie ihre Hände nach ihm ausgestreckt, konnte sich aber gerade eben noch beherrschen. Verdammt, was war los mit ihr? So kannte sie sich nicht. Doch Julien brachte eine Saite in ihr zum Klingen, die sonst stumm war.

Er deutete auf das schwarze Ledersofa. »Setz dich, damit wir zu dem spannenden Teil kommen. Womit ich natürlich den Champagner meine.« Er zwinkerte ihr zu.

Ihr Herz begann zu wummern wie ein Presslufthammer. Wollte er wirklich bloß die Produkte seines Arbeitgebers präsentieren? Und war sie selbst nur deswegen hier? Vermutlich lautete die Antwort in beiden Fällen nein. Ganz sicher konnte sie sich jedoch nicht sein, zumindest nicht bei ihm. Leichtfüßig ging Julien hinüber in die Küche, die lediglich durch eine Kochinsel abgetrennt war. Er öffnete den Kühlschrank und lächelte zufrieden. »Du hast Glück. Ich habe zwei Flaschen im Kühlschrank. Wenn du mir versprichst, nichts auszuspucken, darfst du beide probieren.«

Sie grinste. »Keine Sorge, ich muss ja nicht mehr Auto fahren. Von hier aus kann ich mir ein Taxi nehmen.«

»*Alors*, dann bin ich beruhigt.« Er lachte leise vor sich hin, während er zwei Gläser aus dem Schrank herausholte und sie befüllte. Anschließend nahm er eine Handvoll Cracker und etwas Käse, den er in mundgerechte Stücke schnitt. Er stellte die Knabbereien und die Gläser auf ein blank poliertes, silbernes Tablett. Damit kam er zu ihr zurück. Vorsichtig platzierte er alles auf dem Tisch, bevor er sich zu ihr setzte. Ihre Knie trafen sich und die Berührung durchfuhr Hannah wie ein elektrischer Schlag. Gott, hatte dieser Kerl eine Wirkung auf sie!

Nun lächelte er sie schelmisch an. »Wenn Frankreich noch für etwas anderes bekannt ist als für Wein, dann für Käse. Also werde ich dich auch damit beglücken.« Schon nahm er ein Stück und führte es zu ihren Lippen. Automatisch öffnete Hannah den Mund und biss hinein. Die liebevolle Intimität dieser Geste ließ Schmetterlinge in ihrem Magen aufsteigen.

»Lecker«, sagte sie. Obwohl der Käse eigentlich zu kalt vom Kühlschrank war, konnte sie bereits seine Qualität erahnen. Er schmeckte würzig und leicht nussig.

»*Et voilà* – der erste Champagner.« Er reichte ihr ein Glas, bevor er sein eigenes anhob.

Hannah musterte den hellen, gelblichen Rebsaft und schnupperte daran. Dann nahm sie einen großzügigen Schluck. Er war leicht und rassig mit einer feinen Säure.

»Und?« Erwartungsvoll schaute Julien sie an.

»Er schmeckt gut; schön frisch. Aber ich gehe davon aus, du hast noch etwas Besseres im Angebot, oder?«

»Oh, und wie ich das habe.« Seine Augen funkelten und Hannah erahnte, dass er seine Worte ebenso zweideutig meinte, wie sie klangen. Ihre Blicke trafen sich und es schien, als würde die Luft um sie herum vibrieren.

Eine Weile ließ Hannah die Spannung weiter ansteigen, dann schaute sie hastig weg und streckte ihre Finger nach dem Käse aus. Aber Julien war schneller als sie.

»*Non*«, sagte er mit betörend weicher Stimme. »Du bist mein Gast und ich möchte dich verwöhnen.« Er hob ein Käsestückchen an und steckte es ihr sanft in den Mund. Als er seine Hand wegzog, fuhr sein Daumen federleicht über ihre Unterlippe. Hannah musste aufpassen, dass sie nicht leise aufseufzte bei dieser zärtlichen Berührung.

Sein Gesicht war nur noch eine Handbreit von ihrem entfernt. Würde er sie küssen? Erwartungsvoll schaute sie zu ihm hinauf. Doch anstatt ihr entgegenzukommen, zog er sich wieder zurück. Ein leises Gefühl der Enttäuschung überfiel Hannah. Sie war sicher, dass diese Berührung kein Versehen war. Spürte er denn nicht, wie sehr sie darauf brannte, seinen Lippen auf ihren zu fühlen? Oder wollte er diese gespannte Vorfreude weiter steigern?

Nachdenklich nippte sie wieder an dem Champagner und versuchte, sich auf das Getränk zu konzentrieren. Aber es wollte ihr nicht recht gelingen. Ihre Gedanken kreisten die ganze Zeit um den attraktiven jungen Mann, der neben ihr auf dem Sofa saß und immer wieder zu ihr sah. Sie fachsimpelten ein wenig über den Wein, während Hannah ihr Glas leerte. Julien nahm es ihr sanft ab, wobei sich diesmal ihre Finger berührten. Hannahs Nervenenden brannten und sie sehnte sich nach mehr als diesen flüchtigen Berührungen. Nach viel mehr. Julien stand auf und ging zum Kühlschrank, wo er eine weitere Flasche öffnete. Er goss etwas davon in zwei frische Gläser, bevor er zurück ins Wohnzimmer kam. Eins davon reichte er ihr, dann setzte er sich wieder.

»*Bon*, das ist unser Jahrgangs-Champagner. Beachte bitte die wunderbare Farbe.«

Hannah betrachtete die Flüssigkeit prüfend und nickte. Ja, alleine an dem warmen Goldton erkannte sie, dass dieser Champagner ein ganz anderes Kaliber war als die nette, aber belanglose Einstiegssorte. Sie roch daran. Der Duft von Blüten und süßen Früchten ließ sie an einen warmen Sommertag denken. Vorsichtig nahm sie einen ersten Schluck und schloss genießerisch die Augen. Der Champagner prickelte auf ihrer Zunge und entfaltete Aromen von exotischen Früchten und einem Hauch von Gewürzen.

»Nun, wie ist deine professionelle Meinung?«

»*Excellent*«, sagte sie. Sie öffnete die Augen und trank noch mehr von dem wirklich hervorragenden Schaumwein. Seine Dichte konnte mit den ganz Großen mithalten.

Er lächelte erfreut. »Ah, du kannst Französisch?«

»Nein, viel mehr als ein paar Worte bringe ich nicht heraus. Ich hatte es nur ein paar Jahre an der Schule. Aber ich weiß fast nichts mehr ...«

»Sprachkenntnisse werden sowieso überbewertet. Es gibt auch andere Wege, sich miteinander zu verständigen.« Er lächelte sie sinnlich an. Die Spannung zwischen ihnen war mittlerweile so greifbar, dass Hannah beinahe schon erwartete, kleinen Blitze aufzucken zu sehen.

»Welche denn?«, gab sie kokett zurück und nahm einen großen Schluck von dem Champagner. Sein Blick fiel auf ihre Lippen und sie bemerkte, wie er sich anspannte.

»Zum Beispiel durch kleine Berührungen. *Comme ça.*« Er legte die Hand gegen ihre Wange, sah sie eindringlich an.

Sie hielt den Atem an und erwiderte seinen Blick; wartend, hoffend, dass er dieser zarten ersten Annäherung weitere folgen lassen würde. Sonst warf sie sich ihm noch an den Hals. Aber das würde das Spiel zwischen ihnen zerstören, das so erregend war.

»*Mais non;* vielleicht lieber so?« Nun strich er mit dem Daumen über ihre Ober- und Unterlippe zugleich. Seine federleichte Berührung sandte Schauder über ihren ganzen Körper und Hannah bemerkte, dass sie schneller atmete.

Sie zwang sich, ruhig sitzen zu bleiben, obwohl sie sich Julien am liebsten entgegendrücken würde. So sehr wollte sie ihn bereits. Doch sie spielte weiter mit. Langsam hob sie das Glas und trank. Danach sah sie lächelnd zu ihm auf.

»Das ist schon mal nicht schlecht. Trotzdem weiß ich nicht, was du mir sagen willst ...« Sie ließ die Worte in der Luft verhallen – eine kaum verhohlene Herausforderung.

Die Julien annahm. Er stellte erst sein Getränk auf dem Tisch ab, bevor er ihr das Glas aus den Fingern nahm und es daneben platzierte. Langsam beugte er sich zu ihr, legte seine Hände auf ihr Gesicht und strich zärtlich mit dem Daumen über ihre Kinnlinie. Seine braungrünen Augen hatten ihren Schalk verloren, stattdessen standen darin wilde Verheißung und eine stumme Frage.

Mittlerweile klopfte Hannahs Herz so laut, dass es sich beinahe wie ein Presslufthammer anhörte. Sie fieberte der Berührung ihrer Lippen so entgegen, dass sie kurz davor war, ihn an sich zu pressen. Aber sie hielt sich zurück. Vielmehr kam sie ihm einige Zentimeter entgegen, ließ ihre Lippen jedoch einen Fingerbreit vor seinen stoppen.

»*O non, ma chérie,* ich glaube, du weißt ganz genau, was ich dir sagen will.« Er legte eine Hand an ihren Nacken und zog ihren Kopf mit sanftem Druck zu sich. Seine Lippen bedeckten ihre und er küsste sie mit einer verzehrenden Hingabe, die sie mit sich riss. Sie drückte sich enger an ihn und genoss es, wie ihre Zungen miteinander tanzten. Ihre Nerven vibrierten und ihr Körper stand vom Scheitel bis zur Sohle unter Strom.

Nach einer kleinen Ewigkeit lösten sie sich schwer atmend voneinander. Er nahm ihre Hände, hob sie an und küsste sie an der Innenfläche. Erst die linke, dann die rechte. Hannahs Atem ging schneller und sie schaute ihn erwartungsvoll an, wartete darauf, dass er sie erneut an sich zog. Aber er schenkte ihnen beiden großzügig nach.

Schweigend tranken sie und genossen das angenehme Prickeln, das nicht nur von dem Champagner kam. Ihre Blicke fielen auf den Käse, der verlockend auf dem Tisch stand. Er lächelte. »Ah, der Käse sollte nun die perfekte Temperatur haben. *Tu en veux?*«

Die letzte Frage verstand sie, so weit reichte ihr Französisch. Er erkundigte sich, ob sie etwas Käse haben wollte. Noch lieber würde sie ihn wieder küssen, andererseits genoss sie dieses wahnsinnige Kribbeln zwischen ihnen fast genauso sehr. *»Oui, avec plaisir«*, gab sie zurück.

Er nahm ein Stück, das er ihr in den Mund steckte, diesmal noch lasziver als beim ersten Mal. Die Aromen kamen nun viel besser zur Wirkung, weil der Käse Zimmertemperatur angenommen hatte. Als Hannah fertig gekaut hatte, strich er mit seinen Lippen über ihre. Zart knabberte er an ihrer Unterlippe. Dann griff er erneut nach ihr, um sie in voller Leidenschaft zu küssen. Diesmal waren seine Lippen fordernder und seine Hände strichen über ihre halb nackten Oberarme. Die Erregung stieg in ihr an.

Hungrig schlang sie ihre Arme um ihn, presste ihn enger an sich. Er legte seine Arme um ihre Taille und drückte sie an sich, als wäre sie ein kostbarer Schatz. Sie seufzte leise. Nach einer Weile löste sie sich aus dem Kuss. Aber nur, um mit ihren Lippen erst über seinen Hals und dann über sein Schlüsselbein zu fahren.

Er erschauerte lustvoll unter ihr, und es ging ihr nicht anders. Sie wollte ihn. Jetzt. Sofort. Mit den Fingerspitzen strich sie über sein kurzärmliges Hemd. Sie ließ ihren Zeigefinger am ersten Knopf entlangkreisen, bevor sie ihn langsam öffnete. Danach löste sie den zweiten und auch den dritten Knopf. Mittlerweile stand Juliens Hemd halb offen und offenbarte eine gut proportionierte Männerbrust. Bevor sie den nächsten Knopf öffnen konnte, legte er eine Hand auf ihre.

»*Ma chérie*, bist du dir sicher, dass du das willst?«

»Du denn nicht?«, fragte sie. Enttäuschung stieg wie bittere Galle in ihr auf.

»*Naturalement!* Du bist wunderschön und sinnlich. Es gibt nichts, was ich lieber machen würde, als dich hemmungslos zu lieben. Aber ich möchte die Situation nicht ausnutzen. Keiner von uns ist noch ganz nüchtern.«

Erleichterung durchflutete sie. Also wollte er sie genauso wie sie ihn. Sie musste ihm nur seine moralischen Bedenken nehmen. »Es ist kein Ausnutzen, wenn ich dich verführe.« Entschlossen setzte sie sich auf seinen Schoß und löste den nächsten Knopf. Diesmal protestierte er nicht. Im Gegenteil, er kam ihr entgegen, indem er die untersten Knöpfe öffnete. Schon bald lag erst sein Hemd auf dem Boden und dann ihr Oberteil. Hannah spürte seine Brust an ihrer, als er sie hitzig an sich zog und sie küsste, während seine Hände über ihren Rücken fuhren.

Seine Berührungen waren nicht länger sanft und zart, sondern voll unterdrückten Verlangens. Er ließ die Finger nach vorne wandern, umkreiste ihre Brüste erst, bevor er sie zärtlich massierte. Hannah keuchte, als er sie kurzerhand auf das Sofa drückte und sich auf sie legte. Seine harte Männlichkeit drängte sich gegen sie und stimulierte sie.

»Bin ich zu forsch, *ma chérie*?«

Sie schüttelte den Kopf. »Nein. Ich will dich.«

»Ich dich auch. Und wie«, keuchte er und ließ seine Hand weiter über ihren Körper fahren. Seine Finger strichen über ihre Brustwarzen, bis sie sich aufrichteten und hart wurden. Dann glitten seine Hände tiefer, um ihr erst die Jeans und danach die Unterhose abzustreifen.

Ohne zu zögern, zog sie ihm seine letzte Kleidung aus, bis sie beide nackt aufeinanderlagen. Nun spürte sie seine Spitze noch deutlicher, noch aufreizender an ihrem Unterleib und sie stöhnte. Seine Hände wanderten die Innenseite ihrer Schenkel entlang, versetzten sie in Flammen. Sie biss sich auf die Lippen, um nicht lustvoll zu schreien. Sein Daumen fand ihre Perle und er rieb sanft in kreisenden Bewegungen darüber. Sie stöhnte leise und presste die Hand gegen den Mund.

»Du musst dich nicht zurückhalten«, flüsterte er in ihr Ohr. »Niemand ist hier, den du wecken würdest. Und mich stört es nicht, wenn du laut wirst, im Gegenteil.«

Er stimulierte ihren Lustpunkt, während er sich weiterhin an ihr rieb. Hannahs Hände krallten sich in das Leder. Die Hitze in ihrem Unterleib stieg immer weiter an und sie konnte ihre Erregung schon bald nicht länger zurückhalten. Ein Schrei entrang sich ihrer Kehle, als sie spürte, wie die erste Welle des Orgasmus' sie umspülte. Auffordernd schob sie ihm ihr Becken hin, aber er fuhr fort, ihre Lustperle zu massieren, bis sie sich ihrem Höhepunkt hingab.

Die letzte Welle war noch nicht ganz abgeebbt, als er sich ein Kondom überstreifte und in sie eindrang. Sie keuchte auf, als er sie ausfüllte. Beinahe wäre sie erneut gekommen. Aber er hielt sie in einer zärtlichen Umarmung und wartete, bis die Wellen ihrer Lust verblassten.

Dann bewegte er sich in ihr; erst sanft und vorsichtig, doch bald wurde sein Rhythmus schneller. Hannah schlang ihre Arme um ihn, um ihn intensiver zu spüren. Sie bewegten sich in perfekten Einklang, als wären ihre Körper und ihre Seelen aufeinander abgestimmt.

Kapitel 7

Reims, 1965

Der Gedanke, eine Wahl zu haben, beschwingte Louise. Warum war sie bloß nie auf die Idee gekommen, mit ihrem Vater zu sprechen? Er war doch kein Unmensch – im Gegenteil, er liebte sie, wollte stets das Beste für sie. Natürlich, er wünschte sich jemanden, der finanziell gut dastand. Aber sie lebten schließlich nicht mehr im Mittelalter, wo nur nach Standesdünkel geheiratet wurde. Er würde sie bestimmt nicht zu einem Leben im Unglück verdammen. Sie musste ihm bloß sagen, was sie für Miguel empfand. Es war bereits später Nachmittag, als sie endlich den Mut fand, zu ihm zu gehen.

Sie drückte den Rücken durch, nahm die Schultern zusammen und machte sich auf den Weg in sein Arbeitszimmer. Um diese Zeit des Tages befand er sich meistens hier, den Kopf in irgendwelchen Akten vergraben. Kurz vor der schweren Tür aus Eichenholz zögerte sie. Was wäre, falls ihr Vater den Erfolg des Weinguts doch über ihr persönliches Glück stellte? Andererseits – wenn sie nicht ihm sprach, würde sie es nie erfahren.

Tief durchatmend klopfte sie leise gegen die Tür. Aber es kam keine Reaktion. War er etwa gar nicht hier? Sie presste ihren Kopf gegen das Holz. Doch die Tür war zu dick, um etwas zu erahnen. Noch einmal klopfte sie. Erneut ohne Erfolg. Unentschlossen blieb sie vor der Tür stehen. Sie wollte nicht unverrichteter Dinge gehen. Nicht jetzt, wo sie ihren ganzen Mut zusammen genommen hatte. Wer wusste schon, wann sie sich das wieder traute?

Vorsichtig drückte sie die Klinke herunter und hielt inne, als sie hitzige Stimmen hörte. Also war ihr Vater nicht alleine? Dann sollte sie besser gehen.

»Jacques, wir müssen den Drucktank jetzt austauschen! Ich kann es nicht mehr verantworten, dass unsere Mitarbeiter in einem Raum arbeiten, wo jederzeit ein Tank explodieren könnte!« Louise erkannte die tiefe, rauchige Stimme sofort: Das war Claude, ihr Kellermeister. Aber was sagte er da? Der Tank, in dem die erste Gärung stattfand, war kaputt? Dann musste er dringend repariert werden.

Ihr Vater seufzte jedoch nur schwer. »Ich weiß nicht, wovon ich einen neuen finanzieren soll. Unsere Konten sind leer. Ich schaffe es gerade eben, die Gehälter zu bezahlen.«

Louise schlug sich eine Hand vor den Mund. Stand es so schlecht um das Weingut? Das war ihr nicht klar gewesen. Sie hatte bisher gedacht, es ging nur um leichte Probleme, die man in den Griff kriegen könnte. Das klang schlimm.

Auch Claude seufzte. »Das tut mir leid, Jacques. Du weißt, wenn ich irgendetwas machen kann, um das Gut wieder auf die Beine zu bringen, musst du es nur sagen.«

»Du kannst nichts unternehmen. Das kann nur Louise. Ihre Ehe mit Henri Bernard löst alle unsere Probleme auf einen Schlag. Die Bernards steigen ein, bezahlen unsere Schulden und wollen das Weingut sogar weiter ausbauen.«

»Trotzdem muss ich diese Situation melden.« Louise hörte das Bedauern in Claudes Stimme heraus. Der Kellermeister arbeitete schließlich schon für das Gut *Etoile*, seit sie denken konnte. »Wenn etwas passiert, werde ich ebenfalls dafür verantwortlich gemacht. Und mit dieser Schuld könnte ich nicht leben. Es ist zu gefährlich.«

»Ich bitte dich; gib mir noch drei Monate. Dann ist Louise verheiratet und ich kann den Bernards beibringen, dass wir neue Geräte brauchen. Im Namen unserer Freundschaft. Denk an all die Menschen, die ihre Arbeit verlieren würden!«

Eine Weile herrschte Schweigen und Louise spähte vorsichtig in den Raum. Sie erhaschte einen Blick auf den freundlichen, aber überaus korrekten Claude, der gerade sichtlich schwer mit sich rang. Schließlich nickte er.

»Also gut. Ich warte bis Dezember. Danach muss ich die Behörden informieren, so leid es mir auch tut.«

»Ich danke dir, Claude.« In der Stimme ihres Vaters schwang grenzenlose Erleichterung mit.

Tränen stiegen Louise in die Augen und sie schloss die Tür so geräuschlos, wie sie nur konnte. Wie betäubt ging sie weg, hastete durch die Gänge in ihr Zimmer. Nur ein Gedanken raste durch ihren Kopf: Sie konnte ihren Vater und all die anderen nicht enttäuschen. Es war eine Sache, nur das Wohlwollen ihres Vaters zu verlieren. Aber eine ganz andere, Schuld daran zu sein, wenn alle arbeitslos würden.

Warum war das Schicksal nur so grausam, ihr kurz vor der Vermählung einen Mann wie Miguel zu schenken? Hätte sie nicht gewusst, was Liebe bedeutete, wäre diese Bürde nicht so schwer zu tragen gewesen. So aber erdrückte die Last der Verantwortung sie regelrecht.

Reims, heute

Mit einem leichten Kater wachte Hannah auf und wusste einen Moment lang nicht, wo sie war. Dann fiel ihr Blick auf Julien, der neben ihr schlief. Seine braunen Locken sahen völlig zerzaust aus. Sofort war die Erinnerung wieder da. An den Abend im Restaurant. Das Feiern im Club. Und vor allem an ihre gemeinsame Liebesnacht.

Sie lächelte leise und drehte sich so im Bett herum, dass sie ihn ansehen konnte. Am liebsten würde sie die Hand nach ihm ausstrecken, sich bei ihm einkuscheln. Aber sie wollte nicht zu aufdringlich sein. Letztlich hatten sie nur eine Nacht miteinander verbracht. Wenn auch eine besonders schöne, aufregende Nacht. Hitze durchströmte sie, als sie daran dachte, wie hemmungslos sie sich geliebt hatten. Julien war voller Leidenschaft gewesen und hatte ihr das Gefühl gegeben, die begehrenswerteste Frau der Welt zu sein.

Aber was sollte bei dieser Distanz mehr daraus werden als eine kurze Affäre? Schnell verdrängte sie die aufsteigende Bitterkeit. Sie wollte die kurze Zeit genießen, die sie miteinander hatten. Und wenn das nur eine Nacht war, konnte sie zumindest dieses Erlebnis im Herzen tragen.

Sie kuschelte sich zurück in das Kissen und versuchte, wieder einzuschlafen. Es ging nicht. Zu präsent spürte sie Juliens Nähe, selbst durch ihre geschlossenen Augen. Sie drehte sich auf den Rücken und überlegte, ob sie ihr Handy aus der Handtasche holen sollte, um ein wenig im Netz zu surfen. Da merkte sie, wie er ihr einen zarten Kuss aufhauchte.

»*Bonjour, ma chérie.* Hast du gut geschlafen?«

Lächelnd drehte sie sich zu ihm. »Wer sagt, dass ich nicht mehr geschlafen habe? Vielleicht hast du mich geweckt.«

»*Ah non.* Deine Lider haben gezuckt.« Er legte eine Hand auf ihre Wange und schaute sie zärtlich an. Die Wärme in seinem Blick haute sie beinahe um.

Sie strich über seine Wange, spürte die kratzenden Bartstoppeln. Aber es war nicht unangenehm, sondern fühlte sich irgendwie richtig an. Er legte seine Hand auf ihre, drückte sie. Dann schlang er die Arme um sie und zog sie zu sich, sodass sie ganz eng zusammenlagen. Sie waren beide noch nackt, weswegen sie seinen sehnigen Körper überdeutlich spürte. Sie fühlte dadurch auch, dass ihn erneut die Erregung gepackt hatte. Er drückte sich stärker gegen sie und Hannahs Unterleib zog sich zusammen. Alleine seine Nähe machte sie wahnsinnig. Leise seufzte sie, als seine Hand zwischen ihre Schenkel glitt und ihre Perle fand. Bevor sie zum Höhepunkt kam, drückte sie ihn auf den Rücken und legte sich auf ihn.

Er stöhnte, zog sie fest an sich. Sie beugte sich vor, tastete nach dem Kissen, unter dem er einen Vorrat an Kondomen angelegt hatte. Dabei streifte ihre Brust ihn und er saugte sanft an ihrer Brustwarze, während sie suchte. Lust rann in heißen Schauern über sie hinab. Gott, wie sehr sie ihn wollte! Hastig riss sie die Verpackung auf. Dann rollte sie die schützende Hülle über sein pochendes Glied und nahm ihn in sich auf.

Nach ihrem Liebesspiel fielen sie zurück ins Bett und drückten sich eng aneinander, wobei er sie von hinten umfasst hielt. Es kam ihr vor, als wären sie ein Paar.

Hannah schloss die Augen, um diese Nähe zu genießen, solange sie dauerte. »Wenn ich mehr über Großmutters Geheimnis herausfinden möchte, sollte ich mich wohl bald auf den Weg machen ...«, sagte sie nach einer Weile.

Als Antwort umklammerte er sie nur noch fester. »*Non.* Ich werde dich nicht ohne ein anständiges Frühstück gehen lassen. Außerdem habe ich dir sowieso versprochen, dir zu helfen, oder hast du das schon vergessen?«

Natürlich hatte sie das nicht vergessen, aber sie war sich nicht sicher, wie ernst er das gemeint hatte. Vielleicht hatte er sie damit ja auch nur ködern wollen, um sie ins Bett zu kriegen. Lächelnd drehte sie sich halb um, sodass sie auf dem Rücken lag, während er sie immer noch umarmte. Sie schaute zu ihm auf und in seinen warmen Augen stand der Wunsch, weitere Zeit mit ihr zu verbringen. Und ihr ging es genauso. Der Gedanke, ihn vielleicht bald nicht mehr zu sehen, schmerzte sie mehr, als sie gedacht hätte.

»Es wäre schön, wenn du mir hilfst. Was stellst du dir denn vor?«

Sanft fuhr er mit dem Zeigefinger über ihre Wange und gab ihr einen Kuss auf die Nasenspitze. Dann brachte er seinen Mund dicht an ihr Ohr. »Vorstellen kann ich mir noch so einiges mit dir. Aber das hat ganz und gar nichts mit deiner Großmutter zu tun.«

Sein warmer Atem strich über ihren Hals und ihr ganzer Körper kribbelte. Am liebsten würde sie ihn wieder an sich ziehen und den ganzen Tag im Bett mit ihm verbringen. Doch sie hatte ein Ziel – und nur wenige Tage Zeit, um es zu erreichen. Neckisch sagte sie daher: »Dann behalte das mal schön im Kopf. Jetzt muss ich dringend nach einem Hinweis zu diesem Weingut suchen.«

Er rückte ein wenig von ihr weg und nickte. »Natürlich. *Alors,* ich schlage vor, wir duschen erst einmal. Dann schlendern wir durch Reims – so viel Zeit muss sein – und suchen uns ein Café, in dem wir frühstücken. Danach fahren wir durch die Weinberge. Und am Nachmittag kehren wir bei Opa Lionel ein. Er kann uns sicher weiterhelfen.«

Er hatte schon den ganzen Tag mit ihr durchgeplant. Also meinte er es ernst, dass er sie unterstützen wollte. Anscheinend war sie nicht nur ein One-Night-Stand für ihn, sondern er mochte sie wirklich. Wohin auch immer das führen konnte, dieser Gedanke beflügelte sie.

Nachdem sie sich frisch gemacht hatten, gingen sie durch Reims. Wie selbstverständlich nahm Julien ihre Hand und Hannahs Inneres erbebte regelrecht. Was geschah hier gerade? Waren sie dabei, sich ineinander zu

verlieben? Aber eine Beziehung auf eine solche Distanz
– wie sollte das gelingen? Vermutlich interpretierte sie
sowieso zu viel hinein.

Julien mochte sie, natürlich, und sie ihn. Doch das
war bestimmt keine aufkeimende Liebe, sondern nur
ein kurzer, aber intensiver Ferienflirt. Und sie würde
jeden Moment davon auskosten, ohne an die Zukunft
zu denken. *Et kütt, wie et kütt*, sagte man in Köln. Daran
würde sie sich halten.

Sie drückte Juliens Hand und schaute sich neugierig
um. Die Stadt war mit ihren rund 180.000 Einwohnern
recht klein, aber sehr charmant mit ihren prächtigen
Bauten. Sie stießen immer wieder auf eins der großen
Champagnerhäuser, was Hannah jedes Mal leise
Schreie des Verzückens entlockte. Julien lächelte sanft.

Sie steuerten als Erstes die Kathedrale an, in der einst
die Könige gekrönt worden waren. Daher hatte Reims
den Beinamen *Stadt der Könige und des Champagners*.
Kunstvolle Steinmetzarbeiten zierten die Kirche, die
verborgene Geschichten erzählten. Von dort schlender-
ten sie weiter zu den Marsfeldern, um die Überreste rö-
mischer Ruinen zu bewundern. Die Stille und Gelassenheit der Stätte standen im Kontrast zur geschäftigen Atmosphäre der Stadt.

Zum Schluss führte Julien sie zurück in die Innenstadt, zu einem kleinen Café. Die Fassade war mit warmen Farben gestrichen; traditionelle französische Bist-
rotische und -stühle standen dicht an dicht auf dem
Bürgersteig, alle in Blickrichtung zur Straße. Julien
hielt ihr die Tür auf und Hannah trat ein. Der Duft von
frisch gebackenem Baguette sowie köstlichem Kaffee
erfüllte die Luft und verlieh dem Lokal eine angenehme

Behaglichkeit. Gemütliche Holzmöbel vermittelten das französische *Savoir Vivre*.

Julien trat neben sie und ergriff ihre Hand. Suchend schaute er sich in dem gut besetzten Lokal um, in dem ein fröhliches Stimmengewirr herrschte. Dann fand er einen freien Tisch und zog sie mit sich. Sie erreichten den Platz kurz vor einem Mittvierziger, der sich einen anderen Tisch suchen musste. Hastig setzte Hannah sich. Sie merkte, dass sie Hunger bekam. Und sie könnte töten für einen Kaffee!

Der Kellner kam und sie bestellten jeweils einen Café au Lait und dazu ein Croissant. Nach einer Weile brachte er ihnen beides. Aber natürlich ohne den Zucker, den Hannah dringend brauchte. Sie liebte es nun einmal süß.

»Entschuldigen Sie, dürfte ich bitte noch etwas Zucker haben?«, fragte sie den Kellner.

Der blickte sie so verwirrt an, als habe sie ihn nach seiner Telefonnummer gefragt.

»Elle aime ça doux. Elle est douce elle-même«, sagte Julien und der Kellner lachte.

»Oui, c'est juste.«

Er ging und Hannah schaute Julien fragend an. »Was ist richtig?« Soweit reichte ihr mageres Französisch noch, dass sie das Wort »juste« erkannte.

Julien grinste. »Dass du süß bist.« Unvermittelt beugte er sich zu ihr vor und küsste sie sanft auf den Mund. »Und jeder soll wissen, dass du meine Süße bist.«

Wärme überflutete ihren Körper bei dem Kompliment. Gott, warum war dieser Kerl nur so verdammt charmant?

Der Kellner kam mit einem Zuckerspender zurück und lächelte sie zum ersten Mal freundlich an. »*Ah, l'amour.*«

Seltsam, wie Juliens Charme selbst diesem griesgrämigen Typen ein Lächeln aufs Gesicht zauberte.

Bald war es an der Zeit, Juliens Opa Lionel zu besuchen. Allerdings wollte Hannah dabei nicht die Kleidung des Vortages tragen. Das fand sie unpassend. Daher bat sie Julien, sie vorher noch ins Hotel zu fahren.

Er grinste. »Hast du Angst, dass du Fragen beantworten musst, weil dein Oberteil zerknittert aussieht?«

Hannah zuckte die Schultern. »Vielleicht. Aber, ach … Ich weiß nicht, ich würde mich einfach wohler fühlen.«

»Klar, kein Problem. Dann können wir auch gleich deinen Wagen abholen. Und mit etwas Glück kann ich sogar noch etwas anderes organisieren.« Sein Gesicht nahm einen nachdenklichen, aber gleichzeitig verschlossenen Ausdruck an. Was er wohl vorhatte? Auch auf der Fahrt verriet Julien nichts über seine Pläne. Julien fuhr sie zum Parkplatz bei Taittinger, wo sie in ihren Wagen stieg. Er wartete, bis sie startete und fuhr voraus. In der Hotelgarage parkten sie beide Autos und gingen danach nach oben ins Foyer.

Der Concierge kam ihnen sofort entgegen. Zu ihrer Verwunderung begrüßte er Julien mit Handschlag. »*Salut,* Julien, lang nicht mehr gesehen.«

»*Salut, Cyrill.* Du musst halt wieder öfter ausgehen. Oder hat Laurence Angst, dass du einen anderen findest?«

Der Concierge grinste lediglich. Danach nickte er Hannah freundlich zu. *»Bonjour, Madame Kramer.* Wünschen Sie, auf Ihr Zimmer zu gehen?«

Es war seltsam, von jemandem gesiezt zu werden, der offenbar ein guter Freund von Julien war. Sie überlegte kurz, ihm das Du anzubieten, wie sie es sonst mit gemeinsamen Freunden machte. Aber dazu wusste sie zu wenig, wie Julien und sie zueinander standen.

»Ganz recht«, erwiderte sie daher lediglich. »Darf ich Julien so lange bei Ihnen lassen?«

Die Männer grinsten sich an.

»Sicher. Ich will dich sowieso noch etwas fragen, Cyrill.«

Der Concierge richtete den Blick auf ihn, aber Julien schüttelte leicht den Kopf und blickte Hannah auffordernd an.

Also wollten sie wohl etwas alleine besprechen. Achselzuckend machte sie sich auf den Weg zu ihrem Zimmer. Nach kurzem Nachdenken sprang sie noch einmal unter die Dusche. Danach putzte sie sich ausgiebig die Zähne, cremte sich ein und suchte anschließend etwas zum Anziehen heraus. Sie entschied sich für eine leichte, weiße Leinenhose mit einem türkisfarbenen Oberteil, das den Erdbeerton ihrer Haare unterstrich. Dazu etwas Mascara, einen Hauch Lipgloss und etwas Lidschatten im Nude-Ton mit einem Hauch Gold. Perfekt. Dezent, aber wirkungsvoll.

Sie schaute auf die Uhr. Das Ganze hatte weniger als fünfzehn Minuten gedauert. Am liebsten würde sie Nele anrufen und ihr von der unerwarteten Wendung bei ihrer Reise berichten. Ihre beste Freundin wüsste vielleicht, wie sie mit dieser Situation umgehen sollte.

Aber sie fand es unhöflich, Julien zu lange warten zu lassen. Also schrieb sie ihr nur kurz via WhatsApp.

Hey, Süße – du ahnst nicht, was hier in Reims los ist. Ich habe einen Mann kennengelernt. Und was für einen – oh là là … Heute Abend gibt es mehr dazu.

Sie setzte Herz- und Lach-Smileys. Schon ging sie schnellen Schrittes zurück zur Hotellobby, wo Julien auf sie wartete, immer noch in ein Gespräch mit dem Concierge vertieft. Kurz beobachtete sie die beiden, wie sie ungezwungen miteinander plauderten. Nun lachte Julien und die Lebensfreude darin ließ ihre Brust eng werden. Er drehte sich um und sein Blick fiel auf sie.

»Ah, da bist du ja. Du darfst dich bei Cyrill bedanken. Er gibt mir nämlich etwas, was deinen Tag noch schöner machen wird.« Beide Männer lächelten sie geheimnisvoll an.

»Und was ist das?«

Julien legte lachend den Arm um sie. »Das, *ma chérie*, wirst du gleich sehen.« Er ließ den Arm auf ihrer Schulter und ging mit ihr zum Aufzug des Hotels. Sie fuhren ein Stockwerk hinab in die Tiefgarage. Dort steuerte Julien zielstrebig ein weißes Audi-Cabrio an. Sie schnappte nach Luft, als er den Wagen mit einem Klick öffnete.

»*Et voilà, madame* – unser Gefährt für den Rest des Tages. Cyrill war so nett, mir seinen Wagen zu leihen.«

Hannahs Herz klopfte aufgeregt. Nun konnten sie die Champagne in diesem schicken Flitzer erkunden, während der Wind in ihren Haaren spielte. Und das bei schönstem Spätsommer-Wetter. »Das ... das ist wunderbar! Richte ihm meinen Dank aus.«

»Nun, ich habe einen alten Gefallen eingefordert.« Julien grinste, dann öffnete er die Beifahrertür und machte eine spielerische Verbeugung. »Wenn ich bitten darf?«

Nur zu gern folgte Hannah seiner Aufforderung und setzte sich in die beigen Ledersitze, die sich unfassbar weich an sie schmiegten. Hannahs Blick glitt bewundernd über die elegante Inneneinrichtung, in der es vor Chrom funkelte.

Julien nahm auf dem Fahrersitz Platz, lächelte sie an und startete den Wagen. Danach ließ er das Verdeck langsam herunter, bevor er das Auto mit gekonnter Lässigkeit aus der Tiefgarage hinaussteuerte. Sie fuhren die Auffahrt hoch und die Sonne schien Hannah ins Gesicht und auf die Arme. Ein Lächeln stahl sich auf ihre Lippen und sie schloss kurz die Augen. Wie genial war das denn?

Die Fahrt führte sie durch die Weinberge der Champagne. Sie durchquerten verschlungene Straßen, die von üppigem Grün und malerischen Dörfern gesäumt waren. Rebstöcke erstreckten sich über sanfte Hügel bis zum Horizont. Das Wissen, dass hier die Trauben für den edelsten aller Schaumweine wuchsen – zumindest, wenn sie noch nicht abgeerntet waren – erfüllte Hannah mit purer Begeisterung. Sie redeten nur wenig, weil sie die Atmosphäre aufsaugen wollte. Im Radio lief französischer Pop, der die Stimmung perfekt untermalte. Hannah fühlte sich in dieser Umgebung auf einmal, als habe sie ihre wahre Heimat gefunden. Seltsam.

Immer wieder sahen sie Weingüter verschiedenster Größe. Manche waren weitläufige Anwesen mit prächtigen Herrenhäusern und Weinbergen, die bis an den Horizont reichten. Andere waren kleine, einfache Höfe, neben denen sich ebenso bescheidene Äcker erstreckten. Während der Fahrt hielt Hannah Ausschau nach dem Tor mit dem Stern – dem Weingut auf dem Bild ihrer Oma. Sie fragte sich, ob das alte Gebäude noch immer hier war und wie es heute aussehen würde. Aber unter den vielen schmiedeeisernen Toren fanden sie keins mit einem goldenen Stern in der Mitte.

Schließlich steuerte Julien ein kleines Fachwerkhaus an, an dessen Vorderseite sich Weinreben und Kletterrosen in die Höhen rankten. Die Blätter wiegten sich sanft im Wind, der hin und wieder ganz leicht aufkam.

»Wir sind da.« Lächelnd parkte er den Wagen. Wie bereits zuvor öffnete er Hannah die Tür, dann nahm er ihre Hand, um einen Kuss darauf zu hauchen.

»Alles wird gut. Sicher finden wir einen Hinweis.«

Hannah nickte. Dennoch fühlte sie, wie Nervosität in ihr aufstieg. Hoffentlich verriet Juliens Großvater ihnen etwas, das ihr weiterhalf. Ansonsten wusste sie bald nicht mehr, wie sie weitermachen sollte. Langsam gingen sie auf das Haus zu. Sie hatten die Tür noch nicht erreicht, als sie schon aufgerissen wurde. Im Rahmen stand ein Mann mit silbergrauen Haaren, der kaum größer als Hannah war. Viele kleine und große Lachfalten in seinem Gesicht zeugten von Jahren der Lebensfreude und seine blauen Augen strahlten eine innere Ruhe sowie Gelassenheit aus.

»Julien, wie schön, dich wiederzusehen! Und dann auch noch in so charmanter Begleitung«, sagte er in fließendem Deutsch, in das sich der wunderbare französische Akzent mischte. Sein Lächeln war genauso ansteckend wie das von Julien. Entweder lag das an der Verwandtschaft oder alle französischen Männer besaßen dieses gewisse Etwas.

»*Salut, grand-père.*« Julien nahm den Älteren in den Arm. Hannah spürte die tiefe Verbundenheit der beiden.

Lionel wendete sich nun ihr zu und zog sie ebenfalls gleich in eine Umarmung. »*Salut, Hannah.* Sei willkommen in meinem bescheidenen Heim.«

»*Merci beaucoup*«, bemühte Hannah ihre mageren Französisch-Kenntnisse. Sie hatte die Erfahrung gemacht, dass dies die Leute zugänglicher machte. Tatsächlich strahlte der alte Mann sie nun regelrecht an.

Sie folgten Lionel ins Innere des Hauses, das eine harmonische Mischung aus traditionellem französischem Charme und gemütlicher Eleganz ausstrahlte. Die warme Atmosphäre spiegelte Lionels gütige Persönlichkeit wider. Der Mittelpunkt war das geräumige Wohnzimmer. Auf dem massiven Holztisch standen ein Kübel mit einer Flasche Champagner und drei Gläser. Lionel reichte erst Hannah ein Glas, danach Julien und nahm schließlich sein eigenes.

»Für die bezauberndste Begleitung, die mein Enkel jemals hatte.« Augenzwinkernd prostete er ihnen zu.

Hannah spürte, wie das Blut bei dem Kompliment in ihre Wangen schoss. Der entwaffnende Charme des älteren Mannes war dem seines Enkels so ähnlich, dass sie nicht anders konnte, als ihn in ihr Herz zu schließen.

Etwas verlegen nahm sie einen Schluck von dem edlen Rebensaft und schaute sich um. An den Wänden hingen Gemälde von Weinbergen neben Familienfotos. Auf einem Bild erblickte sie einen etwa zehnjährigen Jungen mit lockigem Haar und einem einnehmenden Lächeln.

Sie blickte fragend von der Fotografie zu Julien. Er grinste und es sah aus wie ein Spiegel des Bildes.

»Ja, du ahnst es. Das bin ich.«

»Julien war so ein goldiger Junge«, ergänzte Lionel versonnen und drückte seinen Enkel an sich. »Und nun ist er ein stattlicher junger Mann – so wie du eine attraktive junge Frau bist. Ihr werdet sicher schöne Kinder bekommen.«

Hannah hätte sich beinahe an dem Champagner verschluckt. »Äh, so weit sind wir nicht. Wir haben uns gestern erst kennengelernt«, stotterte Hannah.

Aber der ältere Mann wischte ihre Bedenken weg. »*Alors*, wenn man die Liebe findet, dann weiß man das sofort. In meine Isabeau – Gott hab sie selig – habe ich mich beim ersten Blick in ihre saphirblauen Augen verliebt.« Er lächelte verträumt, nahm einen Schluck Champagner. Dann schüttelte er den Kopf und blickte Hannah an. »Doch du bist nicht hier, um etwas über mein Leben zu erfahren. Du willst wissen, woher du kommst. Nun, setzt euch und erzählt.« Er deutete auf die rustikalen Holzstühle.

Hannah setzte sich hin und Julien platzierte sich neben ihr. Locker umfasste er ihre Hand und in Lionels Augen funkelte es verschmitzt. Er nahm ihnen gegenüber Platz und schaute Hannah erwartungsvoll an. Sie berichtete ihm von dem Tod ihrer Großmutter, den seltsamen Ausruf am Totenbett, der Vermutung von Tante Charlotte und dem Bild.

»Ich habe es dabei. Bitte schauen Sie es sich an. Vielleicht erkennen Sie ja das Emblem oder das Tor.«

Hannah kramte in ihrer Tasche und zog das Foto heraus. Sie überreichte es Lionel, der es vorsichtig entgegennahm. Seine Züge erhellten sich, als er ihre Großmutter vor dem Tor sah. »Ah, *la belle Louise!* Das schönste Mädchen in Reims. Ihre Augen funkelten wie Sterne und ihre blonden Haare glänzten wie ein besonders edler Champagner in den zarten Strahlen der Abendsonne.«

Er kannte ihre Großmutter also! Aufregung erfasste Hannah. Sie konnte kaum erwarten, mehr zu erfahren.

Julien lachte und strich Hannah über die Wange. »*Alors,* ihr beide habt also Haare in den Farben von Champagner.« Er wandte sich an seinen Großvater. »Bei meiner Schönen ist es aber ein Rosé.«

Er redete von ihr als *meine Schöne!* Hannah musste schlucken. Lionel schaute sie lächelnd an. »*Vraiment.* Ich meine, sogar etwas Kohlensäure aufsteigen zu sehen.«

Sie lachten alle drei. Dann wurde Hannah wieder ernst und deutete auf das Foto. »Haben Sie eine Idee, wo das Bild aufgenommen sein könnte? Wir wissen überhaupt nichts über ihre Vergangenheit in Frankreich. Sie hat niemals darüber geredet. Umso mehr hat es uns gewundert, dass sie dieses Bild hinter einem Gemälde versteckte hatte. Wieso hat sie es aufbewahrt? Und warum ist sie überhaupt weggegangen?«

»Niemand weiß genau, was damals vorgefallen ist.« Der alte Mann seufzte traurig und nahm mit nachdenklichem Blick einen Schluck von seinem Champagner. »Sie verschwand von einem Tag auf den anderen. Die Familie hat Wochen später nur durch Zufall erfahren, dass sie nach Deutschland ausgewandert ist. Ihre Eltern waren außer sich vor Sorge. Und natürlich auch ihr Verlobter Henri.«

Hannah, die gerade ebenfalls von ihrem Champagner trank, hätte sich fast verschluckt. »Sie war verlobt?«

»*Oui.* Mit Henri Bernard. *Dem* Henri Bernard.« Er nickte Julien bedeutungsvoll zu.

»Raphaels Großvater«, murmelte Julien. Als Hannah ihn fragend anschaute, erklärte er: »Raphael ist mein Chef, von dem ich dir erzählt habe. Er kümmert sich innerhalb der Familie Bernard um das Weingeschäft, sein Vater Vincent leitet den Gesamtkonzern. Und im Hintergrund zieht der alte Henri noch die Strippen.«

Lionel lachte. »Damals war Guillaume, Raphaels Urgroßvater, Chef des Hauses. Und er war ein ziemlich herrischer Mann. Henri war deutlich freundlicher.«

Hannah betrachtete ihn nachdenklich. »Das erklärt aber nicht, wieso Oma Louise von der Winzerei ihres Verlobten als *unser Weingut* sprach. Fühlte sie sich so verbunden mit ihm? Oder arbeitete sie dort?«

»*Non.* Es war ihres. Eure Familie besaß ein eigenes Weingut. Das *Gut Etoile*, also der Stern. Ein kleines, aber exquisites Champagnerhaus. Das Haus Bernard hingegen war deutlich größer, allerdings besaßen die Erzeugnisse nicht die erlesene Qualität wie die von *Etoile*. Die Hochzeit sollte die Verbindung der Weinhäuser besiegeln. Und vermutlich auch die Finanzen verbessern, denn die Bernards waren damals schon schwerreich, im Gegensatz zu deiner Familie. Man munkelte, das Haus sei nach zwei Missernten finanziell in eine Schieflage geraten.«

Der ältere Mann machte eine Pause, hob das Glas an seine Lippen und trank etwas Champagner. Hannah wartete ungeduldig, dass Lionel weiterredete. Doch er sah nur durch die Fenster hinaus in den kleinen, liebevoll angelegten Garten, als ob er sich an die früheren Zeiten erinnerte.

»Also hatte Oma Louise oder vielmehr ihre Familie tatsächlich ein Weingut«, murmelte Hannah schließlich und schüttelte den Kopf. »Ich verstehe das nicht. Wieso hat sie jeglichen Kontakt abgebrochen und die ganze Vergangenheit hinter sich gelassen, niemals wieder nach Frankreich zurückgeschaut? Wollte sie der Ehe entfliehen? Aber dazu gäbe es bessere Möglichkeiten. Ich meine, das waren die Sechzigerjahre und nicht das Mittelalter.«

Lionel hob die Schultern an. »Wer weiß das schon? Ganz unwahrscheinlich ist das nicht. Denn ich glaube nicht, dass deine Großmutter in Henri verliebt war. Wenn man die beiden zusammen sah, war sie meist sehr distanziert.« Er lachte leise. »Wenn der Junge nicht so reich gewesen wäre, hätte er sowieso niemals darauf hoffen können, ein so schönes Mädchen wie sie zu bekommen. Er war wahrlich keine besondere Augenweide.«

»Und was ist aus dem *Gut Etoile* geworden? Gibt es das noch? Kann ich es besuchen? Mit jemandem sprechen?« Hannah sprudelte regelrecht über vor Aufregung und Tatendrang. Endlich hatte sie einen Anhaltspunkt.

»Das *Gut Etoile* ist letzten Endes von den Bernards geschluckt worden und der Stern des Hauses ist verglüht. Anstatt den Namen beizubehalten, haben sie ihn einfach erstickt. Jammerschade, sie hatten gerade begonnen, Jahrgangschampagner zu vermarkten. Sie verkauften sich gut und steigerten die Reputation.« Der Ältere lächelte wehmütig. »Das hätte deine Großmutter sicher gefreut. Sie eiferte nämlich Lilli Bollinger nach und wollte das Haus *Etoile* zu einer Marke von Weltruf machen.«

»Das klingt, als ob Sie sie gut gekannt haben.«

Er nickte. »Wir sind eine kleine Gemeinde hier in Reims. Und Louise hat jeder verehrt.«

»Du etwa auch?«, erkundigte sich Julien. Hannah musste sich ein Grinsen verkneifen, weil er sich so pikiert anhörte.

Lionel schmunzelte und drückte seine Hand. »*Mais oui.* Einer Schönheit wie Louise kann kein Mann widerstehen. Ich betete den Boden an, auf dem sie ging. Aber das war natürlich vor deiner Großmutter. Sobald ich sie kennengelernt hatte, gehörte meine Seele ihr.« Er sah hinüber zu einem Bild, das eine hübsche junge Frau zeigte. Vermutlich ein Jugendbild seiner Frau.

»*Bon,* aber diese Erfolge waren den Bernards egal. Sie konnten das Logo des Gutes – den Stern«, Lionel tippte auf das Foto, »nicht schnell genug beseitigen.«

»Seltsam«, sagt Hannah.

Der alte Mann nickte. »Und noch etwas war seltsam. Die Familie hat dem Gut eine ganze Weile immer wieder Aufträge zugeschanzt, obwohl die Hochzeit geplatzt ist. Man sollte meinen, der alte Guillaume habe deiner Familie gegrollt. *Mais non,* Jahr für Jahr floss Geld ins Weingut.«

»Vielleicht hatten sie eine lose Partnerschaft?«, wandte Julien ein. »Das ist nicht ungewöhnlich.«

»Heute vielleicht, damals kämpfte jedoch jeder für sich allein. Vor allem Guillaume Bernard. Er war sicher kein Wohltäter, *en contraire.*« Der alte Mann lachte leise in sich hinein, dann schüttelte er den Kopf. »Es wäre ein Leichtes gewesen, das *Gut Etoile* in den Ruin gehen zu lassen und es anschließend zu schlucken. Aber das taten die Bernards erst viele Jahre später. Nach dem Tod des alten Vidot.«

Das hörte sich in der Tat merkwürdig an. Noch etwas wurde Hannah so langsam klar. »Also gehört Großmutters altes Weingut nun deinen Chefs?«, fragte Hannah und wechselte einen Blick mit Julien. Ihr fiel auf, dass er eine Spur blasser aussah als zuvor. Nur warum? Wieso berührte ihn diese Verbindung so sehr?

»Sieht ganz danach aus«, sagte er knapp.

Hannah runzelte die Stirn. Seltsam, weshalb war er auf einmal so einsilbig? Er sollte sich doch mit ihr freuen, dass sie eine Spur gefunden hatte zu Omas Vergangenheit. Sie griff nach den Käsestangen, die Lionel anscheinend selbst für seinen Enkel gemacht hatte. Sie waren schön knusprig und passten wunderbar zu dem Champagner. Eine Weile schwiegen alle, ließen das Erzählte sacken.

»Ich verstehe es immer noch nicht.« Hannah schüttelte den Kopf. »Man verlässt doch nicht alle, die man liebt, von heute auf morgen. Ohne den kleinsten Hinweis! Hat sie sich denn mit diesem Henri gestritten? Oder mit ihren Eltern? Oder jemand anderem? Es muss einen guten Grund geben. Ich kannte meine Großmutter. Sie war immer pflichtbewusst und stand zu ihrer Familie, egal was geschah. Umso weniger konnten wir verstehen, wieso sie niemals auch nur ein Wort über ihre Zeit in Reims verloren hatte.«

Lionel schaute sie nachdenklich an. »Nun, du könntest ihre Familie fragen. Die Vidots. Ihre Eltern sind natürlich tot. Aber ihre Schwester Florence lebt noch. Ich bin mir sicher, sie möchte gern wissen, wie es Louise in Deutschland ergangen ist. Ob sie glücklich war. Die beiden standen sich nämlich immer sehr nahe.«

»O ja, das ist eine gute Idee.« Aufgeregt wandte sie sich an Julien. »Ist das nicht toll? Ich kann vielleicht bald mit Omas Schwester sprechen. Meiner Großtante!«

Er nickte zwar, hatte aber seine Lippen fest zusammengepresst. Was war denn los mit ihm? Sie beschloss, seine seltsame Zurückhaltung zu ignorieren. Darüber konnten sie sprechen, wenn sie alleine waren.

Kapitel 8

Reims, 1965

»Das willst du anziehen?« Florence' entsetzter Blick glich weniger dem einer älteren Schwester als dem einer Gouvernante des letzten Jahrhunderts.

Louise strich sich über die locker geschnittene, dunkelblaue Hose, die sie mit einem schlichten, weißen Oberteil kombinierte. »Ja, wieso, was ist denn falsch daran? Wir wollen schließlich eine Burg besichtigen und nicht in die Oper gehen. Außerdem bin ich bereits mit Henri verlobt. Ich muss ihn also nicht mehr verliebt machen.«

»Trotzdem musst du dir mehr Mühe für ihn geben! Er ist dein Verlobter – und sein Vater will unsere Güter gemeinsam groß machen. Das wolltest du doch immer!«

Automatisch dachte Louise wieder an das Gespräch, das sie belauscht hatte. Bei ihrer Vermählung ging es um so viel mehr als nur eine Vergrößerung ihres Hauses. Es lag an ihr, den Fortbestand des Gutes zu sichern; die Arbeitsplätze für all ihre Mitarbeiter zu erhalten. Ihr Magen drehte sich bei diesem Gedanken um.

Nun schüttelte Florence energisch den Kopf. »Was für ein Glück, dass ich heute bei euch bin. So kannst du dich auf keinen Fall zeigen. Also, zurück mit dir auf das Zimmer.«

Ihre Schwester nahm sie an der Hand und zog sie hinter sich in Louises Schlafraum. Dort stellte sie sich vor den Schrank, öffnete ihn und durchsuchte seinen Inhalt. Sie zog schließlich drei gestärkte Kleider heraus. »Du hast so schöne Kleidung, Louise. Nimm eins von denen hier. Der Schnitt und die Farben unterstreichen deine Weiblichkeit.«

»Aber sie sind unbequem! Und ich werde Schuhe mit Absätzen dazu tragen müssen. Dabei wollten wir noch einen Spaziergang machen.« Louise verschränkte die Arme vor der Brust und starrte ihre Schwester vorwurfsvoll an.

Die zuckte lediglich mit den Schultern. »Das ist das Los der Frauen. Unsere Schönheit ist unser Kapital – und damit bist du nun einmal besonders gesegnet. Also los, keine Widerrede, such dir eins davon aus.«

Louise seufzte, sah jedoch keine Möglichkeit, Florence von der Notwendigkeit bequemer Kleidung zu überzeugen. Also griff sie sich das smaragdgrün gemusterte Kleid, das ihr von der Farbe am besten gefiel. Hastig streifte sie Hose und Oberteil ab und zog das Kleid über. »Besser so?«

»Viel besser.« Florence lächelte sie an. Dann wurde ihr Blick ernst und sie legte eine Hand auf ihren Arm. »Ich weiß, die Verlobung ist nicht leicht für dich. Falls du es nicht erträgst – kannst du nicht mit Vater sprechen, sie zu lösen? Wir lieben unser Gut. Aber auch dich. Du sollst nicht dein Glück opfern, damit es dem Gut wieder besser geht. Irgendwie schaffen wir es auch ohne das Geld der Bernards.«

Dabei schaute sie Louise so liebevoll an, dass ihre Kehle eng wurde. Anscheinend wusste auch Florence nicht, wie schlecht es um das Weingut in Wirklichkeit stand. Kurz dachte Louise darüber nach, mit ihrer Schwester über ihre Sorgen zu sprechen. Aber sie würde es niemals gutheißen, dass sie eine Liebschaft angefangen hatte. Und dann auch noch mit einem Erntehelfer! Das würde Florence nie verstehen, sie war zu stolz darauf, die Tochter eines Winzers mit einer gehobenen Reputation zu sein.

Louise hob ihr Kinn an. »Ich werde sicher lernen, Henri zu lieben und ihm eine gute Ehefrau zu sein.« Diese fromme Hoffnung musste sie sich jeden Tag vorsagen wie ein Gebet. Vielleicht glaubte sie es irgendwann sogar selbst.

***

»Wie schön du wieder aussiehst, Louise!« Bewundernd glitt Henris Blick über das ungeliebte Kleid.

Florence lächelte ihr selbstzufrieden zu. Louise konnte sich gerade eben ein Stöhnen verkneifen. Natürlich mochte Henri das Kleid, immerhin war er ein Mann. Nur warum interessierte es niemanden, was sie wollte? Leichte Gereiztheit stieg in ihr auf. Doch sie drängte sie zurück und dankte Henri mit einem sanften Lächeln.

Er nahm sie am Arm und führte sie zu einem offenen Alfa Romeo, der vor der Auffahrt stand. Der tiefschwarze Lack funkelte im Sonnenlicht mit den Chromverzierungen um die Wette. »Gefällt dir der Wagen? Ich habe ihn erst kürzlich gekauft. Für uns. Ich dachte, wenn du ihn magst, kannst du ihn nach der Hochzeit fahren.« In seinen Augen stand der verzweifelte Wunsch nach ihrer Bestätigung.

Sie schluckte. Warum konnte sie Henri bloß nicht so lieben wie er sie? Dann wäre alles viel einfacher. Er war schließlich ein guter, anständiger Mann, der ihr die Welt zu Füßen legen wollte. Doch er besaß nicht dieses rassige spanische Temperament wie Miguel. Im Gegenteil, Henri war stets vorsichtig und zurückhaltend.

»Danke, *mon cher*«, sagte sie daher. »Das ist ein wunderschöner Wagen. Ich würde mich freuen, ihn eines Tages zu fahren, wenn ich einen Führerschein mache.«

»Ach, das ist nicht schwer. Das bringe ich dir bei.« Ein erfreutes Lächeln zog über sein Gesicht und er hielt ihr die Tür auf, damit sie einsteigen konnte. Louise schaute sich in dem luxuriösen Innenraum um. So lebten also die Reichen. Seltsame Vorstellung, dass dies bald ihre Welt sein sollte.

Henri startete den Wagen und der Stolz leuchtete regelrecht aus seinem Gesicht. »Wollen wir vorher noch einen kleinen Abstecher in die Weinberge machen?«, fragte Henri sie mit einem Lächeln. »Ich würde gern die Lagen des Pinot Noir kontrollieren.«

Louise erschrak. Das waren die Felder, auf denen Miguel im Moment arbeitete. Sie wollte ihm auf keinen Fall mit Henri begegnen. »Vielleicht machst du das lieber bei einer anderen Gelegenheit. Ich ... ich glaube, mein Kleid verträgt sich nicht mit den Rebstöcken und den Feldern.«

»Dabei passt die Farbe so gut dazu.« Lachend musterte er sie von der Seite, während er den Wagen weiter mit einer Hand Richtung Weinberge steuerte. Mit der anderen Hand tätschelte er sie. »Du musst ja nicht durch die Felder laufen. Komm einfach mit und beehre mich mit deiner Schönheit.«

Sie lächelte gequält. Was sollte sie auch dagegen einwenden? Ihre Nervosität stieg immer mehr, je dichter sie den Pinot Noir-Lagen kamen. Die Erntehelfer waren bereits unterwegs und arbeiteten sich wie eine kleine Armee durch die Felder vor. Sie suchte nach Miguels vertrauter Gestalt, konnte ihn aber nirgendwo entdecken. Vielleicht hatte sie ja Glück und er war heute woanders.

Henri verlangsamte den Wagen und parkte ihn unweit des Sammelwagens, zu dem die Erntehelfer ihre kostbare Fracht brachten. Louise zögerte. Eigentlich war dieser Platz unglücklich gewählt für den Wagen, weil er es den Männern erschwerte, zum Sammelplatz zu kommen. Aber sie beschloss zu schweigen, denn Henri sprang bereits aus dem Cabrio und half ihr galant hinaus.

Als sie neben dem Auto stand, hielt er ihr den Arm hin, damit sie sich bei ihm unterhakte, und ging mit ihr auf die Weinstöcke zu. Die vorderen waren überwiegend abgeerntet, aber etwas weiter hinten erkannte sie noch einige tiefblaue Trauben, die saftig und prall aussahen. Ihr Herz lachte. Dies versprach, eine gute Ernte zu werden. Am liebsten wäre sie vorausgeeilt, um die Früchte zu nehmen und ihre Beschaffenheit zu überprüfen. Aber das sah Henri jetzt als seine Aufgabe, also hielt sie sich zurück.

Sein Blick folgte dem Ihren zu den Trauben. Er legte seinen zweiten Arm um ihre Hüfte und sagte: »Oh, die sehen gut aus. Komm, wir gehen hinüber. Ich stütze dich.«

Obwohl Louise heimlich froh über diese Geste war, weil ihre Schuhe in dem Boden versanken, war sie ihr ein wenig unangenehm. Sie wirkte dadurch wie eine schwache Frau, die völlig von ihrem Mann abhängig war. Dabei waren sie noch nicht einmal verheiratet. Doch sie sah keine Möglichkeit, sich aus seinen Armen zu winden, ohne grob unhöflich zu sein, also ließ sie es zu.

Sie bahnten sich ihren Weg durch die Reben, wobei ihnen immer wieder Erntehelfer entgegenkamen, die ihre vollen Körbe auf dem Wagen entluden. Durch die Behältnisse war ihre Sicht versperrt. Aber anstatt ihnen auszuweichen, bewegte sich Henri mit arroganter Selbstverständlichkeit stur auf sein Ziel zu. Einmal zog Louise ihn vor einem Zusammenstoß sanft weg. Dann war sie nicht schnell genug und ein junger Mann prallte mit Henri zusammen.

»Kannst du nicht aufpassen? Du siehst doch, dass wir hier entlanggehen«, ranzte Henri ihn gleich an.

»*Perdone, usted*«, erklang eine rauchige männliche Stimme, die Louise nur zu gut kannte. Sie schnappte nach Atem. Am liebsten würde sie vor Scham im Boden versinken, als er den Korb abstellte und erst Henri und danach Louise anschaute. Dabei verweilten seine dunklen Augen einen Moment länger auf ihr, als es angemessen war. Hastig sah sie in eine andere Richtung.

Henri war dieser kurze Blickwechsel nicht entgangen. Er machte einen Schritt auf Miguel zu und knurrte: »Lass gefälligst deine dreckigen Augen von meiner Verlobten. Sie würde jemanden wie dich nie auch nur mit der Kneifzange anfassen. Hast du das verstanden?«

In Miguels Gesicht zuckte es zwar vor unterdrückter Wut, doch er nickte. *»Si claro.«*

Henri runzelte die Stirn. »Sprich Französisch mit mir. Ich bin immerhin der Herr dieses Hauses.«

Zorn erfasste Louise. Er schoss heiß und ungezügelt durch ihre Adern. Am liebsten würde sie Henri sagen, dass ihm in diesem Moment noch keine einzige Traube gehörte – und sie erst recht nicht. Miguel warf ihr einen Blick zu, in dem die stumme Frage stand, warum sie nicht genauso reagierte. Doch sie konnte nicht. Sie brauchten nun einmal das Geld der Familie Bernard. Verzweiflung legte sich wie ein kalter Ring aus Eisen um ihr Herz und sie schaute zu Boden.

»Nun, dann tut es mir leid, wenn ich Sie angerempelt habe, weil Sie in meinen Weg gelaufen sind«, sagte Miguel nun auf Französisch mit seinem schönen Akzent.

Louise musste sich ein Schmunzeln verkneifen. Immerhin hatte er es geschafft, eine Entschuldigung in eine Anschuldigung zu verwandeln.

Henris Blick wurde so düster wie der Himmel kurz vor einem Sturm. Nicht, dass er Miguel noch aus Wut entließ. Die Bernards erwarteten von ihren Arbeitern absoluten Gehorsam. Sie hatte schon mehrfach mitbekommen, dass Guillaume Helfer nach Hause geschickt hatte, obwohl sie und ihre Familien dringend auf das Geld angewiesen waren.

Schnell legte sie ihm eine Hand auf den Arm und sagte mit der süßesten Stimme, zu der sie sich zwingen konnte: *»Mon cher,* können wir jetzt bitte weiter zu den

Trauben gehen? Lass uns doch nicht an einem so schönen Tag mit einem einfachen Erntehelfer streiten.«

Es tat ihr in der Seele weh, so über die Liebe ihres Lebens zu reden. Aber dies war die einzige Möglichkeit, Henri davon abzuhalten, Miguel auf der Stelle zu entlassen.

»*Naturalment.*« Henri nickte und führte sie weiter zu den Reben. Seine Miene war immer noch säuerlich, aber das kümmerte sie nicht. Sie hatte nur Augen für Miguel, in dessen Gesicht ein Ausdruck tiefster Verletztheit stand.

Reims, heute

Sie blieben fast eine Stunde bei Lionel, der von alten Zeiten erzählte. Vor allem von den Momenten, die er mit Oma Louise erlebt hatte. Sie musste eine wundervolle junge Frau gewesen sein, der halb Reims zu Füßen gelegen hatte. Diesen Charme hatte sie auch im Alter besessen. Hannah zeigte Lionel Bilder von ihrer Großmutter an ihrem Geburtstag, wo sie sich noch als perfekte Gastgeberin präsentiert und wie das blühende Leben ausgesehen hatte.

Der Ältere strich sanft mit dem Finger über das Display und murmelte: »*La vraie beauté ne meurt jamais.*«

»*Wahre Schönheit vergeht nie* – oder stirbt nie, das wäre die wörtliche Übersetzung«, übersetzte Julien, als sie ihn fragend anschaute. Die Wärme, die dabei in seinem Blick lag, rührte Hannah. Kurz danach verabschiedeten sich und gingen zu dem Cabriolet. Julien hielt ihr wieder charmant die Tür auf. Hannah ließ sich in die

Ledersitze fallen und wartete, bis er den Wagen startete.

»Endlich habe ich eine Idee, wo ich suchen muss«, sprudelte sie aufgeregt hervor. »Ich weiß, vor welchem Gut Oma Louise auf dem Foto stand. Vor dem alten Weingut ihrer – unserer! – Familie. Und Großmutters Schwester lebt. Ist das nicht toll?« Mit strahlenden Augen blickte sie ihn an.

»Ja, echt klasse«, sagte er, allerdings hatte er immer noch diesen abweisenden Ausdruck auf dem Gesicht; seine Lippen waren zusammengepresst und seine Augen starr.

»Was ist denn los? Freust du dich gar nicht für mich?« Enttäuschung machte sich in ihr breit.

Er warf ihr einen schnellen Blick zu, bevor er die Augen wieder auf die Straße heftete, und seufzte. »Verstehst du das Problem denn nicht, Hannah? Euer altes Weingut ist mein Arbeitgeber. Für den ich die Konten führe!«

»Ja, aber … das ist doch toll. Du hast überall Einblicke. Vielleicht ging ja damals wirklich etwas nicht mit rechten Dingen zu und ich bin in Wirklichkeit deine Chefin.«

Er stoppte den Wagen so plötzlich, dass es sie nach vorne gerissen hätte, wenn der Sicherheitsgurt nicht gewesen wäre. Aufgebracht drehte er sich so in seinem Sitz herum, dass er sie sie direkt ansah. »Hannah, genau das ist das Problem! Anscheinend gab es seltsame Vorfälle. Opa sprach von zugeschanzten Aufträgen. Aber ich darf die Konten nicht für dich durchsehen. Ich habe Verschwiegenheitserklärungen unterschrieben.«

Er fuhr sich verzweifelt durch die lockigen Haare. »Versteh doch: Ich könnte dir bei jedem Weingut helfen. Aber nicht beim Haus Bernard. Es ist unmöglich.«

»Heißt das etwa – du lässt mich sitzen? Wo wir gestern noch die Nacht miteinander verbracht haben?« Hannahs Magen verklumpte und verknotete sich.

Er legte seine Hände auf ihre Schultern. »*Mon dieu*, natürlich werde ich dich nicht sitzen lassen. Das eine hat mit dem anderen nichts zu tun, *ma chérie*. Ich mag dich. Sehr sogar.« Wieder seufzte er und schüttelte bedauernd den Kopf. »Aber was deine Recherchen angeht … Dabei kann ich dir leider nicht mehr helfen. Das kann mich den Job kosten.«

Entsetzt starrte sie ihn an. Wie sollte sie denn jetzt alleine weitermachen? »Bitte, Julien. Ich brauche deine Hilfe. Ich muss zu Ämtern gehen, Zeitungen durchforsten, mit Leuten sprechen. Ohne jemanden, der Französisch spricht und für mich übersetzt, werde ich das niemals schaffen.«

»Es tut mir leid. Es ist unmöglich. Diesen Weg wirst du alleine gehen müssen.« In Juliens Blick lag Bedauern ebenso wie Entschlossenheit. »Aber es gibt Übersetzungs-Apps oder andere hilfsbereite Menschen.«

Er wollte eine Hand auf ihre legen, doch sie riss sie zurück; zu tief fühlte sie sich verletzt von seiner Zurückweisung.

Mit einem traurigen Ausdruck im Gesicht nahm er seine Hand weg. »Ich rufe gern für dich bei der Familie Vidot an. Ich kenne sie sowieso. Und natürlich fahre ich dich dorthin, wenn du das möchtest. Danach werde ich mich jedoch verabschieden.«

Er startete den Wagen wieder und fuhr los. Hannah saß wie betäubt neben ihm. Sie nahm nur dumpf wahr, wie Julien eine Verabredung mit ihrer Großtante für den Abend ausmachte. Als er fertig war, lächelte er sie an und sagte: »*Alors,* wir haben noch zwei Stunden Zeit. Möchtest du solange etwas mit mir unternehmen?«

Fassungslos starrte sie ihn an. »Echt jetzt? Erst servierst du mich ab und jetzt sollen wir einen auf Liebespaar machen?«

»Du verstehst das falsch«, widersprach er. »Ich will dich nicht *abservieren*, wie du es nennst. Allerdings muss ich meinem Arbeitgeber gegenüber loyal sein.«

»Und ich dachte, du wärst mir gegenüber loyal. Sicher, wir kennen uns erst kurz, aber ...« Sie senkte verlegen den Kopf, wollte nicht laut sagen, was sie fühlte: eine enge Verbundenheit, die sie in dieser Form nicht kannte. Sie zuckte mit den Achseln. »Ich hatte gehofft, du hilfst mir.«

Anstelle einer Antwort seufzte er nur. Ein Kloß stieg auf in ihrem Hals. Sie fühlte sich unfassbar verraten von Julien. Ein Teil von ihr verstand seine Bedenken. Aber der andere Teil wollte nur, dass er sie an die Hand nahm und gemeinsam mit ihr das Geheimnis ihres alten Weinguts entschlüsselte. Stattdessen stieß er sie zurück.

»Bring mich bitte zurück ins Hotel«, flüsterte sie.

Sie schwiegen den ganzen Weg, bis Julien das Cabrio vor das Hotel fuhr. Er eilte um den Wagen herum, doch Hannah wartete nicht, dass er ihr die Tür aufhielt, sondern stieg sofort aus. Als er sie in den Arm nehmen wollte, wich sie ihm aus.

»Ich … ich brauche einen Moment, bitte.«

»Bon. Comme tu veux.« Er schaute sie an und seine Augen sahen so warm aus, dass sie schwankte. Reagierte sie nicht über? Doch sie fühlte sich unfassbar benutzt.

Wie betäubt hastete sie durch das Hotel. Sie wollte sich nur noch auf ihrem Zimmer verkriechen. Wie konnte man bloß so schnell von einem Zustand absoluten Glücks ins bodenlose Unglück stürzen? Sie hatte gehofft, sie könnte mit Julien unbeschwerte Tage verbringen, während sie gemeinsam das Geheimnis ihrer Großmutter entschlüsselten. Doch anscheinend war seine Buchhalter-Seele stärker als seine Gefühle für sie. Ihr Herz wurde bei dem Gedanken so schwer, als hätte jemand eine Tonne Zement hineingekippt.

Sie warf sich auf das Bett. Tränen stiegen in ihr auf, die sie in der Abgeschiedenheit ihres Zimmers nicht länger verbergen musste. Dabei ärgerte sie sich über sich selbst, warum sie nicht abgebrühter mit dieser Sache umgehen konnte. Aber Julien hatte sie in diesen wenigen Stunden tiefer berührt, als sie es sich hätte vorstellen können. Trübsinnig erinnerte sie sich, wie zärtlich er sie geliebt und wie warm er sie danach angesehen hatte. Ein regelrechter Besitzerstolz lag in seinen Augen, als er sie seinem Großvater vorgestellt hatte. Er benahm sich, als wäre sie ihm wichtig.

Eine Weile suhlte sie sich in ihrer Trauer, dann erstarben die Tränen allmählich. Sie drehte sich im Bett herum und starrte Löcher an die Decke. Sie brauchte jetzt jemanden, die sie tröstete. Nele! Sie fand immer die richtigen Worte. Hoffentlich hatte ihre Freundin Zeit für sie. Schnell richtete sie sich im Bett auf und holte das Handy aus ihrer Tasche. Es war später Nachmittag. Mit etwas Glück erwischte sie Nele gerade zwischen zwei Schwangerschaftsterminen.

Sie startete einen Videocall und ließ es einige Male klingeln. Beinahe wollte sie schon auflegen, als schließlich das fröhliche Gesicht ihrer Freundin auf dem Display erschien. »Hannah, meine Süße! Was macht die Champagne? Hast du schon dein eigenes Weingut?«

Sie grinste Nele an. Es tat so gut, mit ihr reden zu können. »Das nicht, aber unserer Familie hat tatsächlich früher einmal ein Gut in der Champagne gehört. Und das ist der Grund, warum Julien nichts mehr von mir wissen will.« Wieder ergriff sie der Kummer und die Tränen flossen.

»Jetzt verstehe ich gar nichts«, murmelte Nele, die kleine, perfekt geformte Nase gerunzelt und die Augen zusammengezogen. »Was für ein Gut? Was für ein Julien?«

Selbst in ihrem Kummer musste Hannah schmunzeln. Ihre Tränen erstarben und sie erzählte Nele alles haarklein, was geschehen war, seit sie gestern in Reims angekommen war. Von der Weinprobe, bei der Julien sie angesprochen hatte, ihrem gemeinsamen Abend und der späteren Liebesnacht. »Und jetzt hat sich herausgestellt, dass Omas altes Weingut Juliens Arbeitgebern gehört. Deswegen hilft er mir nicht mehr. Er meint, das wäre nicht vertretbar.«

»Oje, du Ärmste. Das ist natürlich echt bitter. Erst Sex, dann Schock. Fühl dich ganz lieb gedrückt!«

Das Mitgefühl in Neles Augen wärmte Hannah. »Danke dir.« Sie rieb sich die Tränen weg und stöhnte voller Verzweiflung. »Aber was mache ich denn jetzt?«

Ihre Freundin schaute sie ernst an. »Du musst weiter
nach der Wahrheit suchen. Julien hat es dir schließlich
selbst vorgeschlagen – lad eine Übersetzer-App runter.
Du bist clever, das schaffst du auch alleine.«

»Danke, aber ich ... ich meinte eher mit Julien. Ich bin
so wütend auf ihn. Erst schläft er mit mir und dann
lässt er mich einfach im Regen stehen. Das ist doch das
Allerletzte.«

Eine Weile schwieg Nele. Schließlich sagte sie vorsichtig: »Ich weiß nicht, Hannah. Bist du nicht etwas zu
hart ihm gegenüber? Irgendwie kann ich ja schon verstehen, dass er seinen Job nicht deswegen riskieren
will.«

»Wenn er wirklich Interesse hätte, sollte ihm das egal
sein!«, begehrte Hannah auf. »Außerdem scheinen da
seltsame Dinge geschehen zu sein. Was sind das für
Aufträge an einen Konkurrenten? Dessen Tochter die
Hochzeit hat platzen lassen! Und dann Omas Andeutungen, von denen Tante Charlotte mir erzählt hat.
Nein, da stimmt etwas nicht. Aber das war ihm alles
egal. Er hilft mir nicht.«

Nele seufzte erneut. »Vielleicht ist ja in dieser Hin-
sicht noch nicht das letzte Wort gesprochen. Ich denke,
ihr solltet euch einfach so treffen, jenseits deiner Recherchen. Er wollte doch noch etwas mit dir unternehmen, oder nicht?«

Hannah nickte. »Ja, das wollte er. Aber ich nicht. Ich
fühle mich so verraten.«

»Das siehst du zu eng, glaube ich. Du magst ihn
schließlich, das merke ich. Oder?«

»Ja, schon«, gab Hannah zu. »Aber ...«

»Kein Aber! Sicher kann er dir helfen, ohne seinem Arbeitgeber zu schaden. Er kann ja zu Ämtern mitkommen. Oder Zeitungsartikel übersetzen. Sobald es allerdings um die Finanzen des Hauses Bernard geht, ist er raus.«

Ein Lächeln glitt über Hannahs Züge. Das könnte tatsächlich des Rätsels Lösung sein. Auf diese Weise konnten sie weiterforschen, aber er betrog seinen Arbeitgeber nicht. Ihr Puls begann zu vibrieren bei dem Gedanken, Julien erneut zu sehen. Zeit mit ihm zu verbringen. »Das ist eine gute Idee! Ich werde es ihm gleich vorschlagen.«

»O nein, nicht so schnell. Lass ihn ein wenig zappeln, das steigert die Spannung. Ruf ihn lieber erst morgen an. Du weißt doch – Männer und ihr Jagdtrieb. Der muss gefüttert werden.« Nele grinste.

»Das werde ich nie begreifen ...« Hannah verdrehte die Augen. »Warum kann ich denn nie einfach nur so mit jemand ins Bett gehen? Immer diese lästigen Gefühle, das stört doch bloß!«

Nele lachte leise. »Andererseits zeigt es wenigstens, dass du wieder Gefühle für jemanden entwickeln kannst. Damit hatte ich bei dir schon fast nicht mehr gerechnet.«

»Was kann ich denn dafür, dass ich bei meinen Arbeitszeiten so selten jemanden kennenlerne? Und die wenigen Kerle sind dann auch noch Idioten.« So wie Christian. Ihr Magen zog sich schmerzhaft zusammen bei der Erinnerung an ihren letzten richtigen Freund.

Er hatte ihr Herz im Sturm erobert. Sie dachte, das wäre er jetzt – ihr Mister Right. Doch nach einigen Monaten machte er Knall auf Fall Schluss mit ihr. Sagte, sie seien noch zu jung, um sich für ihr Leben zu binden. Kurz danach zog er weiter zur nächsten. Und dann wieder. Und wieder.

Zurzeit war er laut Insta mit irgendeiner Modestudentin zusammen, die aussah wie ein Model. Wer weiß, wie lange. Sie seufzte schwer. »Ich habe Angst, dass Julien auch so ein Mitnehmer ist. Wobei er sowieso über vierhundert Kilometer weit weg wohnt und der Controller von Omas altem Weingut ist. Also, was soll das Ganze schon groß bringen?«

Nele hob spielerisch den Zeigefinger an und drohte ihr. »So darfst du nicht denken, sonst komme ich und haue dich! Trockne lieber deine Tränen, schalte den Verstand aus und mach dir wunderbare Tage in der Champagne. Er will dich. Also ruinier es nicht, weil du wieder mimimi bist.«

»Das bin ich nie.«

»Nein. Du nicht. Niemals.«

Sie mussten beide lachen. Schließlich neigte Hannah oft dazu, sich nach Herzenslust über Dinge aufzuregen, die es eigentlich nicht wert waren. »Ach, Nele«, sagte sie leise, »es wäre so schön, wenn du hier wärst.«

»Klar. Ich – schwanger in der Champagne.« Sie hob das Handy und drehte es so, dass ihre Kugel zu sehen war. »Ohne einen Tropfen zu trinken. Danke, aber nein danke. Ich komme gern, wenn du euer altes Weingut zurückgeholt hast und als Herrin des Hauses zwischen den Weinstöcken flanierst.«

Hannah lachte. »Klar, genau so wird es laufen.«

»Du rockst das sicher. Ich glaube an dich.«

Immer noch lachend legte sie auf. Niemand konnte sie so aufheitern wie Nele. Und ihr Vorschlag war gut.

Julien konnte ihr ja bei anderen Dingen helfen. Wenn er das ablehnte, wusste sie, dass es ihm nie um sie gegangen war, sondern nur um die schnelle Nummer. Kurz überlegte sie, ihn sofort anzurufen. Aber dann erinnerte sie sich an Neles Worte. Sicher war es besser, bis morgen zu warten. Bei Männern war das richtige Timing oft alles.

Sie beschloss, die Wartezeit bis zur Verabredung mit den Vidots für die Sauna zu nutzen. Dort könnte sie zur Ruhe kommen, um die Dinge wieder klarer zu sehen. Sie schnappte sich ihren E-Book-Reader und ging Richtung Keller.

Die exquisite Sauna war ganz im römischen Stil gehalten mit verzierten Säulen, Wänden aus beigem Marmor und einem prunkvollen Mosaik in den Ruheräumen. Der Duft nach ätherischen Ölen hing schwer in der Luft. Kaum war Hannah eingetreten, spürte sie schon, wie ein Teil der Spannung von ihr abfiel. Zum Glück war außer ihr nur ein weiterer Hotelgast da; der Rest war offensichtlich in der Stadt unterwegs. Sie nickte der älteren Dame zu, die kurz von ihrem Buch aufsah, einmal lächelte und dann weiterlas.

Hannah schaffte zwar nur zwei Saunagänge, aber dafür nahm sie sich umso mehr Zeit dazwischen, um die luxuriöse Ausstattung zu genießen. Zurück in ihrem Zimmer fühlte sie sich schon viel besser. Als Erstes griff sie nach dem Handy, suchte nach einer Nachricht von Julien. Tatsächlich zeigte WhatsApp eine Benachrichtigung an. Allerdings war diese nicht von ihm, sondern von Nele. Sie schluckte ihre Enttäuschung herunter und tippte auf Play.

»Hey Süße«, erklang Neles warme, liebevolle Stimme. »Ich wollte dir nur noch kurz sagen: Ich bin mir sicher, dass alles gut ausgeht. Und egal, was ist, ich bin immer für dich da. Du kannst mich sogar mitten in der Nacht aufwecken. Das darf noch nicht einmal Basti, also fühle dich geehrt.«

Sie musste lächeln. Die liebe Nele. Was würde sie nur ohne sie machen? Kurz dachte sie darüber nach, Emma ebenfalls anzurufen. Immerhin war Wochenende, da bestand sogar bei ihr eine Chance, sie zu erwischen. Aber dazu war die Zeit zu knapp. Sie würde morgen mit ihr reden.

Wenn sie vielleicht schon eine Lösung mit Julien gefunden hatte. Ihr Herz klopfte vor Aufregung. Sollte sie ihn nicht doch lieber fragen, ob er morgen mit zu den Behörden kam? Mittlerweile akzeptierte sie ja, dass er als Controller Regelungen unterworfen war. Ihre Hand huschte zu seinem Kontakt, den sie am Abend zuvor eingespeichert hatte.

Sie beschloss, Neles Ratschlag zu ignorieren. Sie hatte nur wenige Tage in der Champagne. Es wäre idiotisch, Zeit zu verschenken wegen einer albernen Taktiererei. Schnell tippte sie auf den Kontakt und lauschte dem Klingeln. Es klingelte ein paarmal, doch er nahm nicht ab. Vermutlich war er unterwegs. Dann hörte sie seine Stimme vom Band. Was auch immer er sagte, das verstand sie nicht. Aber es klang wieder so sexy, dass es sie verrückt machte. Nur: Was sollte sie ihm sagen? Das hatte sie sich nicht überlegt.

Viel zu schnell ertönte das Piepen, das sie zum Reden zwang. »Hallo, Julien, hier ist Hannah. Mit den Rosé-Champagner-Haaren.« Sie lachte nervös. »Ich ... äh, ich glaube, ich war eben doch ... nun ja, etwas zu aufbrausend. Also, wenn du mich noch sehen möchtest – mich würde es freuen. Vielleicht kannst du mich ja morgen zum Amt begleiten? Schreib mir am besten eine Nachricht über WhatsApp. Ich fahre gleich zu den Vidots. Ach so ... von denen brauch ich noch die Adresse. Es wäre nett, wenn du mir die schickst. Danke ... und hoffentlich bis bald.«

Puh, wirklich eloquent war das sicher nicht. Dazu war sie viel zu nervös gewesen. Vermutlich hätte sie doch besser auf Nele hören sollen. Frustriert legte sie sich auf das Bett, suchte eine Playlist mit französischen Popsongs heraus und lauschte der Musik. Dann hörte sie den unverkennbaren Ton einer neuen WhatsApp. Sofort riss sie das Handy an sich, entsperrte es und starrte auf die Benachrichtigung. Es war Julien!

Mit zitternden Fingern tippte sie auf die Mitteilung – und spürte grenzenlose Enttäuschung. Denn anstelle einer Gefühlsbekundung oder irgendeiner persönlichen Nachricht, handelte es sich lediglich um die Adresse der Vidots. Mehr war sie ihm nicht wert? Nicht einmal den kleinsten Gruß sandte er ihr dazu? Wütend pfefferte sie das Gerät auf das Bett. Dabei hüpfte es so stark auf der Matratze, dass es beinahe auf den Marmorboden gefallen wäre. Hastig legte sie es auf den Nachttisch. Nicht, dass es noch kaputt ging.

Mit einem Gefühl unendlicher Schwere trat sie zu dem Schrank, in den sie ihre Kleidung geräumt hatte. Nach kurzem Suchen entschied sie sich für eine eng geschnittene weiße Anzughose, die sie mit einem lachsfarbenen Oberteil kombinierte. Das war die richtige Mischung aus Eleganz und Lockerheit. Immerhin musste Tante Großtante Florence deutlich über achtzig sein und die Franzosen legten im Allgemeinen großen Wert auf eine tadellose Erscheinung. Hier sahen alle immer aus wie aus dem Ei gepellt, selbst wenn man nur das Unkraut jäten wollte.

Die Vidots wohnten außerhalb von Reims in einem Dorf, das dem ähnelte, in dem Juliens Großvater lebte. Inmitten der omnipräsenten Weinberge fanden sich einige Häuser zu einem Verbund voller enger Gassen mit Kopfsteinpflaster zusammen. Gemütliche Cafés und Bäckereien säumten das Stadtbild und vermittelten einen Eindruck der Behaglichkeit. Am liebsten wäre Hannah für eine Tasse Kaffee eingekehrt, um die romantische Stimmung auf sich wirken zu lassen. Wenn Julien sie begleitet hätte, hätten sie vermutlich genau das getan.

Wütend schüttelte sie den Kopf. Verdammt! Warum dachte sie nur ständig an ihn? Er hatte ja noch nicht einmal die Höflichkeit besessen, der Adresse etwas hinzuzufügen! Mit Wut im Bauch steuerte sie das Haus an, das ihr Navi als Ziel angab. Sie parkte den Wagen und atmete einmal tief durch. Da war sie nun. Gleich würde sie ihre unbekannte französische Verwandtschaft kennenlernen.

Wie würde Florence ihr wohl entgegentreten; der Enkelin der Schwester, die die Heimat Knall auf Fall für immer verlassen hatte? Wäre sie ablehnend? Andererseits hatte das Telefonat nicht lange gedauert, also schien es keinen großen Widerstand gegeben zu haben. Nervös strich sie sich über die Leinenhose, dann ging sie langsam auf die Tür zu. Ein schmerzlicher Druck machte sich in ihrem Magen bemerkbar.

Was wäre, wenn Florence ihr Vorhaltungen machte für das Verhalten von Oma Louise? Wie sollte sie etwas erklären, was sie selbst nicht verstand? Oder würde sie ein Geheimnis erfahren, das ihre Welt erschütterte – eine unverzeihliche Tat, die ihre geliebte Großmutter begangen hatte?

Einen Moment lang erfasste sie grenzenlose Panik. Am liebsten wäre sie umgedreht und weggerannt. Aber sie war nun einmal hier, um Verborgenes ans Tageslicht zu bringen. Also musste sie auch mit den Konsequenzen leben. Entschlossen hob sie die Hand und drückte auf die Klingel. Der Ton hallte nach, verstärkte das Klopfen ihres Herzens. Sie lauschte ins Innere des Haues, wo einige Sekunden lang nichts anderes zu hören war. Dann erklangen langsame Schritte. War das Großtante Florence? Ihre Kehle schnürte sich zu, während sie ungeduldig darauf wartete, dass Louises Schwester – wenn sie selbst es war – den Eingang erreichte.

Endlich schwang die Tür auf und eine gepflegte Dame mit silbernen Locken und wachen graublauen Augen schaute sie an. Auf ihrem Gesicht, das deutlich weniger Falten hatte, als sie erwartet hätte, lag ein breites Lächeln.

»Hannah. *La petite-fille de ma sœur bien-aimée!*«, rief sie und zog sie in eine Umarmung. Sie begrüßte sie mit den obligatorischen vier Küsschen – zwei links, zwei rechts. Dann schob sie sie ein wenig von sich und betrachtete sie. »*Comme tu es belle! Alors, viens dans la maison.*« Sie machte einen Schritt zurück und winkte sie heran.

Hannah tastete nach dem Handy, fand es aber unhöflich, die Übersetzungs-App jetzt schon zu benutzen.

Auch ohne alle Worte zu verstehen, begriff sie an der einladenden Geste, dass sie der älteren Dame folgen sollte.

Florence ging bereits langsam, aber sicheren Schrittes durch den Korridor und führte Hannah ins Wohnzimmer. Es war in warmen, erdigen Tönen gehalten und strahlte eine behagliche Atmosphäre aus. Zwei Männer standen in der Mitte des Raums und schauten ihr erwartungsvoll entgegen. Der Ältere, ein eleganter Herr mit schmalen Gesichtszügen, war sicher Florences Ehegatte.

Doch es war der Jüngere, der ihre Blicke magisch anzog. Ihn attraktiv zu nennen, war als würde man sagen, ein Chateau Margaux wäre ein netter Wein. Er hatte markante Züge mit vollen Lippen und Wangenknochen, an denen man sich aufhängen könnte. Ein Dreitagebart ließ ihn verwegen aussehen. Am beeindruckendsten waren aber seine Augen. Sie waren von einem so leuchtenden Eisblau, dass es unmöglich war, sie nicht anzustarren.

Waren denn alle Franzosen solche Hammerkerle? Julien war ja ebenfalls so heiß, wenn auch ganz anders. Beim Gedanken an ihn krampfte sich ihr Herz zusammen. Warum hatte er sich nicht mehr bei ihr gemeldet? War es doch nur Sex gewesen und sie hatte sich die Gefühle eingebildet?

»Bonsoir, Hannah.« Der Ältere kam mit ausgestreckten Händen auf sie zu. Er zog sie an sich und küsste sie auf die Wange. *»Je suis Gustave – ton grand-oncle.«*

»Je suis heureuse de faire ta connaissance«, presste Hannah sich mühsam die Worte heraus, die sie vorher beim Übersetzungsprogramm herausgesucht hatte.

»*Ah, tu parle français?*« Freude überzog die Gesichter von Gustave und Florence.

»*Non, non – seulement en peu.*« Mit den Fingern deutete sie an, dass ihre Französisch-Kenntnisse bescheiden waren. »*Mais je peux utiliser mon téléphone portable.*« Sie hielt ihr Handy in die Höhe, um die App zu aktivieren.

Da trat der atemberaubend gut aussehende Mann lächelnd vor. »Das ist doch kein Problem. Dafür bin ich ja hier. Das ist doch viel besser als eine Handy-App, *non?*«, sagte er nun in fließendem, beinahe akzentfreiem Englisch. Auch er begrüßte sie mit einer Umarmung und den auf die Wange gehauchten Küsschen. Dabei kam er ihr so nahe, dass sie sein Aftershave roch. Es war markant und sinnlich, so wie er.

»Ich bin Stéphane, ein … *Freund* des Hauses.« Sie bemerkte, dass er kurz stockte. Vermutlich musste er darüber nachdenken, wie das Wort hieß. »Ich soll für Florence und Gustave übersetzen. Außerdem war ich sehr gespannt auf Louises Enkelin. Ich muss sagen, du bist mindestens genauso schön, wie sie mir beschrieben wurde.« Mit einem charmanten Lächeln nahm er ihre Hand, führte sie an seine Lippen und hauchte ihr einen Kuss auf. Dabei blickte er ihr so tief in die Augen, dass sie ganz verlegen wurde. Der Gott des Charmes, wenn es ihn gab, musste Franzose sein.

»Danke.«

»*Avec plaisir*«, erwiderte er, und es klang wie ein Versprechen. Dieser Mann atmete die Sinnlichkeit mit jeder Pore seins Körpers aus. Wenn sie nicht so an Julien hängen würde, wäre sie ihm sofort verfallen. Er ließ ihre Hand los und sie steckte ihr Handy wieder in die Tasche.

Stéphane deutete auf den Tisch. »Wollen wir uns nicht setzen? Du hast schließlich viel zu erzählen. Ich bin mir sicher, Florence hat viele Fragen an dich.«

Er nickte der älteren Dame zu und sagte etwas auf Französisch. Diese nahm Hannah am Arm und führte sie zu dem großen, schweren Tisch, auf dem bereits der Champagner stand. Anscheinend gab es den edlen Schaumwein hier wie bei ihnen Sekt. Oder vielleicht war er für besondere Anlässe gedacht – und diese Begegnung zählte dazu. Hannah setzte sich neben Stéphane, wobei sie seine verführerische Präsenz ganz deutlich wahrnahm. Das Ehepaar Vidot nahm ihnen gegenüber Platz.

Sie nahmen sich jeder ein Glas und prosteten sich zu. »*À la famille!*«, sagte Florence.

Auf die Familie, das Wort kannte Hannah. Ihr wurde ganz warm. Sie lächelte der liebenswürdigen Dame zu.

Alle wiederholten den Trinkspruch. Dann tranken sie. Bevor Hannah den trocken-eleganten Tropfen heruntergeschluckt hatte, prasselten Florences Fragen im Stakkato auf sie ein. »*Dis-moi – comment va Louise? A-t-elle une belle vie en Allemagne? Et pourquoi ne t'accompagne-t-elle pas? Où est ma soeur?*«

Der letzte Satz klang verzweifelt. Hilflos schaute Hannah erst zu ihrer Großtante und dann zu Stéphane. Sie verstand nur, dass sie sich nach Oma Louise erkundigte.

»Florence möchte wissen, was mit ihrer Schwester ist – wie es ihr in Deutschland ergangen ist, ob sie sie glücklich ist. Und warum sie dich nicht begleitet«, erklärte Stéphane.

Hannah schluckte und kämpfte gegen die Tränen an.
Es war so tragisch, dass die Schwestern sich nie wiedersehen sollten. Dabei schien Florence sich das wirklich
dringend zu wünschen, denn sie blickte sie voller Hoffnung an.

»Oma Louise ... sie ist gestorben. Vor einigen Tagen.
Ihr Herz ... es hat nicht mehr mitgemacht.« Erneut
spürte sie den Kummer dieses grenzenlosen Verlustes.

Anscheinend konnte Florence ihr die Antwort am Gesicht ablesen, denn sie wurde ganz blass und verknotete ihre Finger miteinander. Stéphane setzte eine
ernste Miene auf, bevor er leise auf sie einredete. Schon
nach den ersten Worten flossen bei ihrer Großtante die
Tränen. Gustave zog sie sanft an sich und strich ihr
über den Rücken.

Nun konnte auch Hannah ihre Tränen nicht mehr zurückhalten, sondern schluchzte haltlos. Stéphane legte
ihr eine Hand auf die Schulter, um sie an sich zu drücken. »Wein dich nur aus«, flüsterte er leise. »Ich weiß,
wie schlimm das ist. Mein Großvater ist letztes Jahr gestorben.«

»Standet ... standet ihr euch auch nahe?«

»Er hat mir alles über das Geschäft beigebracht. Ohne
ihn wäre ich nichts. Er war mein großes Vorbild.«

Hannah zog die Nase kraus. Ging es ihm nur darum?
Um den Erfolg, zu dem sein Opa ihm verholfen hatte?
Das machte ihn nicht unbedingt sehr sympathisch.

»Ich war mehr bei ihm als bei meinem Vater. Er
musste immer arbeiten. Mein Bruder und ich, wir waren nachmittags immer bei *grand-père* und *grand-mère*.
Am schönsten war es für uns, wenn sie mit uns in die

Weinberge gingen und dort verstecken mit uns spielten.« Über Stéphanes Gesicht glitt ein versonnenes Lächeln, das so viel Liebe ausdrückte, dass ihr ganz warm ums Herz wurde. Anscheinend hatte er seinen Großvater genauso geliebt wie sie ihre Großmutter.

»Hattet oder habt ihr denn auch eine Winzerei?«

Stéphane schüttelte den Kopf. »*Non*, wir waren heimlich dort. Vielleicht auch bei eurem Weingut.« Er lächelte schief. Er wurde sofort wieder ernst, als Florences Tränen versiegten und sie auf Französisch auf ihn einredete.

»Sie sagt, sie trauert unendlich um ihre geliebte Schwester. Aber sie dankt Gott dafür, dass sie wenigstens dich noch kennenlernen darf. Sie findet, du gleichst ihr sehr. Sie war ebenso schön und anmutig, als sie in deinem Alter war. Zumindest deine Schönheit kann ich nur bestätigen.« Stéphane schaute sie voller Bewunderung an, die ihr beinahe unangenehm war. Er konnte sicher jede haben.

»Ich habe sogar ein Bild dabei. Auf meinem Handy«, sagte sie und holte das Gerät aus ihrer Tasche. Kurz spielte sie mit dem Gedanken, vorher nachzusehen, ob Julien sich gemeldet hatte. Aber das wäre vermutlich unhöflich. Stattdessen überreichte sie das Bild ihrer Großtante.

Deren Züge wurden ganz weich, als sie ihre Schwester vor dem Weingut sah. »Louise«, hauchte sie. »*Ma chère petite sœur. Tu m'as tellement manqué.*«

»Ihre kleine Schwester fehlt ihr sehr«, übersetzte Stéphane, an den Florence das Handy nun übergab. »Sie war wirklich sehr schön.«

Hannah streckte die Hand aus, um das Gerät wiederzubekommen, doch er grinste. »Oh, jetzt will ich aber auch noch andere Bilder sehen.« Lachend scrollte er hindurch. Hannahs Wangen begannen zu glühen. Hoffentlich hatte sie keinen peinlichen Fotos darauf!

»Das ist privat. Bitte gib es mir wieder.«

Er lächelte. »Ich bewundere nur deine Schönheit. Du lächelst so nett auf den Bildern. Vor allem auf dem mit deinen Freundinnen.« Er zeigte ihr das Foto, das er meinte. Das war bei einer Party in den Rheinterrassen, bevor Nele schwanger war. Sie lächelten alle strahlend in die die Kamera. Gott, wie vermisste sie diese Zeit.

»Na gut. Aber dürfte ich es jetzt wiederhaben?«

»*Un Moment.* Ich muss noch etwas erledigen.« Er fummelte weiter an dem Gerät herum. Dann überreichte er es ihr breit lächelnd. »Ich habe dir meine Nummer eingespeichert. Wer weiß, wozu du sie brauchen kannst.«

Kapitel 9

Reims, 1965

»Wie konntest du das nur machen, *mi angel?* Unsere Liebe so vor Henri zu verleugnen! Das hat mein Herz gebrochen.« Miguel griff sich an die Brust und sein markantes Gesicht spiegelte seine Betroffenheit wider.

Betrübt schaute Louise ihn an. Natürlich wusste sie, dass ihre Worte unverzeihlich gewesen waren. Allerdings hatte sie keine Wahl gehabt, so sehr es sie auch geschmerzt hatte, Miguel als einfachen Erntehelfer zu bezeichnen. Sie beugte sich auf dem Heuballen vor, der ihren provisorischen Sitz auf dem Heuboden darstellte. Miguel hatte wieder alles für einen romantischen Abend arrangiert, mit einer schönen Tischdecke, spanischen Leckereien und einem herrlichen Blumenstrauß. Aus dem Augenwinkel sah sie, dass er sogar seine Gitarre dabei hatte. Wollte er ihr etwas vorsingen? Ein Gefühl von Freude erfüllte sie, denn seine samtige Stimme berührte ihr Inneres.

Sanft legte sie eine Hand auf seinen Arm. »Das tut mir leid. Glaub mir, nichts wollte ich weniger, als dich zu verletzen. Aber ich konnte nicht zulassen, dass Henri dich entlässt. Die Bernards dulden keinen Ungehorsam.«

In Miguels Gesicht zuckte es. Schließlich nickte er seufzend. *»Si. Comprendo.* Aber hat mich beleidigt! Erst rennt er mich fast über den Haufen und dann sagt er mir, ich wäre Dreck unter deinem Fingernagel. Dabei ist er derjenige, den du nicht willst.« Er sprang plötzlich auf und ging wie ein Tiger auf und ab. Wild fuhr er sich durch seine dichten, tiefschwarzen Haare. »Ich halte das nicht mehr aus, *mi angel!* Alle sollen wissen, dass die schönste Frau der Welt mich liebt.«

Louises Herz krampfte sich bei diesen Worten zusammen. Auch sie wäre heute viel lieber an Miguels statt an Henris Seite durch die Weinberge gegangen. Sie stand ebenfalls auf, kam langsam auf ihn zu. Direkt vor ihm blieb sie stehen und schaute ihn traurig an. »Nichts im Leben wünsche ich mir mehr. Aber ... es ist unmöglich. Das weißt du doch.«

Stürmisch ergriff er ihre Hand, zog sie an seine Lippen und küsste sie so leidenschaftlich, als wäre es ihr Mund. Dann stieß er voller Heftigkeit aus: *»No.* Das weiß ich nicht. Du sagst es zwar immer wieder. Aber warum, *cara mia?* Löse die Verlobung und heirate mich.« Er schaute sie durchdringend, beinahe furchtsam an.

»Meinst du das ernst?« Erstaunt riss sie die Augen auf. Bisher hatte er nie davon geredet, sie zur Frau zu nehmen. Es war immer klar gewesen, dass sie mit Henri Bernard verlobt war. Und dass sie zu dieser Verpflichtung stand. Auch wenn sich ihre Seele nach Miguel und seiner Liebe verzehrte.

»*Naturalmente!*« Er räusperte sich, schluckte so schwer, dass sich sein Adamsapfel aufgeregt bewegte. Er trat zur Seite, nahm seine Gitarre auf und ging in die Knie. Dann schaute er mit einem Lächeln zu ihr auf. »Hör zu.«

Seine Finger glitten über die Saiten und die Melodie vibrierte durch den Raum; erfüllte ihn mit den sinnlichen Klängen seines Liedes. Er hatte es offensichtlich selbst geschrieben, wobei er spanische Rhythmen mit der französischen Sprache verwoben hatte. Es klang wundervoll.

Miguel sang mit seiner tiefen, melodischen Stimme über seine Liebe, sein Verlangen und seine Sehnsucht nach ihr. Außerdem besang er ihre Schönheit und ihre Anmut. Louises Augen wurden vor lauter Rührung ganz feucht.

Seine Stimme und die Gitarre erfüllten die Scheune wie einen Konzertsaal. Das sollte er machen, anstatt die Trauben aus den Rebstöcken zu holen! Es war eine Verschwendung seines Talents. Die Welt sollte hören, wie gefühlvoll er seine Balladen sang. Als die letzten Töne seines süßen Liedes verklangen, konnte Louise ihre Tränen nicht mehr zurückhalten. Heiß rannen sie über ihre Wangen und benetzten sie.

Miguel sprang auf. Er versuchte hastig, ihr Gesicht mit den Ärmeln seines Hemdes abzutrocknen. Danach kramte er in der Tasche seiner Jeans herum und zog eine kleine rote Samtschachtel heraus. Als er sie öffnete, kam ein wunderschön gearbeiteter Silberring mit einem funkelnden Diamanten zum Vorschein.

Er nahm ihn feierlich heraus und hielt ihn Louise entgegen, wieder halb in die Knie sinkend. »*Louise Vidot –*

te quiero. Ich liebe dich mehr als alles andere auf dieser Welt«, sagte er voller Leidenschaft, wobei seine dunklen Augen funkelten. »Bitte, werde meine Frau! Ich kann dir nichts bieten außer meiner Liebe. Aber ich verspreche dir, dich jeden Tag auf Händen zu tragen.«

Mittlerweile strömten die Tränen wie eine Sintflut über Louises Wangen. Wenn es doch nur möglich wäre, die Seine zu werden! Sie würde alles dafür geben – ihre Seele, ihre Familie, ihre Heimat. Aber sie konnte ihr Liebesglück nicht über all die Menschen stellen, die von dem Gut *Etoile* lebten.

»Natürlich würde ich dich liebend gern heiraten, Miguel.« Sie legte ihre Hand auf seine Wange und spürte, wie seine Haut unter ihren Fingerspitzen prickelte. Sanft umschloss er ihre Finger mit der freien Hand. Seine Augen blitzten erfreut auf und er machte Anstalten, ihr den Ring anzustecken.

»Aber es … es geht nicht.« Langsam entzog sie ihm die Hand, die er mit der anderen festhielt. »Es tut mir leid.«

Er starrte sie in fassungslosem Entsetzen an und dieser Blick traf sie bis ins Mark. »*Mi angel,* warum weist du mich ab? Willst du wirklich ihn heiraten – Henri? Er wird dich niemals glücklich machen. Er will dich besitzen, anstatt deine Seele anzubeten, wie ich.«

Und meine Seele will angebetet werden, schrie es in ihr. Sie liebte Miguels Überschwang, sein südländisches Temperament, seine Lebensfreude. Einfach alles an ihm. Sie würde niemals vergessen, wie lebendig sie sich bei ihm fühlte. Aber ihre Zeit des Glücks war vorüber. Sie musste sich gegen ein Leben voller Liebe entscheiden, weil sie die Einzige war, die ihr Weingut noch retten konnte. Das musste sie akzeptieren und diese Liebschaft endlich beenden.

Ein Kloß bildete sich in ihrem Hals und sie hätte beinahe wieder angefangen zu weinen. Doch sie musste stark sein, um überzeugend zu wirken, obwohl es sie zerreißen würde.

»Miguel – ich muss ihn heiraten. Sonst verlieren wir alles, was wir haben. Das kann ich Papa nicht antun. Und auch nicht all den anderen Menschen, die sich auf uns verlassen. Wir ... dem Gut geht es sehr schlecht. Ohne diese Hochzeit wird es eingehen.« Ernst schaute sie ihn an, wartete darauf, dass sich der Schmerz in Verständnis wandelte. Aber der Kummer wich nicht aus seiner Miene. Er ließ seine Augen trüber wirken und seine Lippen schmaler.

»Bitte versteh das doch«, hauchte sie. Am liebsten würde sie wieder nach seiner Hand greifen, widerstand dem Impuls allerdings. Wenn sie erneut die Wärme seiner Haut spürte, war es um sie geschehen. Dann würde sie sich weinend in seine starken Arme werfen und sich nie wieder daraus lösen. »Ihre Zukunft ist wichtiger als meine eigene.«

Mitleid trat in seine Züge. »Ich verstehe es, *mi angel*. Aber trotzdem kann ich es nicht glauben. Louise, du opferst dein ganzes Leben für andere. Versprich mir, dass du wenigstens noch einmal darüber nachdenkst.«

»Wenn ich das tue, werde ich niemals mit Henri vor den Altar treten.« Sie lächelte traurig. »Du weißt doch, wie sehr ich dich liebe.«

Er hob die Hand, als wollte er sie umarmen, aber sie machte hastig einen Schritt zurück. »Nein ... bitte nicht.

Dann habe ich nicht mehr die Kraft dazu, mich von dir zu trennen.«

Nun lag erneut blankes Entsetzen in seinem Blick. »Das ... darfst du nicht. Louise – wir haben noch einige wenige Tage. Lass sie uns für unsere Liebe nutzen. Mehr als diese Erinnerungen werden wir später nicht mehr haben.«

»Sie werden mich ewig quälen, indem sie mir zeigen, wie glücklich ich hätte sein können.« Verzweifelt schlug sie die Hände vors Gesicht. Halb hoffte sie, dass er sie umarmte, halb hatte sie Angst davor. Seine Berührung würde sie erneut zu Wachs in seinen Händen machen.

Aber er entsprach ihrer Bitte, sie nicht zu umfassen. Weil er sie und ihre Wünsche respektierte. Warum nur riss sie diesem wunderbaren Mann das Herz heraus und zertrat es auch noch? Doch es musste sein. Und sie musste es jetzt machen, wo sie die Kraft dazu hatte.

Sie nahm die Hände wieder weg und schaute ihn mit festem Blick an. »Ich werde immer dankbar für diese Zeit sein. Aber nun muss ich mich wieder darauf besinnen, Henris Verlobte zu sein.« Seufzend griff sie in ihre Tasche, um die Kette mit dem Amulett hervorzuholen, das sie in der Stadt besorgt hatte. »Ich habe ein Geschenk für dich. Bitte nimm dies als Erinnerung an mich.«

»Die trage ich ewig in meinem Herzen«, erwiderte er rau. Dennoch umschlossen die Finger seiner freien Hand die Kette so fest, als sei es ein wertvoller Schatz. Er blickte auf die Gravur und schaute sie danach voller Sehnsucht an.

Ein letztes Mal verschränkten sich ihre Blicke und umarmten einander so zärtlich, wie ihre Körper es nie wieder durften. Louise spürte erneut einen Kloß in ihrer Kehle aufsteigen und sie drehte sich hastig um. Mit jedem Schritt, den sie sich von Miguel entfernte, fühlte sie sich einsamer.

Reims, heute

Sie redeten fast eine Stunde lang über Louise. Hannah erzählte von den Anfängen ihrer Großmutter als einfache Arbeiterin bei Opel – ohne dass sie ein Wort Deutsch konnte. Doch sie brachte sich die Sprache bei und arbeitete sich zur Büroassistentin hoch. Einige Monate nach ihrer Ankunft lernte sie Paul kennen. Dieser verliebte sich Hals über Kopf in die schöne Französin, wie er Hannah oft sagte. Dabei leuchteten seine Augen vor Liebe.

»Sie waren ein sehr glückliches Paar«, endete Hannah ihren Bericht schließlich, den Stéphane übersetzte.

Florence lächelte sie traurig an. »*Mais elle nous a exclus de sa vie.*«

Ihr Mann tätschelte sanft ihre Hand.

»Aber sie hat uns aus ihrem Leben ausgeschlossen«, dolmetschte Stéphane.

»Ja, das hat sie leider getan. Doch ich weiß immer noch nicht, warum. Was ist denn damals vorgefallen?«

Hannah schaute Florence an, während Stéphane auf sie einredete. Ihre Miene wurde traurig und gleichzeitig verschlossen. Sie wechselte seltsame Blick mit Gustave und mit Stéphane, bevor sie schließlich eine Wortflut auf Französisch ausstieß.

»Sie sagt, Louise sei unglücklich gewesen über die bevorstehende Verlobung mit Henri Bernard. Sie hatte Angst, ihre Eigenständigkeit zu verlieren. Nicht mehr mitentscheiden zu können über das Weingut – das seine Eigenständigkeit ebenso verlieren würde wie sie. Also brannte sie durch. Ohne ein Wort des Abschieds.« Stéphane zuckte mit den Schultern. »Das war wohl der Grund für die übereilte Flucht. Louise suchte ihre Freiheit in Deutschland.«

Ungläubig hörte Hannah zu. Sie konnte den Wunsch der Großmutter nach Unabhängigkeit verstehen. Es musste furchtbar sein, als Ding behandelt zu werden – zu heiraten, nur um eine Verbindung zu besiegeln. Allerdings passte es nicht zu Oma Louise, sich einfach aus einer Verpflichtung zu lösen. Wortlos. Ohne jemals zurückzuschauen.

Stéphane schien ihre Bedenken zu bemerken, denn er musterte sie mit ernster Miene. »Was ist los? Überzeugt dich diese Geschichte nicht?«

»Nein, das tut sie nicht.« Sie schüttelte den Kopf und rang mit den Händen. Zu viele Gedanken schossen ihr durch den Kopf. »So war Großmutter Louise nicht. Sie stand immer zu ihren Versprechen. Egal, was kam. Da muss noch etwas anderes geschehen sein, damit sie es brach. Gab es einen Streit mit Henri? Oder ihrem Vater? Oder jemand anderem? Oder war sie heimlich in jemanden verliebt?«

»Vermutlich hätte Florence das erzählt. *Mais bon*, wenn du willst, frage ich sie.«

Hannah beobachtete ganz genau das Mienenspiel der beiden Älteren. Kummer wechselte sich ab mit einem

Ausdruck, den sie nicht deuten konnte. Sorge? Schuldbewusstsein? Vor allem bei Florence könnte Letzteres zutreffen, denn ihre ganze Haltung versteifte sich immer mehr. Und als am Ende das Wort *amoureuse* fiel, könnte Hannah schwören, dass sie zusammenzuckte. Ihre Großtante wusste mehr, als sie ihnen verriet, da war sie ganz sicher.

»Frag sie bitte, wer M war«, bat sie Stéphane.

Der wirkte zwar kurz überrascht, kam ihrer Bitte aber nach. Nun entgleisten die Züge ihrer Großtante regelrecht.

»*Je ne connais pas de M!*«, rief sie aus.

Das verstand Hannah: *Ich kenne keinen M.* Allerdings sah es aus, als ob das Gegenteil zutraf, so aufgebracht, wie ihre Großtante war. Sie schüttelte den Kopf so heftig, dass ihre akkurat frisierten, silbergrauen Haare herumwirbelten. Dabei flüsterte sie leise Worte vor sich hin, während Gustave beruhigend ihre Hand drückte.

M stand hundertprozentig für eine Person, die Oma Louise etwas bedeutet hatte. Vielleicht ihr heimlicher Geliebter, mit dem sie vor der Ehe mit Henri entfliehen wollte? Aber warum hatte sie dann nicht ihn, sondern Opa Paul geheiratet? Wenn die Liebe so groß war, trennte man sich doch nicht nach wenigen Monaten. Hannah trank einen Schluck von dem Champagner, der schon fast zu warm geworden war.

»Da ist etwas faul«, murmelte sie in Stéphanes Richtung. »Florence hat eine Ahnung, wer dieser M sein soll.«

»Glaubst du?« Er musterte Florence nachdenklich, dann schaute er Hannah an. »Ich glaube, du suchst gerade verzweifelt nach einem Strohhalm. Ich kenne die beiden sehr gut und wenn sie sagen, sie wissen nichts von diesem Mann, dann ist das auch so. So leid es mir für dich tut.«

Hannah seufzte schwer. »Also gibt es wohl kaum eine Chance, mehr über ihn herauszufinden ...«

Stéphane schüttelte den Kopf. Bedauern stand in seinen leuchtend blauen Augen. Dann blitzte etwas darin auf. »Woher weißt du überhaupt, dass es sich bei M um einen Männernamen handelt? Vielleicht wäre der Satz weitergegangen mit: *Wo ist mein Ring?* Oder mein Schmuck. Oder etwas ganz anderes. Hast du darüber nachgedacht?«

Hannah schluckte. Auf diese Idee war sie tatsächlich nicht gekommen. Konnte es sein? Sie schloss die Augen, um sich besser an dieses kurze Aufbäumen von Oma Louise zu erinnern. Sie hatte gesagt oder vielmehr mit ersterbender Stimme gekeucht: *Ihr müsst ihn finden.* Und auf ihre Nachfrage hin: *Ihn. M ...* Klang das nach *mein Schmuck?* Eigentlich nicht. Dazu hatte ihre Großmutter zu besorgt, zu flehend geklungen. Aber vielleicht täuschte sie sich auch. Vielleicht war Oma Louise irgendetwas eingefallen, was für sie in ihren letzten Minuten wichtig war.

»Möglich wäre es«, murmelte sie betreten und senkte den Kopf. Hatte sie sich lächerlich gemacht?

Stéphane legte ihr die Hand auf den Arm und strich sanft darüber. »Es tut mir leid. Ich hätte dir sehr gern geholfen, herauszufinden, was deiner Großmutter auf einmal so wichtig gewesen war. Aber das wird wohl ein Geheimnis bleiben.«

»Vermutlich.« Einen Moment schwieg sie, während Stéphane weiterhin über ihren Arm strich. Die Geste war sicher nur freundlich gemeint. Dennoch war sie ihr zu viel. Dazu vermisste sie Julien zu sehr. Der sich nicht gemeldet hatte. Sie nahm den Arm weg und schlang ihn um ihre Mitte. Einen Augenblick lang huschte ein seltsamer Ausdruck über Stéphanes Gesicht. War es Enttäuschung? Oder etwas anderes? Doch so schnell, wie er kam, war der Gesichtsausdruck wieder weg.

»Zumindest habe ich das Weingut gefunden – und meine französischen Verwandten.« Sie lächelte Florence und Gustave an. Sie hörte zu, wie Stéphane ihre Worte übersetzte, und freute sich, als sich die Miene ihrer Großtante erhellte.

Sie strahlte Hannah an, hob ihr Champagnerglas. »À la famille!«, sagte sie erneut.

»La chose la plus importante dans la vie«, ergänzte Gustave, der ebenfalls sein Glas nahm.

Das wichtigste im Leben. Ja, das war es. »À la famille!«, wiederholte Hannah voller Inbrunst.

Stéphane fiel mit ein. Dann stießen sie miteinander an.

Eine Weile schwiegen sie. Hannah genoss das Gefühl, hier einen Teil von Louises und damit ihrer Vergangenheit gefunden zu haben. Die Kellerei, auf der sie aufgewachsen war. Die früher sogar im Besitz ihrer Familie gewesen war. Bei dem Gedanken stutzte sie. »Wieso gehört Oma altes Weingut heute eigentlich den Bernards, wenn sie Henri gar nicht geheiratet hat?«, fragte sie Stéphane aufgeregt.

»Gute Frage.« Er sprach auf Französisch mit ihrer Großtante. Hannah fiel auf, dass Florence dabei nervös wirkte. Sie ließ den Blick immer wieder zwischen ihrem Mann und Stéphane schweifen, bevor sie anfing zu sprechen.

Als sie fertig war, erklärte er Hannah: »*Bon*, das Weingut *Etoile* stand vor der Hochzeit kurz vor dem Ruin. Dank einiger großer Aufträge vom Haus Bernard – zu dem auch Hotels und Lebensmittelgeschäfte gehören – kam das Gut auf die Beine. Aber dann gingen mehrere Geräte kaputt und *Etoile* geriet wieder in eine finanzielle Schieflage. Schließlich übernahm die Firma Bernard das Gut.« Er lächelte Hannah an. »Dies war anscheinend eine ganz normale Fusion zwischen zwei Firmen. In heutigen Zeiten muss sich eine Frau nicht verkaufen, um zwei Häuser miteinander zu verbinden. Da genügt Tinte auf einem Stück Papier.«

Das erklärte natürlich einiges. Nachdenklich nickte Hannah. Doch etwas verstand sie immer noch nicht. »Und warum hat sie ihrer besten Freundin dann gesagt, man habe sie oder vielmehr ihre Familie bestohlen?«

»Hat sie das wörtlich gesagt?« Stéphanes Gesicht wirkte auf einmal ganz angespannt. Fieberte er so mit ihr mit?

»Ich ... weiß es nicht. Es waren wohl eher Andeutungen.« Hannah zuckte mit den Achseln. »Also, eher nein. Trotzdem gibt zu viele Dinge, die noch nicht zusammenpassen. Es ist wie ein Puzzle, bei dem ein Teil fehlt. Ich habe das Gefühl, etwas zu übersehen. Aber ich weiß nicht, was ...«

Nachdenklich betrachtete Stéphane sie und fuhr sich mit den Fingern über das Kinn mit dem Dreitage-Bart. »*Alors*, vielleicht gibt es noch mehr zu erfahren. Was hältst du davon: Wir beide gehen morgen zu den Ämtern und versuchen herauszufinden, ob alles seine Richtigkeit hatte. *D'accord?*«

»Ja. Natürlich bin ich einverstanden. Vielen Dank!« Sie fühlte grenzenlose Erleichterung, weil sie sich nicht alleine durch französische Unterlagen kämpfen musste. Selbst mit der App würde das sicher kein Vergnügen werden.

Sie blieben noch eine Weile. Nun war es an Florence, über ihre Schwester zu reden. Sie berichtete von ihrer Kindheit in Reims, von Louises Anmut und der Liebenswürdigkeit. Von ihrem Weinverstand, der sie davon hatte träumen lassen, das Gut *Etoile* zu einem der ganz Großen in der Champagne zu machen.

»Sie wollte sein wie Lilly Bollinger«, gab Stéphane Florences Worte wieder.

Hannah musste unwillkürlich lächeln. Ja, so kannte sie ihre Großmutter. Sie griff immer nach den Sternen – im doppelten Sinne sogar, immerhin hieß das Weingut auf Deutsch so. »Wie schade, dass es den Namen *Etoile* nicht mehr gibt. Dann hätte ich eine Champagnermarke, die mich an Oma denken lässt.«

»Tut es das Haus Bernard nicht?« Stéphane deutete auf die Flasche, auf der das mittlerweile bekannte Logo des Weinhauses prangte.

»Schon.« Hannah seufzte. »Aber trotzdem … Es wäre schön gewesen, wenn sich Omas Traum erfüllt hätte.«

»Das verstehe ich.« Stéphane legte eine Hand auf ihre und lächelte sie warmherzig an. »Erinnerungen sind gut. Mein Großvater gab mir diese Uhr.« Er deutete auf eine Analoguhr mit schwarzem Armband, die exklusiv und teuer aussah. War das eine Rolex? Da kannte sich Hannah zu wenig aus. Aber offensichtlich war sie ein geliebtes Andenken.

Sie lächelte ihn an. »Ich habe das Foto. Und meine Erinnerungen an schöne Tage mit ihr, in denen wir über Wein gefachsimpelt haben.«

»Sie werden dich immer begleiten.« Er sagte es leise und dennoch eindringlich.

Hannah nickte.

Stéphane warf einen nachdenklichen Blick auf Florence und Gustave. »*Bon,* ich glaube, deine Verwandtschaft hat dir alles erzählt, was sie weiß. Was hältst du davon, wenn wir beide etwas Schönes essen? Wenn du schon nicht alle Antworten bekommen hast, die du dir wünschst, kann ich dir wenigstens noch deinen Abend versüßen. Ich kenne ein wunderbares Restaurant in der Nähe. Es liegt idyllisch mitten in den Weinbergen und das Essen ist phänomenal.«

Er lächelte sie verführerisch an, die Hand weiter auf ihrer liegend. Dieser Mann war Sex-Appeal pur; ein wandelnder Frauenmagnet und genau ihr Beuteschema. Wenn sie nicht die ganze Zeit an Julien denken musste! Es drängte sie, nachzusehen, ob er ihr in der Zwischenzeit nicht doch geschrieben hatte. Vielleicht wollte er ja mit ihr essen gehen?

»Äh, ich ... bin mir nicht ganz sicher, ob ich ... frei bin«, druckste sie herum.

Stéphane hob eine Augenbraue an. »*O là là,* ein anderer Mann, *non?* Dann muss ich mich ja ins Zeug legen.«

Sie lächelte entschuldigend. »Ich weiß es nicht«, sagte sie schließlich. »Ich habe ihn erst gestern kennengelernt.«

»Aber du magst ihn offensichtlich.« Dennoch machte er keine Anstalten, seine Hand von ihrer wegzunehmen.

»Ja.«

Er grinste. »Dann lass uns schnell gehen. Sobald wir das Haus verlassen haben, schaust du nach, ob er dich einlädt oder ob ich noch eine Chance bei dir habe. *Bon?*«

Sie nickte erleichtert. Er verabschiedete sich an ihrer Stelle von Florence und Gustave, die sie stürmisch in die Arme nahmen. Erst ihr Großonkel, dann ihre Großtante.

In Florences Augen glitzerten Tränen und sie wollte Hannah kaum loslassen. »*Tu dois revenir bientôt. D'accord?*«

Sie sollte also wiederkommen. Das wollte Hannah nur zu gern. »*Naturalment*«, erwiderte sie daher.

Danach gingen sie aus dem Haus. Kaum war Hannah draußen, holte sie sofort ihr Handy heraus und checkte ihre Nachrichten. Nichts. Weder auf WhatsApp noch über die normalen Telefonfunktionen war ein Lebenszeichen von Julien gekommen. Also war sie doch zu ungeduldig oder er nur auf Sex aus gewesen. Ihr Magen verkrampfte sich und ihr Herz wurde schwer. Schon wieder einmal hatte sie sich in jemandem getäuscht. Warum lernte sie nicht dazu?

Nun, zumindest würde sie heute Abend nicht Trübsal blasen. Sie straffte die Schultern und blickte Stéphane herausfordernd an. »Wenn dein Angebot noch steht, dann gehe ich sehr gern etwas mit dir essen.«

»Pech für dich – Glück für mich.« Er schmunzelte.

Das Essen war tatsächlich ebenso grandios wie der Ausblick. Das Restaurant befand sich auf einer kleinen Anhöhe, von der aus man einen perfekten Blick auf die Weinberge hatte. Der Anblick besaß etwas Magisches – ebenso wie ihr Begleiter. Stéphanes Attraktivität war so atemberaubend, dass es Hannah schwerfiel, ihn nicht ständig anzustarren.

Aber er sah nicht nur sensationell gut aus, sondern steckte auch voller interessanter Anekdoten über das Leben in der Champagne und die Unterschiede zwischen Deutschen und Franzosen, die er als Unternehmensberater erlebt hatte.

»Ich sollte einmal für meinen Auftraggeber eine Präsentation an einen deutschen Kunden schicken. Deadline war Mittwoch. Mittags rief er mich an und fragte, wo denn meine Unterlagen blieben. Ich war ganz verwirrt, weil eine Deadline bei uns bis Mitternacht gilt. Der Kunde rechnet also eigentlich erst am nächsten Tag damit.« Er lachte leise.

Grinsend nahm Hannah einen Schluck von dem schweren Rotwein aus der Rhône. »Ja, das kenne ich von Kundenseite her. Am Anfang war ich total verwirrt, wenn ich Preislisten von französischen Gütern angefordert hatte. Und die kamen immer erst spätabends oder nachts. Irgendwann habe ich mich daran gewöhnt. Aber richtig verstanden habe ich es nie. Danke für diese Erklärung.«

»Siehst du? Nun helfe ich dir, unsere Gepflogenheiten besser kennenzulernen.« Stéphane lächelte sie an.

»Das ist sehr nett von dir.«

»Ich bin nett.« Er zwinkerte ihr zu und sie musste lachen.

»Ja, das bist du. Ich bin dir sehr dankbar, dass du bei Florence und Gustave übersetzt hast. Und dass du mir morgen in den Archiven helfen willst.«

»*Avec plaisir.*« Er beugte sich vor zu ihr und schaute sie ernst mit an. »Hauptsache, ich darf ein wenig Zeit mit dir verbringen. Gern noch nach diesem Essen.«

Diesmal verzichtete er darauf, nach ihrer Hand zu greifen. Aber die erotische Spannung, die von ihm ausging, war auch so spürbar. Sie lud die Luft regelrecht elektrisch auf. In seinen leuchtend blauen Augen stand eine Frage, die gleichzeitig ein Angebot darstellte. Dieser Mann wusste um seine Wirkung und setzte sie gezielt ein.

Hannahs Mund wurde trocken. Gott, Stéphane war eine Versuchung. Aber sie verschenkte weder ihr Herz noch ihren Körper so schnell hintereinander an zwei Männer. Daher erwiderte sie mit leisem Bedauern: »Ich befürchte, dafür bin ich zu müde. Nach dem Essen zieht es mich nur noch in mein schönes, weiches Bett.«

Um seine Mundwinkel zuckte es. Hannah unterdrückte mühsam ein Stöhnen. Nicht, dass er ihre Antwort als Einladung zu einer heißen Nacht interpretierte. »Ich bin sicher, ich schlafe ein, sobald mein Kopf das Kissen berührt«, schob sie daher hastig nach. Sie ließ ihren Worten ein lautes Gähnen folgen, das noch nicht einmal gespielt war.

Unglaube blitzte in Stéphanes Augen auf. Anscheinend verstand er nicht, warum sie seiner Wirkung
nicht erlag. So wie es vermutlich alle anderen Frauen
taten. Er kam ihr sogar ein wenig ungehalten vor. Aber
nur für eine Sekunde, danach erschien wieder das verführerische Lächeln.

»Nun, das verstehe ich. Es war sicher ein langer Tag
für dich. *Alors,* morgen bist du sicher ausgeruhter. Ich
freue mich schon sehr darauf, dich besser kennenzulernen.«

Als sie sich verabschiedeten, zog Stéphane sie für die
Wangenküsse etwas dichter an sich heran, als es üblich
war. Erneut stieg ihr der sinnliche Duft seines After
Shaves in die Nase, der so gut zu ihm passte. Seine
Hände lagen auf ihrer Schulter; sanft, aber unfassbar
präsent. Für einen Augenblick schwankte sie. Sollte sie
nicht doch seiner Einladung folgen und mit ihm in
seine schicke, schwarze Limousine steigen, die gleich
hinter ihrem Wagen stand? Aber sie hatte immer noch
die leise Hoffnung, dass sich die Sache mit Julien kitten
ließ. Er war es, in den sie sich verliebt hatte.

Also widerstand sie Stéphanes Anziehungskraft, löste
sich aus der Umarmung und ging zu ihrem Wagen.
Während sie durch die nächtliche Landschaft der
Champagne zurück nach Reims fuhr, fragte sie eine gehässige Stimme, warum sie sich überhaupt so in ihre
Gefühle für Julien hineinsteigerte. In wenigen Tagen
wäre sie wieder zu Hause in Köln.

Wäre es nicht vielleicht besser, es auf sich beruhen zu
lassen? Zu akzeptieren, dass sein Job zwischen ihnen
stand? Zumal sie ja nun Stéphane als Übersetzer hatte.

Also brauchte sie Julien nicht mehr. Aber sie wollte ihn. Obwohl sie ganz genau wusste, dass etwas in ihr zerbrechen würde, wenn sie sich in wenigen Tagen trennten.

Kapitel 10

Louise wusste nicht mehr, wie sie die nächsten Tage überstand. Ständig sah sie Miguels traurigen Blick vor sich, nachdem sie seinen Antrag abgelehnt hatte. Ihr Herz fühlte sich an, als wäre es abgestorben und zu einem kleinen, harten Punkt zusammengeschrumpft. Dort, wo es sie vorher mit Wärme erfüllt hatte, herrschte nun schmerzende Leere.

Irgendwie gelang es ihr jedoch zu funktionieren. Sie beantwortete Fragen, lächelte, wenn es angemessen war, und vermittelte Verständnis, sobald dies gefragt war. Aber in Gedanken war sie immer bei Miguel; an ihrem Platz im Wald. Oder auf dem Heuboden. Wo sie sich einmal beinahe ihrer Leidenschaft hingegeben hätten. Es hatte sich so gut angefühlt, in seinen Armen zu liegen und unter seinen Küssen zu erbeben. In diesen Momenten fragte sie sich, ob ihre Entscheidung richtig war.

Doch dann ging sie wieder über das Weingut, redete mit dem Gutsverwalter, dem Vorsteher oder der Köchin. Sie waren alle voller Vorfreude auf die Zeit nach der Hochzeit, wenn das Gut wieder aufblühte. Diese

Treffen bestätigten sie in ihrem Entschluss. Deswegen suchte sie den Kontakt mit dem Personal. Um sich daran zu erinnern, warum sie auf ihre große Liebe verzichtete. Für sie. Für alle auf dem Gut.

Die Weinberge mied sie indes, weil sie es nicht ertragen hätte, Miguel zu sehen mit der Gewissheit, nie wieder seine Lippen auf ihren zu spüren oder in seinen Armen zu liegen. Es zerriss ihre Seele, aber die brauchte sie nicht mehr. Henri war sowieso nicht daran interessiert, wie Miguel so treffend erkannt hatte. Louise war seine Selbstbestätigung; sichtbarer Ausdruck für seinen Erfolg. Denn ihm war es gelungen, das schönste Mädchen in Reims zu erobern. Zwar nur durch das Geld seines Vaters, aber anscheinend war ihm das egal.

Heute musste sie wie jeden Samstagabend bei ihren Schwiegereltern in spe speisen. Dieser Besuch war seit der Verlobung eine verhasste Pflicht für Louise. Dass ihre Eltern sie heute begleiteten, machte es nur wenig erträglicher. Düster starrte sie aus dem Autofenster auf das Chateau, das sich aus der Dunkelheit herausschälte. Es lag malerisch auf einem kleinen Hügel. Die Front dominierte eine prächtige Steinfassade mit üppigen Fensterornamenten und kunstvoll verzierten Säulen. Sie umrahmten das Glas und verliehen ihm ein würdiges Gesicht. Kein Zweifel, das Chateau unterstrich den Einfluss der Bernards. Doch es besaß nicht den Funken von Wärme und Gastfreundschaft.

Bereits der Butler spiegelte die Arroganz des Hauses wider. Er begrüßte sie mit knappen Worten, nahm ihre Jacken entgegen und führte sie anschließend schweigend durch das Schloss. Sie gingen einen langen

Korridor entlang, dessen Wände mit Gemälden von arroganten Aristokraten geschmückt waren, die mit überheblichem Blick auf den Betrachter herabblickten. Ein blank polierter reinweißer Marmorboden verlieh den Räumen eine unangenehme Kälte.

Das Speisezimmer war genauso eindrucksvoll wie der Rest des Chateaus, aber ohne Seele. Die Wände waren in einem düsteren Blau gestrichen und die Möbel bestanden aus schwerem, dunklem Holz. Die ganze Atmosphäre wirkte erdrückend. Die Bernards saßen bereits am Tisch. Sie empfingen Louise und ihre Eltern mit einem hauchdünnen Lächeln. Wortlos sahen sie zu, wie sie Platz nahmen. Als alle saßen, schenkte der Butler ihnen stumm Weißwein ein.

Erst als er den Raum verließ, erhob Guillaume Bernard mit überheblicher Miene die Stimme. »Nun, Jaques, sag mir doch – wie sieht es aus auf meinem zukünftigen Weingut?«

Louise musste sich zusammenreißen, damit sie ihm nicht entgegen schrie, dass das Gut *Etoile* niemals sein Haus war, sondern immer auch der Familie Vidot gehörte. Ihr gehörte. Aber das durfte sie vor Guillaume nicht aussprechen. Unter dem Tisch ballte sie die Hände zu Fäusten und zwang sich zur Ruhe.

Ihr Vater bemerkte ihren Unmut anscheinend, denn er schenkte ihr ein beruhigendes Lächeln, bevor er die Frage beantwortete. »Die Lese ist gut fortgeschritten. Nur noch ein paar Tage, danach können die Arbeiter nach Hause«, sagte er mit einem Ton größter Zufriedenheit. Er blickte Guillaume an, als bräuchte er dessen Zustimmung.

Louises künftiger Schwiegervater nickte beifällig. »Das ist gut. Behalte einige der Männer noch hier. Sie können bei der Ernte auf Schloss Bernard helfen. Wir haben dieses Jahr fast nur unfähige Idioten.« Er schüttelte verärgert den Kopf und nahm einen Schluck vom Weißwein. »Anscheinend ist es zu schwer für sie, verdorbene Trauben von guten zu erkennen. Dabei sieht das doch selbst ein dahergelaufener Spanier, der nichts außer Siestas und Tapas im Sinn hat! Wir mussten dieses Jahr so viele entlassen wie nie.«

Louises Magen krampfte sich zusammen bei der Arroganz, die in seinen Worten und seinen Gesichtszügen lag. Aber so dachte dieser Mann – und so dachte er auch über sie. Er konnte ihr zwar nicht einfach kündigen und sie nach Hause schicken. Immerhin wäre sie bald Henris Frau. Dennoch betrachte er sie ebenfalls als Mitarbeiterin, an die er seine Ansprüche stellte.

Nun starrte er sie mit kleinen Augen an, die die Farbe von Schiefer hatten und genauso kalt aussahen. Nicht der Anflug von Herzlichkeit lag darin. »Und wie weit bist du mit den Vorbereitungen für den großen Tag meines Sohnes? Hast du ein Kleid, das diesem Anlass gerecht wird?«

Nur darum ging es ihm: Er wollte mit der Hochzeit, die auf dem Chateau der Bernards stattfinden würde, seinen Reichtum und seinen Einfluss zur Schau stellen.

»Louise sieht in jedem Kleid schöner aus als jede andere Frau«, warf Henri ein und lächelte sie an. Es war nicht so mitreißend wie das von Miguel. Dennoch besaß Henri Wärme. Woher auch immer er sie hatte. Weder Guillaume noch seine Mutter Mireille hatte sie jemals aufrichtig lächeln sehen oder gar laut lachen hören. Und in diese Familie würde sie einheiraten, für immer mit ihr verbunden sein.

Louise unterdrückte den Seufzer, der auf ihrer Seele lag, und schaute Guillaume fest an. »Mach dir keine Sorgen über mein Aussehen, ich habe etwas Wunderbares besorgt. Das Kleid besteht aus feinster Seide, die ich beim besten Geschäft in ganz Paris gekauft habe. Der Designer hat für mich ein wahres Meisterwerk geschaffen, das kunstvoll mit wertvoller Spitze, Perlen und Strasssteinen verziert ist. Der Rock ist weit und bauschig und besteht aus mehreren Lagen Tüll und Spitze, die perfekt miteinander verschmelzen. Und die Schleppe ist so lang wie bei einer königlichen Hochzeit. Vier Kinder werden sie tragen, die alle nach Schönheit ausgesucht worden sind. Sei dir sicher, es wird alle beeindrucken.«

Sie machte eine kurze Pause und ließ den Blick über den Tisch schweifen. Mireille nickte zumindest halbwegs zufrieden, während Guillaume die Stirn runzelte.

»Nun, das war mehr Information, als ich gebraucht hätte. Gewöhn dir an, dich kürzer zu fassen, Kind. Zeit ist schließlich kostbar. Und meine besonders.« Er klang so, als wäre sie eine Zwölfjährige, die er maßregeln müsste.

Wie wichtig er sich nahm! Dass seine Zeit mehr wert war als die aller anderen. Louise zitterte vor Wut. Aber seltsamerweise wunderte sich keiner aus seiner Familie darüber. Sowohl Mireille als auch Henri nickten lediglich.

Louise wandte sich mit einem hilfesuchenden Ausdruck an ihre Eltern, aber sie wichen ihrem Blick aus.

Ihre Mutter war sowieso kein Mensch für offene Diskussionen, aber ihr Vater? Er konnte doch nicht zulassen, dass sie so herabgesetzt wurde. Nun sah er sie kurz an, schaute zögerlich zu Guillaume und nahm dann hastig einen Schluck Champagner.

Louises Herz brach bei dieser Zurschaustellung seiner Hilflosigkeit gegenüber dem Geld der Bernards. Also musste sie selbst für sich kämpfen. Aber bevor Louise eine Erwiderung geben konnte, kamen zwei Diener mit dem Essen, einem Lamm nach Art Provençal. Wieder bedienten sie schweigend. Zunächst legten sie dem Gastgeber auf, dann seiner Familie und erst zum Schluss den Gästen. Dazu servierten sie einen kräftigen Burgunder, der tiefrot im Glas schimmerte.

Louise schnitt das Lamm an, das genau auf den Punkt gebraten und butterzart war. Die Rosmarin-Kartoffeln passten perfekt und hoben den typischen Lammgeschmack hervor.

Eine Weile widmeten sie sich schweigend dem Essen. Dann durchbrach erneut Guillaume die Stille. »Hat Henri dir schon gesagt, dass du übernächste Woche auch ein anständiges Kleid benötigen wirst? Wir beabsichtigen, die *Opéra Garnier* zu besuchen. *La Divina* gibt sich die Ehre, die Carmen auf ihre wunderbare Weise zu interpretieren.«

»Maria Callas ist wieder in Paris!«, entfuhr es Louises Mutter und ihr Gesicht nahm einen verzückten Ausdruck an.

Selbst Louises Vater wirkte beeindruckt. »Du hast wirklich Glück, dass du sie erleben darfst. Und dann auch noch Carmen! Ihre Interpretation gilt als eine der besten der Welt. Vor zwei Jahren war sie an der Pariser

Oper und die Kritiker waren durch die Bank begeistert, wie ich hörte.«

Guillaume nickte. »Das stimmt. Wobei ich das Getue um diese Spanien-Posse nie verstehen werde. Ein intrigantes Weibsbild verdreht einem Polizisten den Kopf und am Ende tötet er sie, weil sie einen anderen hat. Was für eine banale Geschichte.« Er zuckte mit den Achseln. »Und dann dieses Geschwafel: *L'amour est un oiseau rebelle'* ... Von wegen – ein rebellischer Vogel! Eine anständige Frau macht das, was der Mann von ihr verlangt und nicht umgekehrt. Kein Mann, der etwas auf sich hält, würde sich so lächerlich machen. Aber Carmen bekommt am Ende ja, was sie verdient.«

War das wirklich die Botschaft, die Bizet mit seinem Meisterwerk hatte verbreiten wollen? Dass Frauen wie Carmen einfach getötet werden durften, weil sie einem Mann die Sinne verdreht hatten? Wohl kaum! »Ich glaube nicht, dass es darum geht«, sagte sie daher mit gefasster Stimme. »Die Oper ist vielmehr eine Warnung, sich nicht in ein Geflecht von Eifersucht, Obsession und Rache zu verstricken, wie Don José das tut. Er ist die tragische Figur.«

Guillaume starrte sie verblüfft an, das Glas mit dem Wein, den er gerade trinken wollte, halb in der Luft haltend. Dann lachte er schallend los. »Sieh an, eine Frau mit einer eigenen Meinung. Henri, das wirst du ihr austreiben müssen. Sie soll sich ein Beispiel an Mireille nehmen.« Er tätschelte seiner Frau die Hand, die ihn devot anlächelte. »Sie weiß ganz genau, wo ihr Platz ist. In der Küche, den Gartenanlagen und – nun ja ...« Er grinste seinen Sohn an, der verschämt zu Boden blickte, während Mireilles Wangen rot anliefen. Louise wurde ebenfalls ganz verlegen. Wie konnte er so etwas nur bei einem Essen mit Damen andeuten?

Nun aber wurde sein Blick ernst oder vielmehr eisig. Kalte Verachtung stand in seinen grauen Augen. »Ihr modernen Frauen solltet endlich einsehen, dass es eure einzige Aufgabe im Leben ist, einen Mann zufriedenzustellen. Bemüht euch darum, gut auszusehen und ihn bei Tisch nicht zu langweilen. Fordert nicht, sondern gebt. Und haltet euch vom Steuer eines Wagens fern! Frauen sind einfach unfähig, ein Auto zu fahren.«

Diese Borniertheit machte Louise fassungslos.

Zum Glück räusperte sich ihr Vater. »Nun, ich denke, Louise besäße durchaus die nötige Intelligenz dazu.«

Guillaumes Augen wurden noch kälter. »Diese Entscheidung sollte ihr zukünftiger Gatte treffen. Und Henri wird Louise sicher niemals erlauben, sich und andere in Gefahr zu bringen. Ist es nicht so, mein Sohn?«

Henris Blick huschte hektisch zwischen seinem Vater und Louise hin und her. Warum widersprach er ihm denn nicht? Er wollte ihr doch das Cabrio schenken. Und es verlangte sie danach, selbst einen Wagen fahren zu können. Aber vor seinem Vater bekam Henri den Mund nicht auf. Stattdessen murmelte er nur: »Ganz wie du meinst.« Danach vertiefte er sich wieder auf sein Lamm und schnitt verbissen ein Stück ab. Obwohl das Messer bei diesem erlesenen Fleisch sanft hindurchglitt. Was war er nur für ein Feigling! Würde er zu ihr stehen, wenn es hart auf hart käme? Vermutlich nicht.

Würde irgendjemand in dieser Familie ihr jemals helfen? Ihr Blick glitt von Henri, der immer noch so tat, als kämpfe er mit seinem Lamm, zu Mireille. Ihre blonden

Haare lagen perfekt und sie war meisterhaft geschminkt. Sie warf Louise ein Lächeln zu, doch es blieb leer.

Sie glaubte, einen Hauch von Traurigkeit darin zu erkennen. Kein Wunder. Mit diesem Mann leben zu müssen, war eine Strafe. Aber das würde sie bald auch, erkannte sie plötzlich voller Entsetzen. Guillaume würde immer eine bedeutende Rolle in ihrem Leben spielen – und er würde versuchen, seine Schwiegertochter nach seinen Wünschen zu formen. Fügsam und dem Mann ergeben. Nacktes Grauen stieg in ihr auf und sie hatte das Gefühl, nicht mehr atmen zu können. Ihr baldiger Schwiegervater, Henris Hilflosigkeit, dieses Haus – das alles erstickte sie. Ihr ganzes neues Leben erstickte sie. Es würde sie auspressen und aushöhlen, bis nichts mehr von ihr übrig war. Nur noch eine leere Hülle wie Mireille.

Reims, heute

Am nächsten Morgen klingelte Hannahs Handy bereits um kurz vor acht. Sie hatte so tief geschlafen, dass sie anfangs gar nicht richtig wusste, wo sie war und was um alles in der Welt sie aus dem Schlaf riss. Erst nach einer Weile begriff sie, dass das melodische Summen von ihrem Handy stammte. Sie hatte diesen Klingelton noch nicht lange, entsprechend wenig war sie daran gewöhnt.

Das Summen erstarb. Nur um einige Sekunden später wieder loszugehen. Stöhnend drehte sie sich um und warf einen Blick auf das Display. Mist, das war Annemarie. Sofort war die Müdigkeit wie weggeblasen.

Wenn ihre Chefin so früh anrief, dann sicher, weil etwas im Hotel nicht stimmte. Mit einem unguten Gefühl im Magen ging sie heran.

»Hallo Annemarie, wie geht es dir?«, versuchte sie, sich locker zu geben.

»Halten wir uns nicht mit solchen Lappalien wie dem allgemeinen Wohlergehen auf«, blaffte ihre Chefin sie anstelle eines Grußes an. »Sag mir lieber, wo du den Latour versteckt hast!«

Hannah setzte sich im Bett auf. »Den Chateau Latour? Der liegt im Weinkeller. Wo er hingehört.«

»Nein. Da liegt er nicht. Sonst würde ich dich ja nicht anrufen«, zischte Annemarie. »Also sag mir, wo er ist.«

»Im Keller. Raritätenbereich. Das Fach ganz unten links.« Hannah schloss die Augen und ließ das Bild des Weinkellers vor ihrem Geiste entstehen. Ja, genau dort müsste der legendäre Bordeaux-Wein liegen. Zwei Kisten aus dem Jahr 2015 und eine aus 2010. Letzterer war ihr ganzer Stolz, immerhin hatte er sagenhafte hundert Parker-Punkte abgesahnt. Die Flaschen wurden aktuell mit fast zweitausend Euro gehandelt – Ladenpreis, nicht Hotelpreis. Auf einmal wurde ihr ganz übel. Was, wenn der Wein nicht mehr da war? Aber das konnte nicht sein. Schließlich hatte sie ihn höchstpersönlich in dem Raritätenkeller verstaut. Und sie kontrollierte den Bestand immer wieder. Das letzte Mal war allerdings schon fast ein halbes Jahr her. Da Annemarie teure Anschaffungen verbot, musste sie nicht mehr hinein.

Hatte sich in der Zwischenzeit jemand daran zu schaffen gemacht? Aber wer? Und wie? Schließlich besaßen nur drei Menschen den Schlüssel zu diesem Teil des Kellers: Annemarie, Martin und sie selbst. Allerdings war es ein offenes Geheimnis, dass Hannah ihren Schlüssel in ihrem Schreibtisch aufbewahrte. Hatte jemand das ausgenutzt?

»Das ... das kann nicht sein«, versuchte sie es noch einmal. »Vielleicht hat jemand umgeräumt?«

»Um zu sehen, wo es den Flaschen besser gefällt, oder was?«, zischte Annemarie.

Am liebsten würde Hannah ihr eine ebenso bissige Antwort zurückwerfen, aber sie unterdrückte die Regung. Sie durfte ihre Chefin nicht noch mehr verärgern. Immerhin war sie als Sommelière für den Weinbestand verantwortlich. Wenn Waren im Wert von einigen Zehntausend Euro fehlten, kriegte sie ein ernsthaftes Problem. Zumal Annemarie ja sowieso darauf brannte, sie loszuwerden.

»Nein, natürlich nicht. Ich dachte nur ... ich weiß nicht ... Er muss doch irgendwo sein!« Den letzten Satz stieß Hannah regelrecht panisch aus.

»Muss. Ist er aber nicht. Das hat Martin heute festgestellt, als ein Stammkunde eine Flasche von dem 2010er Jahrgang für seinen Hochzeitstag haben wollte. Die Kiste ist da, aber stell dir vor? Es liegt kein Latour mehr darin. Sondern irgendein badischer Blaufränkischer.«

Dabei klang Annemarie so verächtlich, dass Hannah sich durchs Telefon schrauben könnte, um ihr links und rechts eine zu klatschen. Allerdings änderte das auch nichts an den Tatsachen. Der Wein war weg.

»Martin hat ihm stattdessen zwei Flaschen vom Margaux angeboten. Zum selben Preis.« Annemarie stöhnte.

Das fand ihre geizige Chefin vermutlich am schlimmsten. »Das tut mir leid. Und … und was nun? Soll ich nach Köln zurückkommen?«, fragte Hannah kleinlaut.

»Besser nicht. Ich werde das der Holding melden müssen – und ich glaube nicht, dass du im Hotel erwünscht bist, wenn die erst mal jemanden schicken«, gab Annemarie knapp zurück. »Denk stattdessen lieber darüber nach, wie du das erklärst.« Ohne ein Wort des Abschieds legte sie auf.

Hannah starrte noch eine ganze Weile auf das mittlerweile schwarze Display. Wer hatte sich an der Kiste mit dem Latour bedient und Billigscheiß hineingelegt? Und was sollte sie machen, wenn die Flaschen nicht wieder auftauchten?

Sie stand immer noch neben sich, als sie eine Stunde später frisch geduscht im Auto saß. Vor Aufregung hatte sie nur eine Scheibe Toast und einen Kaffee hinuntergebracht. Dafür hatte sie vor ihrer Verabredung mit Stéphane zumindest Zeit, zum Weingut Bernard hinauszufahren. Dank Google wusste sie, dass es etwa zwanzig Kilometer außerhalb von Reims lag. Die Führungen waren natürlich wie bei fast allen anderen Champagnerhäusern ausgebucht. Aber zumindest von außen konnte sie sich das Gut ja schon einmal ansehen. Und vielleicht fand sie später eine Möglichkeit, die Verantwortlichen zu einer kleinen Führung zu überreden. Wenn Julien noch mit ihr sprechen würde, könnte er ihr sicher jemanden nennen. Aber er hatte sich ja leider nicht bei ihr gemeldet.

Mit einem Gefühl der Trauer stellte sie das Radio an und suchte nach Champagne FM. Gleich das erste Lied hatte sie gestern bereits mit ihm gehört, als sie voller guter Laune zu seinem Opa gefahren waren. Die Erinnerung schnitt ihr die Kehle zu. Sie schmerzte sie so sehr, dass sie darüber fast den verschwunden Latour vergaß. Aber nur fast.

Nach rund einer halben Stunde erreichte sie das alte Weingut ihrer Familie. Sie erkannte das schmiedeeiserne Tor von dem Bild wieder, auch wenn der Stern fehlte. Aber der schöne Schwung und die goldenen Verzierungen waren dieselben. Ihr Herz klopfte, als sie den Wagen am Wegesrand parkte und sich dem Gut näherte. Das Gebäude könnte aus dem 18. Jahrhundert stammen. Es bestand aus hellem, sandfarbenem Stein und zeugte von historischem Charme und Eleganz. Über den Fenstern und entlang des Daches verlief ein geschwungenes Dachgesims, das dem Gebäude Anmut verlieh. Davor befand sich das Tor, das zu dieser Uhrzeit allerdings natürlich geschlossen war.

Hannah blieb stehen und fuhr mit den Fingerspitzen darüber, spürte das kalte, harte Metall. Statt des goldenen Sterns zierte nun das Wappen der Bernards die Flügeltüren. Es zeigte einen Schild mit vier Abschnitten. Oben links befand sich ein goldener Löwe auf blauem Hintergrund, daneben erkannte Hannah einen blauen Schrägbalken auf goldenem Grund. Der untere linke Abschnitt war rot mit einem silbernen Kelch, der rechte zeigte einen roten Schrägbalken auf Silber. Hastig nahm sie ihre Handtasche, um das laminierte Foto herauszuholen und die Wappen miteinander zu vergleichen.

Das viergeteilte Zeichen der Bernards sah viel strenger aus als der romantische Stern, der früher für das Weingut stand. Hannah runzelte die Stirn. Noch immer verstand sie nicht, warum die neuen Besitzer die Marke *Etoile* ausradiert hatten. Vielleicht fand sie ja nachher mit Stéphane Informationen dazu. Sie schaute auf die Uhr.

Noch etwas mehr als eine Stunde bis zu ihrer Verabredung mit dem attraktiven Unternehmensberater. Er wollte vorher ein paar Dinge erledigen, wie er ihr gesagt hatte. Was ihr gut gepasst hatte, weil sie die Zeit für den Ausflug nutzen konnte. Sie wandte sich von dem Tor ab und blickte über die gepflegten Weinberge. Der Morgennebel hing noch zwischen den Reben, und die Stille wurde nur durch das Zwitschern der Vögel durchbrochen. Trotz des neuen Wappens fühlte Hannah eine geheimnisvolle Verbindung zu diesem Ort. Sie schloss die Augen und genoss die Ruhe und die Schönheit des Weinbergs – und das Gefühl, dass sie endlich die Spuren ihrer Familiengeschichte gefunden hatte.

Um fünf vor elf stand sie vor der Bücherei, um sich mit Stéphane zu treffen. Der Franzose kam knapp eine Viertelstunde später, entschuldigte sich aber nicht für seine Verspätung. Hier in Frankreich war das vermutlich nicht viel. Sie schluckte ihre Verärgerung herunter und lächelte Stéphane an.

Er begrüßte sie mit aufgehauchten Küsschen und einem umwerfenden Lächeln. In Hannahs Magen breitete sich ein leises Ziehen aus. Verflixt, sah dieser Kerl gut aus. Vielleicht sollte sie sich doch auf ihn einlassen und Julien damit endgültig abhaken? Bei diesem

Womanizer war zumindest von Anfang an klar, was er von ihr wollte – und das war keine *grand amour*. Das könnte genau das sein, was ihr bei all dem Stress im Hotel guttäte. Daher lehnte sie sich etwas enger an Stéphane bei der Begrüßung. Das Lächeln vertiefte sich und die blauen Augen blitzten auf.

»*Quelle suprise*«, hauchte er in ihr Ohr, während er sie an sich zog und eine Hand auf ihren Rücken legte.

Sein warmer Atem kitzelte ihren Hals. Sofort stellten sich ihre Haare an den Unterarmen leicht auf vor wohliger Erregung. Sie lächelte ihn an und hoffte, dass es nur halb so verführerisch aussah wie bei ihm.

Anscheinend tat es das. Er drückte sie noch enger gegen sich und sie konnte deutlich spüren, wie sehr er auf sie reagierte. »Wir können auch woanders hingehen«, raunte er leise, wobei seine Lippen ihr Ohr berührten.

Ihr Körper schrie ja, aber ihr Verstand protestierte. Sie war schließlich hier, um Großmutters Geheimnis zu enträtseln und nicht, um mit halb Reims ins Bett zu steigen. »Vielleicht später«, erwiderte sie, zwinkerte ihm kokett zu und löste sich aus der Umarmung.

Er seufzte leise, nickte aber. »*Bon.* Dann lass uns bei der Bücherei fragen, ob wir ihr Archiv benutzen dürfen. Ich glaube nicht, dass mein alter Schülerausweis noch gilt.«

Schon ging er voran, ohne ihre Hand zu nehmen – so wie Julien es gemacht hatte. Erneut spürte sie ein schmerzhaftes Ziehen in ihrer Brust. Warum schlich sich dieser Kerl nur immer wieder in ihre Gedanken, obwohl sie fest entschlossen war, ihn zu vergessen? Hastig schüttelte sie die Erinnerung ab und folgte Stéphane in das Gebäude.

Das Innere der Bibliothek war atemberaubend. Von den Online-Reiseführern wusste Hannah, dass diese als Meisterwerk des Art déco-Stils galt. Bereits in der Eingangshalle fielen ihr die blauen, kreisförmigen Musterungen und der ultramoderne Kronleuchter auf. Er war nicht rund und üppig beladen, sondern länglich und eckig. Im Leseraum, dessen Decken unfassbar hoch waren, fielen Hannahs Blicke auf ein herrliches, gemustertes Glasdach, durch das Licht einfiel.

»Wow«, entfuhr es ihr leise. Ehrfürchtig folgte sie Stéphane, der die Führung übernommen hatte. Er steuerte ein Pult an, an dem die Bibliothekarin saß, eine unscheinbare Dame mittleren Alters mit halblangen Haaren und wachen Augen.

Stéphane nickte ihr freundlich zu und redete auf Französisch auf sie ein. Dabei ließ er sein strahlendes Lächeln aufblitzen, das die Bibliothekarin schüchtern erwiderte. Sie sprachen eine Weile miteinander, wobei er seinen Ausweis vorzeigen musste. Anschließend kam er lächelnd zu Hannah zurück.

»Alles klar, wir dürfen beide hinein.«

»Dank deines beeindruckenden Charmes, richtig?«

Er grinste. »Nun, ich konnte sie gerade eben noch davon abhalten, mir einen Leihausweis aufzuschwatzen. Als ob ich mir in einer Bibliothek Bücher leihen würde.« Er schüttelte den Kopf, als sei der Gedanke völlig abwegig.

Hannah runzelte die Stirn, denn sie ging manchmal gern in die Stadtbibliothek. Natürlich hatten gedruckte Bücher dank E-Books keinen so hohen Stellenwert wie früher – schließlich waren letztere viel billiger und praktischer. Aber sie liebte die Atmosphäre in Büchereien, vor allem wenn sie so schön waren wie diese.

Stéphane führte Hannah zu einem Tisch, an dem mehrere Computer standen, und sie nahmen Platz.

»Hierin sind alle alten Ausgaben eingescannt und mit Schlagworten versehen worden«, sagte Stéphane leise. »Sicher finden wir hier etwas. Immerhin dürfte die Fusion der beiden Häuser ein bedeutendes Ereignis gewesen sein.«

Er nahm einen Zettel, den die Bibliothekarin ihm gegeben hatte, und tippte die Kombination aus Zahlen und Buchstaben ein. Nun hatten sie Zugang zu allen älteren Artikeln. Hannahs Magen hüpfte aufgeregt. Sie fühlte sich beinahe wie eine Hobbydetektivin. Letztlich suchte sie auch ein Geheimnis.

Stéphane gab die Wörter Bernard und *Etoile* ein – und es gab fast tausend Treffer. Hannah keuchte und er wirkte ebenfalls reichlich verblüfft. Dann lächelte er zufrieden.

»Ah, falsche Angaben. Ich muss die Wörter als und-Verknüpfung definieren, damit nur Artikel erscheinen, in denen beide Güter erwähnt werden.«

Er änderte die Suchvorgaben und sofort schrumpften die Treffer auf einige Dutzende von Einträgen.

»Immer noch viel, aber das schaffen wir.« Er lächelte Hannah zu. Danach öffnete er den ersten Artikel, der natürlich auf Französisch war.

Fragend schaute sie Stéphane an.

Der bedeutete ihr mit den Händen, kurz zu warten, während er den Text überflog. Nach einer Weile zuckte er mit den Achseln. »Hier geht es nur um allgemeine

Themen zum Weinjahr und der Ernte. Nichts Spannendes.«

Hannah spürte einen Anflug von Enttäuschung, allerdings schalt sie sich eine Närrin. Was hatte sie denn gedacht? Dass sie sofort einen Artikel fand, in dem etwas über einen möglichen Betrug stand? Sicher nicht.

Also zwang sie sich zur Ruhe, während Stéphane einen Artikel nach dem anderen anlas, das Wesentliche übersetzte und weitermachte. Aber sie fanden nichts. Mittlerweile waren sie schon fast zwei Stunden hier. Hannah spürte allmählich ihre Blase. »Können wir gleich weitermachen? Ich müsste nur mal kurz um die Ecke gehen.«

Stéphane zog die Augenbrauen an und wirkte auf einmal unfassbar blasiert. »Bei uns nennen wir das *mich frischmachen*. Aber sicher, ich warte. Ich muss sowieso meine Mails checken. Mein Kunde erwartet eine Antwort von mir.« Schon lag das iPhone – neueste Generation – in seiner Hand und Hannah war abgemeldet. Gut, sie wollte natürlich nicht, dass er ihr trauernd nachsah. Aber so kam sie sich auf einmal völlig abgeschrieben vor. Es wirkte fast, als wäre er erleichtert, sein Handy nehmen zu dürfen.

Hannah hastete zu den Örtlichkeiten. Noch bevor sie in der Kabine verschwand, holte sie mit zitternden Fingern ihr Gerät heraus. Immer noch keine Nachricht von Julien. Womit sie mittlerweile sowieso nicht mehr wirklich rechnete. Dafür aber eine Sprachnachricht von Nele, die von der Sache mit dem verschwundenen Latour erfahren hatte und deswegen dringend mit ihr ihr sprechen wollte.

*Ich kann jetzt nicht, bin unterwegs. Melde mich heute
Abend bei dir. Bitte sei da!*

Danach schaute sie nervös in ihr Postfach. Sie erstarrte, als sie eine Mail von der Holdinggesellschaft ihres Hotels entdeckte. Die zuständige HR-Dame hatte ihr eine knappe Nachricht geschrieben, in der sie sie um eine schriftliche Stellungnahme zu dem Verschwinden der exklusiven Wertgegenstände aufforderte. Sie wies darauf hin, dass sie in ihrer Funktion als Sommelière dafür verantwortlich war.

Ein Auffinden an anderen Orten als den Räumlichkeiten des Hotels würde aufgrund des Wertes dieser speziellen Weine strafrechtliche Konsequenzen nach sich ziehen. Wir geben Ihnen an dieser Stelle die letzte Möglichkeit, den Verbleib hotelintern zu klären. Sie haben 24 Stunden Zeit, bevor wir den Fall zur Anzeige bringen.

Hannah erstarrte. Deutete die HR-Dame etwa an, sie hätte die Weine gestohlen? Aber wozu sollte sie das denn machen? Um sie auf einer Party auszutrinken, oder was? Nein, das beinhaltete diese Nachricht sicher nicht. Sie mussten auf etwas anderes hinauswollen. Hannahs kriminelle Energien waren jedoch so unterentwickelt, dass sie zunächst keine Ahnung hatte, worauf. Dann endlich dämmerte es ihr: Sie unterstellten ihr, die Weine verkauft zu haben. Bei der Erkenntnis keuchte Hannah auf und ihr Magen krampfte sich zusammen. Das war eine verdammt ernste Angelegenheit. Was sollte sie der HR-Dame nur schreiben? Sie musste heute Abend mit Nele darüber reden, vielleicht wusste sie Rat.

Fahrig erledigte sie das, weswegen sie eigentlich hier war. Danach wusch sie sich erst die Hände, bevor sie sich etwas Wasser ins Gesicht spritzte und zurück zu Stéphane kehrte. Sie würde sich heute Abend um ihre berufliche Zukunft kümmern. Nun musste sie sich auf die Suche nach dem Verbleib des Weinhauses konzentrieren.

Die Stunden vergingen. Sie nahmen in der Mittagspause in der Innenstadt ein schnelles Essen ein, bevor sie sich weiter in die alten Artikel vertieften. Viel mehr erfuhren sie nicht. Es gab lediglich einige Informationen zur offiziellen Verlobungsfeier von Louise und Henri. Sie fand auf dem Weingut Bernard statt, wo sich die Crème de la Crème aus Reims die Klinke in die Hand gab: Winzer, Industrielle, Politiker und andere einflussreiche Menschen.

Diesmal entdeckten sie auch einige Bilder. Eins davon zeigte das Paar. Louise sah furchtbar elegant und sehr schön aus. Glück suchte man auf ihrem Gesichtsausdruck jedoch vergebens. Stéphane druckte auch diesen Artikel aus.

Es folgten zwei Berichte über allgemeine Themen. Dann kam endlich ein Text zu der geplatzten Hochzeit. Allerdings war er nur äußerst kurz und beantwortete keine ihrer drängenden Fragen. Hannah runzelte die Stirn. Warum war ihre Großmutter einfach so verschwunden? Das machte doch alles keinen Sinn. Sie gingen weiter durch die Artikel. Aber der nächste Text war noch seltsamer.

Denn dort stand nichts zum Gut *Etoile* oder Bernard. Stattdessen sahen sie das Bild eines jungen, dunkelhaarigen Mannes, der südländisch auf Hannah wirkte. Das Foto zeigte ihn mit anderen Männern vor einem Weingut. Vermutlich spanische Erntehelfer, wie es vor rund sechzig Jahren üblich war. Die Überschrift lautete: *»Disparu – Où est l'ouvrier agricole Miguel Sanchos?«*

Aufgeregt starrte Hannah auf den Artikel. Hieß *disparu* nicht verschwunden? Und der Name begann mit M. War dies der Mann, den ihre Großmutter finden wollte? »Da, was ist das?«, fragte sie. »Was hat das mit Omas Weingut zu tun?«

Stéphane schnaubte. »Das ist nichts. Nur irgendein spanischer Erntehelfer, dem die Arbeit zu anstrengend geworden ist. Oder der eine bessere Stelle gefunden hatte. Die sind damals zu Dutzenden abgehauen, hat Großvater oft gesagt.«

»Aber hier ist ein Artikel über ihn. Der zu unserer Suche passt«, beharrte Hannah. »Was steht denn darin?«

Stéphane seufzte und überflog die Zeilen. »Nicht viel. Der Mann hat auf irgendeinem Weingut gearbeitet. Dann war er plötzlich weg. Ende der Story.« Er machte Anstalten, zum nächsten Artikel zu springen, aber Hannah stoppte ihn,

»Ich muss herausfinden, was mit ihm geschehen ist!«

»Vergiss es. Das hat nichts mit deiner Großmutter zu tun. Keine Ahnung, warum das hier auftaucht.«

»Glaubst du, die beiden sind miteinander durchgebrannt?«

Stéphane hob eine Augenbraue an und runzelte die Stirn. »Die Tochter eines Gutsbesitzers und ein Erntehelfer? Sicher nicht. Das wird bloß ein dummer Zufall sein, dass sie beiden zur selben Zeit abgehauen sind. Oder hieß dein Opa etwa Miguel und ist ein Spanier gewesen?«

»Nein«, gab Hannah zu. Was gegen eine Beziehung zwischen den beiden sprach. Ihre Großmutter würde nicht mit einem Mann weglaufen, um ihn später zu verlassen.

»Außerdem – warum sollten die zwei gerade nach Deutschland durchbrennen? Er war doch Spanier. Dann wären sie sicherlich in seine Heimat gegangen«, führte Stéphane weitere Gegenargumente ins Feld.

»Das stimmt.« So romantisch sie die Vorstellung einer verbotenen Liebschaft fand, es passte hinten und vorne nicht zusammen. »Sicher ist es nur ein Zufall. Aber druck den Artikel bitte mit aus. Für alle Fälle.«

Er schüttelte zwar den Kopf, kam ihrer Bitte jedoch nach. Sorgfältig legte Hannah den Artikel zu den anderen. Weitere Hinweise zum Verbleib ihrer Großmutter fanden sie nicht. Stattdessen kam ein Text, der über finanzielle Probleme des Hauses *Etoile* spekulierte. Allerdings gelang es dem Weingut immer wieder, durch unverhoffte Großbestellungen auf die Füße zu kommen. Diese stammten meist von Unternehmen, die zum Bernard-Imperium gehörten – Hotels, Handelsketten oder Lieferungen an das eigene Weinhaus, um ihre Rebsäfte zu veredeln. Es schien, als hinge die Existenz des Gutes *Etoile* fast ausschließlich am Haus Bernard.

So ging das fast zehn Jahre nach der geplatzten Verlobung. Dann starb Louises Vater. Wenige Monate später kam es zu der Fusion, die aber in keinerlei Weise anrüchig zu sein schien. Zumindest schrieben die Magazine nichts in der Richtung. Vielmehr feierten sie die Verbindung der beiden Häuser als folgerichtigen Schritt. Kurz danach verkündete ein weiterer Artikel das Ende der Marke *Etoile*. Angeblich passe sie nicht ins Portfolio.

»Das ist doch seltsam«, murmelte Hannah. »Warum kauft man eine Marke und stampft sie dann ein? Außerdem – wenn das Weingut sowieso nur von den Aufträgen der Bernards abgehangen hat, warum haben sie es nicht vorher gekauft?«

Stéphane lächelte. »Das werden Geschäfte unter Freunden gewesen sein. Das ist bei uns in Frankreich üblich.«

»Hm.« So richtig überzeugte Hannah diese Erklärung nicht. »Glaubst du, die Freundschaft der Männer war noch so eng, nachdem Louise die Hochzeit hat platzen lassen? Der alte Bernard müsste zornig gewesen sein, oder?«

Stéphane hob die Schultern. »Solange wir nicht wissen, was geschehen ist, können wir nur spekulieren. Es kann genauso gut sein, dass er sie betrogen hat, *non?* Da wäre es fast verständlich, wenn sie das Weite gesucht hätte. Oder vielleicht hat er sie vor der Hochzeitsnacht bedrängt. Auch solche Fälle hat es gegeben.«

Auf die Idee war Hannah noch gar nicht gekommen. Natürlich, bloß weil ihre Oma weggelaufen war, musste sie nicht die Böse sein. Die mit dem Erntehelfer durchbrannte. Sie schüttelte über sich selbst den Kopf, weil sie das gedacht hatte. Es konnte durchaus einen ganz anderen Grund gegeben haben – den allerdings keiner außer den beiden kannte. »O Mann, das ist alles frustrierend. Ich hatte gehofft, ich finde das Gut und dann ist alles klar. Stattdessen warten hier nur mehr Rätsel auf mich.«

»Erst morgen wieder.« Stéphane deutete auf die Uhr. »Es ist schon fast sechs. Und ich weiß nicht, wie es dir geht, aber ich habe für heute genug von den Sechziger- und Siebzigerjahren. Mich interessiert das Hier und Jetzt viel mehr. Vor allem eine schöne Deutsche.«

Seufzend nickte sie. »Gut, dann lass uns gehen.«

Langsam gingen sie aus der Bibliothek. Vor dem Eingang blieb Stéphane stehen und lächelte sie verführerisch an. Dabei strich er mit dem Zeigefinger über ihren Unterarm.

»Lass uns nun etwas essen gehen. Und dann schuldest du mir noch einen Schlummertrunk, *ma belle*.«

Sie schluckte, als er sich zu ihr vorbeugte und sie mit seinen unfassbar blauen Augen fixierte. Er öffnete den Mund ganz leicht, eine einzige sündige Versuchung. Hannah war sich sicher, eine Nacht mit ihm würde sie von dem Kummer um Julien befreien. Aber zu viele andere Dinge beschäftigten sie gerade. Sie schüttelte daher den Kopf.

»Es ... es tut mir leid. Ich kann heute leider nicht. Mir ist furchtbar schlecht.« Das war noch nicht einmal gelogen. Das drohende Verfahren des Hotels schlug ihr entsetzlich auf den Magen. Sehr viel fehlte nicht mehr, damit sie sich übergeben musste. Sie legte eine Hand auf den Bauch.

Sofort zuckte er zurück. »Steck mich bloß nicht an.«

Wahres Mitgefühl sah anders aus. Aber die Furcht vor so lustigen Dingen wie ein Magen-Darm-Virus brachte Menschen oft dazu, sich seltsam zu benehmen. Sie ignorierte seine mangelnde Empathie und sagte nur:

»Keine Sorge, ich habe mir wohl eher den Magen verdorben. Ich brauche nur heute Abend etwas Ruhe. Morgen ist sicher alles wieder gut. Kommst du dann mit zum Amt?«

Mit sichtlichem Widerwillen musterte er sie. Schließlich nickte er. »*D'accord*. Solange du keine ansteckende Krankheit hast. Ich kann im Moment nicht ausfallen. Wir haben gerade ein wichtiges Projekt am Laufen.« Entschuldigend lächelte er sie an. Also hatte er selbst gemerkt, dass er nicht besonders nett reagiert hatte.

»Ist schon okay«, sagte sie daher verständnisvoll. »Das verstehe ich. Dann werde ich jetzt mal ins Hotel gehen.«

»Mach das.« Stéphane nickte abwesend. Sie sah ihm regelrecht an, dass er am liebsten sofort wieder zu seinem Handy gegriffen hätte, um seine Mails zu checken.

»Ja, dann also bis morgen.«

»*A demain*«, erwiderte er und verabschiedete sich traditionell mit den Wangenküssen. Darin lag allerdings keine Herzlichkeit, sondern eher Routine. Er winkte noch einmal, dann ging er mit langen Schritten davon.

Hannah schluckte und sah ihm verwirrt hinterher. Gut, sie hatte mit keiner leidenschaftlichen Verabschiedung gerechnet. Aber etwas mehr Emotionen wären schön gewesen, auch wenn zwischen ihnen noch nichts gelaufen war. Mit einem unguten Gefühl trabte sie zu ihrem Hotel, das nicht weit von hier lag. Dabei überlegte sie die ganze Zeit, was sie der HR-Dame schreiben sollte. Schließlich hatte sie absolut keine Ahnung, was mit diesen Weinen geschehen war.

»Du musst ihr irgendetwas anbieten!«, sagte Nele nachdrücklich, als sie endlich Zeit für einen Videocall hatte. »Du kannst nicht sagen, du weißt von nichts.«

»Aber so ist es doch!« Verzweifelt schaute Hannah ihrer Lieblingsfreundin in die Augen. Sie saß auf dem Bett, das Handy so gegen die Lampe gelehnt, dass die Kamera ihr Gesicht zeigte. »Das letzte Mal, als ich nach dem Latour geschaut hatte, war er genau dort, wo er hingehört. Im Raritätenkeller. Und jetzt ist er weg.«

»Genau. Annemarie tobt deswegen! Sie und Manuela hetzen schon das ganze Hotel gegen dich auf.« Nele sah sie betreten an. »Sie deuten an, das Verschwinden sei nicht zufällig. Du würdest sowieso über deinen Verhältnissen leben. Immer diese teuren Weine, die du privat trinkst. Sie hätten sich schon oft gefragt, woher du das Geld hättest ...«

»Hat die sie noch alle? Die kann doch nicht über vertrauliche Dinge reden. Der blöden Kuh werde ich mal ein paar Takte erzählen!« Was ging es die beiden an, wofür sie ihr Gehalt ausgab? Ihr war nun einmal die perfekte Balance im Glas wichtiger als Markenfummel. Aber diese Andeutungen waren verdammt übel. Zumal sie das unterstrichen, was die HR-Abteilung andeutete.

»Na, du kennst Annemarie. Sie wird sagen, deine finanzielle Situation sei allseits bekannt. Also verrät sie keine Kardinalsgeheimnisse.« Nele zuckte mit den Schultern.

»Aber mit dem anderen schon. Dass ... dass man denkt, ich hätte ...« Sie schüttelte den Kopf, spürte, wie ihre Unterlippe bereits zitterte. Lange konnte sie die Tränen sicher nicht mehr zurückhalten. Das war zu viel für sie. Da rollten die ersten schon hinab. »Was ist das für eine grenzenlose Scheiße! Am Samstag und Sonntag war ich noch auf Wolke sieben. Und jetzt ist alles verloren«, schluchzte sie.

»Ach, Süße, das kriegen wir schon wieder hin. Wir denken uns zusammen etwas aus.«

Hannah lächelte schwach. Neles Trost war wie ein wärmendes Kaminfeuer an einem kalten Wintertag. Allerdings sorgte das eher dafür, dass sie nur noch stärker weinte. Die Tränen flossen wie ein Sturzbach über ihr Gesicht und benetzten ihre Wangen. Während Hannah von ihrem Kummer überwältigt wurde, sagte Nele nichts außer: »Ich verstehe dich. Lass es raus.«

Erst eine gefühlte Ewigkeit später erlangte Hannah ihre Selbstbeherrschung wieder und trocknete ihre Tränen. Nun konnte sie mit Nele überlegen, wie sie ihrer drohenden Kündigung entgehen konnte. Zwischendurch musste sie zwar immer wieder mit Heulkrämpfen kämpfen und etwas Wein zur Beruhigung trinken. Aber nach über einer Stunde hatten sie gemeinsam eine ausführliche E-Mail verfasst.

Darin schrieb Hannah wahrheitsgemäß, dass sie nicht wüsste, was mit den Flaschen geschehen sei. Sie selbst habe keine einzige davon genommen und bei der letzten Inspektion des Kellers vor sechs Monaten seien die Kisten noch vollzählig gewesen. Sie suchte sogar anhand ihres Diensthandys das genaue Datum der Inspektion heraus. Das hatte sie sich als Termin alle sechs Monate gesetzt, damit sie es nicht vergaß. Das kam ihr nun zugute.

»Je konkreter die Details sind, desto glaubhafter ist deine Story. Du wirst schon sehen, alles klärt sich auf«, hatte Nele sie aufgemuntert, bevor sie das Telefonat beendeten.

Das hoffte Hannah auch. Aber eine leise Stimme flüsterte ihr weiterhin ein, dass sie ganz schön am Arsch sei. Denn sicher war sie sich nicht, dass sie die Kartons geöffnet und hineingesehen hatte. Mit so einem Betrug hätte sie niemals gerechnet. Wurde ihr das nun zum Verhängnis?

Frustriert schenkte sie sich großzügig noch ein Glas von dem Rotwein ein und leerte die Hälfte davon mit einem Zug. Für den Rest brauchte sie auch nur unwesentlich länger. Ohne darüber nachzudenken, schüttete sie sich nach. Ihr Leben ging sowieso gerade in die Brüche, da konnte sie sich heute auch ruhig volllaufen lassen. Dabei hätte sie eine fantastische Nacht mit Stéphane verbringen können.

Wobei nicht er es war, den sie wollte, sondern Julien. Seufzend nahm sie das Handy. Wie von selbst tasteten ihre Finger nach seinem Kontakt. Warum hatte er sich denn nicht bei ihr gemeldet? Irgendwie konnte sie sich immer noch nicht vorstellen, dass er sie zu seinem Opa mitnahm, wenn er nur auf eine schnelle Nummer aus war. Das Thema hatten sie da ja schon abgehakt. War er noch sauer auf sie, weil sie ihn so scharf angefahren hatte, als er ihr seine Hilfe verweigert hatte? Wenn sie doch nur mit ihm reden könnte!

Bevor sie einen klaren Kopf fassen konnte, tippte sie auf den Kontakt. Es klingelte dreimal, viermal, fünfmal. Nichts. Dann ging schon wieder seine Mailbox an. Kurz überlegte sie, aufzulegen. Aber er sah ja sowieso, dass sie angerufen hatte. Also konnte sie auch darauf sprechen.

»Hallo Julien«, sagte sie daher und bemühte sich um einen halbwegs nüchternen Ton. »Schade, dass du nicht auf meine Nachricht reagiert hast. Trotzdem fände ich es schön, wenn wir uns noch einmal treffen könnten, solange ich in der Champagne bin. Ich verspreche dir auch, dich nicht nach Insider-Infos zu fragen. Mittlerweile habe ich sowieso einen anderen gefunden, der mir dabei hilft, in der Bücherei auf Spurensuche zu gehen.«

Gott, klang dieser letzte Satz blöd! Am liebsten würde sie die Nachricht zurückholen. Aber leider war das keine WhatsApp-Notiz, sondern eine Mailbox. Das war für die Ewigkeit. Hannah verbarg stöhnend ihr Gesicht in den Händen. Sicher meldete er sich nie wieder bei ihr. Sie würde auch niemanden anrufen, der ihr sagte, wie schnell er Ersatz für sie gefunden hatte. Frustriert hob sie ihr Weinglas und nahm einen tiefen Schluck. Auf der Liste der beschissenen Tage rangierte der mittlerweile unter den Top 3.

Kapitel 11

Reims, 1965

»Na, los, Henri, treib deinen Hengst schon an. Chevalier ist zwar etwas faul, aber wenn man ihn erst einmal überzeugt hat, ist er beinahe so schnell wie Ambre.« Lachend drehte sich Louise im Sattel zu ihrem Verlobten um, der schon um zwei Pferdelängen zurückgefallen war.

Sie zügelte ihre Palominostute, die unwillig den Kopf schüttelte und herumtänzelte. Ja, Ambre wollte den Wind in ihrem Fell spüren, während ihre Hufe auf dem Boden trommelten. Sie liebten es beide, im wilden Galopp über die Felder oder durch die Wälder zu reiten. Heute waren sie jenseits der Weinberge unterwegs, die Louise immer noch mied wie eine offene Wunde. Denn genauso fühlte es sich jedes Mal an, wenn sie die Männer bei der Lese sah. Wie eine schreckliche Wunde, die nicht heilen wollte. Ob es wohl jemals nicht mehr weh täte? Im Moment glaubte sie, das sei unmöglich, zu groß war ihr Schmerz.

»Du reitest wie der Teufel«, bemerkte Henri, als er sie eingeholt hatte. Sorge klang aus seiner Stimme, aber auch leichter Tadel. »Als Frau solltest du etwas vorsichtiger sein.«

»Wieso? Weil ich all diese typisch männlichen Dinge nicht tun kann, wie dein Vater denkt?« Sie wendete Ambre, um ihm direkt in die Augen zu sehen. »Glaubst du das auch? Dass Frauen nur ihren Männern gehorchen sollen? Keine eigenen Bedürfnisse haben?«

Henri schüttelte ernst den Kopf. »Natürlich nicht. Ich weiß schließlich, dass du eine kluge, moderne Frau bist. Niemals würde ich dir verbieten, dich zu entfalten.«

»Und wieso hast du das gestern nicht gesagt?« Wut mischte sich in ihre Stimme, aber das war ihr egal. So konnte und wollte sie nicht leben; eingesperrt in einem goldenen Käfig, mit Guillaume Bernard als Schlüsselmeister. Henri musste sie unterstützen.

»Weil Vater nun einmal so denkt.«

»Und du kannst ihm nicht deine eigene Meinung sagen?« Auffordernd schaute sie ihm in die Augen.

»Nein, das kann ich nicht.« Er senkte verlegen den Kopf. »Ich habe es früher versucht. Als ich noch ein kleiner Junge war. Aber er hat nie auf mich gehört, sondern nur seinen Stock sprechen lassen.«

Sie blickte mitleidig zu ihm. Guillaume Bernard stellte sicher kaum erfüllbare Ansprüche an seinen einzigen Sohn. Geschickt dirigierte sie Ambre zu ihm und Chevalier. Dann nahm sie seine Hand und flüsterte: »Aber jetzt bist du kein kleiner Junge mehr. Du bist ein Mann. Der bald heiratet. Bitte, du musst für mich eintreten. Nur gemeinsam können wir gegen ihn bestehen.«

Langsam hob er den Blick und schaute sie direkt an. Seine blassblauen Augen, denen jegliche Stärke fehlte, sahen zweifelnd aus. »Wieso willst du dich gegen ihn auflehnen? Mach besser einfach, was er will.«

»Aber er will mich einengen! Du hast es doch gehört: Noch nicht einmal einen Führerschein gönnt er mir.«

»Ach, darum geht es dir. Mach dir keine Sorge, irgendwie überzeuge ich ihn schon davon. Ansonsten machst du das halt heimlich. Wenn wir ausfahren, dann sitze ich erst am Steuer. Und später wechseln wir.« Henri zwinkerte ihr schmunzelnd zu, als ob das ein wunderbarer Streich wäre. Dabei war es nur ein Eingeständnis seines eigenen Unvermögens, sich durchzusetzen. Er hatte panische Angst vor seinem Vater, das erkannte sie immer deutlicher. Wie sollte er ihr nur gegen ihn helfen? Er wäre vielmehr ein stummer Beobachter.

Eine Weile ritten sie schweigend weiter. Die Pferde bewegten sich langsam im Schritt, damit sie wieder zu Atem kamen. Das kam Louise zugute, die sich sowieso kaum auf Ambre konzentrieren konnte, weil sie ihren Gedanken nachhing. Wie sollte sie dieses Leben nur ertragen? War der Fortbestand des Weinguts *Etoile* wirklich dieses Opfer wert? Die Angst, sich selbst zu verlieren, schnürte ihr die Kehle zu.

Henri schien davon nichts mitzubekommen, denn er lächelte leise vor sich hin. Hin und wieder warf er ihr bewundernde Blicke zu. Sie unterdrückte ein Seufzen. Sicher, es war schön, so angebetet zu werden. Aber was nützte es, wenn sie diesem Mann lediglich lauwarme Gefühle entgegenbrachte? Spürte er das denn nicht? Er musste sich doch komisch fühlen, weil er sie so viel mehr liebte als sie ihn. Prüfend schaute sie zu ihm und er strahlte sie an. Anscheinend war er vollauf zufrieden mit der Situation.

»Was meinst du? Sollen wir nachher an dem Waldstück nahe der Weinberge eine Rast machen? Dort, wo die mächtigen Eichenbäume sind? Wir könnten danach noch einen kurzen Blick auf die Ernte werfen.«

Louise erstarrte regelrecht bei diesem Vorschlag. Das war die Stelle, wo sie sich immer mit Miguel getroffen hatte. Nirgendwo sonst auf ihrem Gut wuchsen Eichen.

»O nein, da möchte ich nicht hin. Da sind immer so viele Mücken. Und Bremsen. Letztes Mal haben mich gleich drei von den Biestern gestochen, meine Haut ist immer noch ganz voller Beulen.« Gestochen worden war sie zwar tatsächlich, allerdings hatte sie sich die Stiche woanders zugezogen. Aber das musste Henri nicht wissen. Hauptsache, sie hielt ihn davon ab, mit ihr zu diesem Waldstück zu gehen.

»Deine Haut soll natürlich makellos bleiben. Zumal es ja nur noch gut ein Monat bis zur Hochzeit ist.« Sie hatten die Feier so gelegt, dass die Lese und die Nachbereitung der Trauben abgeschlossen waren. Danach konnte die Gärung in den Tanks beginnen und sie hatten etwas mehr Ruhe.

Henri schaute sie fragend an. »Also, wohin möchtest du dann? Zurück zum Gut?«

Louise dachte kurz nach. Wollte sie schon zum Gut *Etoile*, wo Vater sich wie so oft mit Guillaume Bernard besprach? Nein, ihren Schwiegervater in spe wollte sie heute so wenig wie möglich sehen. Sie schaute sich um. Die Felder dehnten sich, so weit das Auge reichte. In der Ferne konnte sie die Spitzen der Weinreben erblicken, die sich im Herbstwind wiegten. Sie erhaschte einen Blick auf die Arbeiter, die mittlerweile fast die ganzen Trauben abgeerntet hatten.

Nur noch drei Tage, dann wäre Miguel für immer fort. Ein Teil von ihr spürte Erleichterung, weil sie nicht mehr jeden Tag an ihre gemeinsame Zeit erinnert wurde. Aber der andere, viel größere Teil weinte bittere Tränen über die verpasste Gelegenheit, glücklich zu werden. Mit Miguel. Dem wunderbaren, leidenschaftlichen Miguel, dessen Hände ebenso sanft wie fordernd sein konnten.

Energisch schüttelte sie den Kopf. Nein, sie durfte nicht mehr darüber nachdenken. Nie wieder, denn sie hatte ihre Entscheidung getroffen. Sie deutete auf das Waldstück, das am weitesten weg von den Rebstöcken und dem Gut lag. »Dorthin können wir. Dort gibt es auch einen wunderschönen, kleinen See.«

Henri runzelte die Stirn. »Das ist aber ein gutes Stück entfernt. Glaubst du, das halten unsere Tiere durch?«

»Ambre bestimmt. Sie ist ausdauernd und zäh.« Liebevoll tätschelte Louise ihrer Stute den Hals. Der Schweiß war mittlerweile weg und sie spürte die Ungeduld des Tieres, wieder anzugaloppieren. Sie hatte schon lange keinen großen Ausritt mehr gemacht und das fehlte ihnen beiden. Sie lachte Henri neckisch an. »Sag bloß, du kannst nicht mehr?«

»Natürlich kann ich noch, aber …«

Weiter kam er nicht mehr, denn Louise hatte Ambre bereits die Hacken in die Seite gestoßen und gleichzeitig die Zügel lockerer gelassen. Sofort schoss die Stute in einem atemberaubenden Tempo los. Louise lachte, als sie aus dem Augenwinkel Henris verdutztes Gesicht bemerkte. Kurz zögerte er, aber dann gab auch er seinem Hengst die Sporen. Chevalier nahm die Verfolgung auf und diesmal schien er gewillt, seine Beine zu strecken.

Ein Rennen also! Louises Augen blitzten auf. Sie hob ihren Körper an, bis sie nach vorne gebeugt in den Steigbügeln stand, so wenig Last wie möglich darstellend. Dabei trieb sie Ambre unermüdlich an, die im wilden Jagdgalopp über Stock und Stein preschte. So schnell war ihre goldfarbene Stute, dass der kastanienbraune Hengst kaum hinterherkam.

»Louise, reite langsamer!«, rief Henri ihr nach.

Also wollte er ihr auch vorgeben, was sie zu tun und zu lassen hatte! Pah, das würden sie ja noch sehen. Anstatt ihre Stute zu zügeln, beugte sie sich enger über den Pferdehals und flüsterte Ambre zu: »Zeigen wir den beiden, was wir können. Sie sollen nur unseren Staub sehen!«

Die Stute schnaubte, als habe sie sie verstanden. Tatsächlich wurde sie noch schneller. Sie jagte in einem so atemberaubenden Tempo über die Felder, dass Louise sich fragte, ob sie sie vielleicht zügeln sollte. Aber dann sah sie wieder Guillaumes überhebliche Miene vor sich, der ihr erklärte, wie sie sich als Frau zu verhalten habe.

Entschlossen trieb sie Ambre noch mehr an. Die Stute reagierte sofort, den Abstand auf Chevalier vergrößernd. Louise lachte zufrieden. Von wegen, Frauen sollten unterwürfig und dankbar sein. Da geriet Ambre mit einem ihrer Hufe in ein Erdloch und brach darin ein. Sie konnte ihren Schwung nicht mehr abfangen. Wiehernd stürzte das Tier und riss Louise mit sich auf den Boden.

Sie ließ sich sofort fallen, rollte sich zur Seite, damit sie nicht unter dem schweren Pferdeleib begraben wurde. Zum Glück ging die Strategie auf. Stöhnend stand sie auf, rieb sich die schmerzenden Knochen und den Hintern, der einen großen Teil des Aufpralls abgefangen hatte. Außerdem war die Haut an ihren Unterarmen abgeschürft. Dafür war aber nichts gebrochen.

Doch wie ging es Ambre? Sie war schwer gestürzt. Hektisch schaute sie sich nach ihrem Tier um. Die Stute lag immer noch auf dem Boden, versuchte verzweifelt aufzustehen. Louise erkannte auf einen Blick, warum es ihr nicht gelang. Eins ihrer Beine stand in einem schiefen Winkel ab. Es war gebrochen. Sie stürzte zu der Stute und strich weinend über ihren Hals. »Das wird wieder, Ambre. Wir sorgen dafür, dass es dir schon bald gut geht.«

Sie drehte sich aufgeregt zu Henri, der in der Zwischenzeit von Chevalier abgesprungen war, um nach ihr zu sehen. »Du musst Hilfe holen!«

Er runzelte die Stirn. »Das ist ein Beinbruch. Du weißt, was man dann normalerweise mit Pferden macht ...«

»Nicht bei Ambre!«, schrie sie und schluchzte nur noch mehr. »Sie ist mein ein und alles. Vater wird wissen, was zu tun ist. Du musst ihn holen. Bitte!«

Kurz zögerte er, dann nickte er. »Gut.« Er schwang sich auf seinen Hengst, dem er die Sporen gab.

Verzweifelt schaute Louise ihm hinterher, während sie versuchte, ihre aufgeregt wiehernde Stute zu beruhigen. »Sch, ganz ruhig, meine Schöne. Papa richtet das Bein und wir werden bald wieder durch den Wald galoppieren.« Eisern klammerte sie sich an diese Hoffnung fest. Ambre durfte nicht sterben. Das würde sie nicht überstehen.

Am nächsten Morgen fühlte sich Hannah wie gerädert, als sie sich mit Stéphane beim Einwohnermeldeamt traf. Er musterte sie misstrauisch und hielt sie auf Abstand, als sie ihn umarmen wollte. »Du siehst blass aus. Bist du noch krank?«

»Nein. Mir geht es wieder gut. Ich habe ... nur schlecht geschlafen«, log sie. Sie musste ihm ja nicht sagen, dass sie sich gestern Abend noch betrunken und danach einem anderen Mann auf die Mailbox gesprochen hatte. Und was für eine dämliche Nachricht das gewesen war! Im Geiste stöhnte sie auf wegen ihrer eigenen Blödheit. Ganz sicher würde Julien sich nie wieder bei ihr melden.

Das Misstrauen in Stéphanes Augen wich einem strahlenden Lächeln. »*Bon*, dann können wir ja versuchen, mehr herauszufinden. Was genau erhoffst du dir denn?«

Sie zuckte mit den Achseln. »Ich weiß nicht. Unterlagen über Louise. Oder etwas über Miguel. Oder zu Henri Bernard. Irgendetwas, das mir weiterhelfen könnte.«

»Und du glaubst, das finden wir hier?«

Sie seufzte. »Vermutlich nicht. Aber ich bin mittlerweile verzweifelt, weil ich nicht weiß, wo ich sonst suchen soll. Ich bin schließlich keine Privatdetektivin.

Vielleicht sollte ich besser einen Professionellen beauftragen.«

Er winkte ab. »*Mais non!* Dabei würdest du nur viel Geld verpulvern und wozu? Ich kann dir doch helfen. Zusammen finden wir sicher heraus, was geschehen ist – und ob bei der Übertragung alles mit rechten Dingen zuging. Wovon ich offen gestanden ausgehe. Vielleicht sollten wir deine kurze Zeit in Reims anderweitig nutzen ... Wir erkunden die Weinberge, machen zwischen den Reben ein deliziöses Picknick. *Et après* – wer weiß?« Er lächelte wieder verheißungsvoll und Hannah Magen vibrierte.

»Schade, mir gefiel die Vorstellung, unverhofft ein Weingut zu erben.« Sie grinste, wurde dann aber wieder ernst. »Vielen Dank für dein Angebot. Ich werde jedoch das Gefühl nicht los, irgendetwas an dieser ganzen Geschichte ist faul. Und mein Bauch hat eigentlich immer recht.«

Er strich ihr mit den Fingerspitzen über die Wange. »*Alors,* deine Entscheidung. Aber denk dran – das Angebot steht. Zumindest die wenigen Tage, die du hier bist.«

Fast zwei Stunden später stand fest: Das Einwohnermeldeamt hatte keinerlei nützlichen Informationen für sie. Sie wusste zwar nun, wann Henri Bernard geheiratet hatte und wen. Und wie jedes einzelne Kind der Vidot-Familie hieß. Allerdings half ihr das nicht die Bohne weiter.

Stéphane stand auf und hielt ihr die Hand hin. »Ich glaube, hier erfahren wir nichts Interessantes mehr. Lass uns etwas essen und danach ... Nun ja, du weißt, was ich gern mit dir anstellen möchte.« Seine Stimme senkte sich und er lächelte Hannah so verführerisch an, dass sie schluckte.

Auf einmal packte sie die Abenteuerlust. Julien hatte sie vertrieben und ihren Job war sie vermutlich auch los. Also konnte sie wenigstens dafür sorgen, etwas Sinnliches zu erleben. Sie stellte sich neben ihn und schaute ihn lasziv an. »Hm, ich glaube, ich erinnere mich nicht mehr. Was genau war das noch mal?«

»Da fallen mir so einige Dinge ein.« Er legte eine Hand auf ihre Schulter und zog sie ein Stück an sich heran. »Ich kenne ein wunderschönes kleines Hotel in der Nähe. Dort könnten wir uns ein Zimmer nehmen – und wälzen uns nackt im Bett miteinander herum«, raunte er. Dabei streichelte er ihren Nacken mit dem Daumen. »Ich bin sicher, auf diese Weise gelangen wir zu weitaus tieferen Einsichten.«

Ihr Mund wurde trocken. Ihre Körper berührten sich fast und sie spürte die unterdrückte Spannung in ihm. Nur mit Mühe konnte sie ein Seufzen unterdrücken. Immerhin waren sie noch auf dem Amt. Sie legte eine Hand auf seinen Oberarm, an dem die Muskeln fest gespannt waren.

»Lass uns gern beim Mittagessen über deinen Vorschlag sprechen«, wisperte sie. Dabei stellte sie sich ein wenig auf die Zehenspitzen, damit ihre Lippen sein Ohr berührten. »Ich bin allmählich offener für deine Argumente.«

In seinem Gesicht zuckte es und seine Augen leuchteten heller. »Ich werde dich sehr gern überzeugen«, gab er leise zurück. Er drückte sie noch enger an sich, wodurch sie jeden einzelnen Muskel in seinem perfekten Körper spürte. Dieser Mann war Verlockung pur.

Stéphane lotste Hannah aus dem Gebäude hinaus, wobei er eine Hand lose auf ihren Rücken legte. Obwohl er ihre Haut nicht berührte, prickelt es an der Stelle. Wie bei Julien. Wo dessen Berührung allerdings eine warme Verbundenheit erzeugt hatte, sandte Stéphane ihr heiße Schauer über den ganzen Körper.

Draußen auf der Straße nahm Stéphane seine Hand weg und Hannah fühlte eine leise Enttäuschung.

»Sollen wir gleich ins Hotel?«, fragte er sie lächelnd.

Schon überkam sie die Angst vor der eigenen Courage. »Lass uns lieber vorher etwas essen. Ich habe Hunger.«

»Da können wir sicher Abhilfe verschaffen. Allerdings solltest du nicht zu viel essen; ich habe einiges mit dir vor.« Er lächelte ihr zu, dann ging er voran, ohne darauf zu achten, ob sie ihm folgte. Hannah runzelte die Stirn. Wirklich charmant war das nicht. Aber Nele sagte ihr ja oft, sie solle sich nicht über jede Kleinigkeit ärgern. Also ignorierte sie ihre aufkeimende Verdrossenheit und folgte ihm.

Schon nach kurzer Zeit erreichten sie einen Platz, in dessen Mitte überall Tische und Stühle verschiedener Restaurants standen. Heute, an einem Dienstag, war nur ein Teil davon belegt. Stéphane schritt bereits auf einen Tisch unter einem großen Sonnenschirm zu und nahm dort Platz. Hannah setzte sich ihm gegenüber.

Der Kellner, ein schlanker Mann mittleren Alters, kam nach wenigen Minuten zu ihnen. Er blickte Stéphane seltsam an, als würde er ihn erkennen, danach überreichte er ihnen die Speisekarte. Er murmelte etwas auf Französisch und Stéphane antwortete. Anschließend schaute er zu Hannah. »Weißt du schon, was du trinken möchtest?«

»Ja, ich nehme eine Weinschorle.«

Stéphane schüttelte sich. »Wie kann eine Sommelière nur einen guten Weißwein so entweihen? Aber *bon, comme tu veux.* Ich werde es für dich bestellen. Allerdings in zwei separaten Gläsern, das schadet sonst meinem Ruf.«

Hannah wartete darauf, dass er lächelte, aber er wirkte todernst bei diesen Worten. War ihm das wirklich wichtig, was andere von ihm dachten? Wie albern.

Kurze Zeit später kam der Kellner mit zwei Weingläsern und einer Flasche Wasser wieder. Er stellte beides auf den Tisch und nahm ihre Bestellung auf: Ein Salat mit Hühnchen für Hannah und eine Tomatensuppe für Stéphane.

Sie mischte Wasser und Wein, danach prosteten sich zu. Der Wein war elegant und frisch. Er passte gut zum Wasser. Hannah stellte das Glas ab und schaute zu Stéphane. Der beugte sich mit einem verführerischen Lächeln vor zu ihr.

»Dann sollten wir jetzt erst einmal unseren kleinen Appetit stillen, bevor wir uns um den großen Hunger kümmern«, raunte er ihr leise zu, wobei er seine Hände auf ihre legte.

Hannah schluckte. Mann, war der Kerl offensiv. Bevor sie sich auf ihn einließ, wollte sie aber ein letztes Mal nachsehen, ob Julien sie wirklich aufgegeben hatte.

Sie entzog Stéphane ihre Hände. »Entschuldigst du mich kurz? Ich muss mich eben *frisch machen.*« Gerade noch rechtzeitig erinnerte sie sich, dass das die höfliche Version für ihr vorgetäuschtes Anliegen war.

»Sicher«, sagte er knapp. Noch bevor sie ganz aufgestanden war, hatte er wieder sein Smartphone in der Hand und versank darin. War der denn mit seinem Job verheiratet? Hannah eilte durch das Restaurant, hinab in den Keller, wo die entsprechenden Örtlichkeiten lagen. Hastig nahm sie das Handy auf.

Einen Anruf hatte sie nicht bekommen. Dafür aber neue E-Mails. Mit zitternden Fingern öffnete sie das Postfach. Dort fand sie sofort die Antwort der HR-Abteilung.

Sehr geehrte Frau Kramer,
wir bedauern, dass Sie über keinerlei sachdienliche Hinweise verfügen. Daher bleibt uns nichts anderes übrig, als diesen Fall zur Anzeige zu bringen. Wir haben der Polizei bereits gemeldet, dass wir Sie als die Hauptverdächtige bei dieser Unterschlagung betrachten. Sollte sich dieser Verdacht als begründet herausstellen, werden wir den Vertrag nachträglich mit Ihnen mit sofortiger Wirkung beenden sowie zivilrechtliche Schritte einleiten. Während des schwebenden Verfahrens beurlauben wir sie ohne Lohnfortzahlung.

Hannahs Magen krampfte sich so heftig zusammen, dass sie sich fast übergeben hätte. Sie zeigten sie an! Dabei hatte sie sich nichts zuschulden kommen lassen. Aber wie sollte sie das nur beweisen, wo jemand so dreist betrogen hatte? Verdammt, wenn sie bloß in Köln wäre. Wobei sie ahnte, dass Annemarie sie gar nicht erst ins Hotel lassen würde.

Stöhnend ließ sie sich auf das WC sinken. Danach nahm sie das Handy wieder hoch, um die ganze Nachricht zu lesen. Der Rest war nur noch Personaler-Gelaber, an wen sie sich wenden könnte, wenn sie dagegen vorgehen wollte.

Tränen der Wut stiegen in ihre Augen. Wer machte denn so eine Scheiße? Hatte Annemarie etwas damit zu tun? Immerhin wollte sie Hannah ja nur zu gern loswerden. Sie traute es ihr zu, dass sie die Weine herausgenommen hatte und sie bei sich verwahrte, damit sie sie endlich feuern konnte. Aber vermutlich würde selbst Annemarie nicht so weit gehen. Es war wahrscheinlicher, dass irgendjemand, der nur vorübergehend bei ihnen gewesen war, lange Finger gemacht hatte. Was viel schlimmer war, weil sich das nie beweisen ließ. Stattdessen hielt man sie für die Täterin.

Einen Moment starrte sie dumpf vor sich hin. Dann schaute sie nach, ob Julien sich gemeldet hatte. Aber sie fand nichts. Keinen Anruf. Keine Sprachnachricht. Und auch keine WhatsApp. Für ihn war sie offensichtlich doch nur eine Kerbe im Bettpfosten. Nun, wo es kompliziert geworden war, wollte er nichts mehr von ihr wissen. Trübsinnig starrte sie auf das Display, als ob er sie anriefe, wenn sie es sich nur fest genug wünschte. Doch es blieb schwarz. Dann erfasste sie Trotz. Das konnte sie auch! Immerhin wartete ein Hammertyp auf sie, der es nicht erwarten konnte, sie zu beglücken.

Hastig steckte sie das Gerät ein und ging zurück zu Stéphane. Der war ganz in sein Handy vertieft, schaute aber auf, als sie den Stuhl wegrückte und sich hinsetzte.

»Genug Dienstliches erledigt. Schließlich habe ich heute frei. Ab sofort widme ich mich ganz dir. So wie eine schöne Frau es verdient.« Er griff nach ihrer Hand und hauchte einen Kuss darauf. Dabei streichelte er gleichzeitig die Innenseite ihres Handgelenks mit seinem Daumen.

Hannah biss sich auf die Lippe, damit ihr kein ungewolltes Keuchen entfuhr. Stéphane lächelte wissend.

Während des Essens setzte Stéphane seine Charmeoffensive fort. Immer wieder platzierte er Andeutungen auf das, was er am Nachmittag mit ihr vorhatte. Schließlich kam die Rechnung, die er ganz selbstverständlich mit einem großzügigen Trinkgeld beglich. Danach schaute er sie durchdringend an und strich sich mit dem Daumen über seine Lippen, was seine Anziehungskraft noch steigerte.

»*Alors*, Zeit für deine Entscheidung. Wohin willst du gleich? In eine weitere piefige Amtsstube, wo du vermutlich sowieso nichts Neues herausfindest – oder in ein Hotel, wo wir uns viel schöneren Dingen widmen?«

Hannah starrte ihn an wie das Kaninchen die Schlange. Wollte sie sich wirklich auf diesen Beau einlassen, der nichts weiter im Sinn hatte als Sex mit ihr? Hatte die französische Atmosphäre schon so auf sie abgestrahlt? Allerdings würde ein Schäferstündchen mit Stéphane kaum die grenzenlose Leere in ihrem Herzen füllen, die Julien hineingeschlagen hatte. Sie zögerte; unsicher, was sie machen sollte.

»Ah, hier steckst du«, hörte sie auf einmal eine bekannte Stimme. Julien! Sie glaubte, ihren Ohren nicht zu trauen. Doch tatsächlich, da war er. Er lief mit einem strahlenden Lächeln auf sie zu. Dann fiel sein Blick auf Stéphane, der sich stirnrunzelnd zu ihm umwandte, und seine Züge entgleisten. »Raphael! Was machst du denn hier?«

Hannah sah erst ihn, dann ihren Begleiter voller Verwirrung an. »Wieso Raphael? Das ist Stéphane.«

Julien lachte bitter auf. »Von wegen! Der Mann, mit dem du dort sitzt, ist mein Chef.«

»Was?« Hannah drehte sich keuchend um. »Hast du mir einen falschen Namen genannt? So wie bei dieser Tochter von dem Kaufhausmanager, von dem Julien erzählt hat?«

Raphael bedachte seinen Untergebenen mit einem finsteren Blick. »Du solltest wissen, dass du als unser Controller keine Firmengeheimnisse im Bett ausplaudern darfst. Das wird noch ein Nachspiel haben!«

»Also ist es wahr? Du *bist* sein Chef?«

»Erwischt«, sagte er grinsend. »Mein Name ist Raphael Bernard und meine Familie ist rechtmäßiger Eigentümer das ehemaligen Weingutes *Etoile*.«

»Und was soll dann die Scharade? Warum hast du mir einen anderen Namen genannt?« Hannah dämmert etwas und sie schluckte. »Dann wusste meine Großtante doch auch, wer du wirklich bist.«

»Ganz genau. Wir wollten alle herausfinden, was du dir so zusammenfantasiert hast. Ob du irgendwelche Beweise hast. Die natürlich gefälscht wären. Oder veraltet. Was auch immer.« Er zuckte mit den Achseln.

Wut stieg in Hannah auf bei seinem borniertem Gesichtsausdruck. Er legte nicht die leiseste Spur eines schlechten Gewissen an den Tag. Vielmehr wirkte er überaus zufrieden mit sich. Am liebsten würde sie ihm in sein attraktives Gesicht springen. Aber vorher gab es wichtigere Dinge zu klären. Sie schaute Julien verwundert an. »Und wieso bist du hier? Meine Nachrichten hast du ja einfach ignoriert.« Noch immer fühlte sie den Schmerz dieser Zurückweisung.

»Wieso sagst du das denn immer wieder? Ich habe dir doch am Sonntag eine Sprachnachricht über WhatsApp geschickt. Darin habe ich dir vorgeschlagen, dass wir uns treffen, ohne über das Weingut Bernard zu sprechen.« Er warf Raphael einen finsteren Blick zu. »Ich bin meinem Arbeitgeber schließlich loyal ergeben.«

Hannah schnappte nach Luft. »Am Sonntag? Aber ... auf meinem Gerät ist keine Meldung. Hier, sieh selbst.« Sie hielt ihm ihr Smartphone vor die Nase. Sofort griff er in seine Tasche, um ihr sein eigenes Gerät zu zeigen.

»Seltsam. Ich habe dir doch eine Nachricht darauf gesprochen. *Ecoutes!*« Er tippte darauf und Hannah hörte die Aufzeichnung: »*Salut, ma chérie,* natürlich möchte ich nicht ganz auf deine Gesellschaft verzichten. Aber du musst verstehen, dass ich nichts gegen meinen Arbeitgeber sagen darf. Also, folgender Vorschlag: Du gehst tagsüber auf Recherche, und die Nächte gehören mir. *Bon?*«

Also hatte er sie wirklich angerufen. Wärme floss durch ihre Glieder. Aber warum hatte sie das nicht auf ihrem Handy? Plötzlich fiel es ihr wie Schuppen von den Augen. Sie hatte Stéphane – nein, Raphael – ihr Gerät überlassen. Sie drehte sich zu ihm und das hinterhältige Lächeln auf seinen Lippen bestätigte ihren Verdacht. »Das warst du! Du hast die Nachricht gelöscht, um mich anzubaggern. Das ist echt das Allerletzte.«

Stéphane grinste nur noch gemeiner. »Wieso, es hat doch gut geklappt, nicht wahr, *ma chérie?*« Er strich mit den Fingerspitzen über ihr Gesicht und es kam ihr vor, als liefen Flöhe darüber. Hastig machte sie sich von ihm los.

»Oh, auf einmal so schüchtern?« Er schüttelte gespielt betrübt den Kopf. »Möchtest du Julien erzählen, welche Pläne wir für den Nachmittag hatten oder soll ich ihm das lieber sagen?« Als sie schwieg, lächelte er Julien an. »*Alors,* Hannah und ich wollten einen sinnlichen Nachmittag in einem Hotel verbringen.«

Sofort schoss das Blut in Hannahs Wangen und ihr Magen krampfte sich zusammen. »Ich ... ich habe noch nicht zugesagt«, stotterte sie und betete, dass Julien ihr glaubte.

»*Mais oui, mon amour.* Vielleicht nicht mit Worten, doch dein Körper hat ja geschrien.« Er grinste Julien an. »Du kannst gern versuchen, ihre Leidenschaft wieder neu zu entfachen. Ich befürchte nur, die hat sie mittlerweile an mich verloren. Nun, viel Spaß damit, die Nummer zwei zu sein. Das kennst du ja.« Lachend stand er auf und ging davon.

Juliens Gesicht wurde zu einer starren Maske, während er seinem entschwindenden Chef nachsah. Danach wandte er sich Hannah zu und schaute sie mit unergründlichem Blick an. »Ich glaube, du schuldest mir eine Erklärung. Warum hast du dich mit Raphael getroffen? Und woher kennst du ihn?«

»Er war am Sonntag bei den Vidots und wurde mir als Freund des Hauses vorgestellt. Unter falschem Namen. Da haben alle mitgespielt. Warum auch immer sie das getan haben.« Das verletzte Hannah am meisten, denn sie mochte Florence sehr. »Ich wusste doch nicht, wer er ist! Er hat eiskalt gelogen.«

»Bei Raphael wundert mich gar nichts mehr. Er macht alles, um an sein Ziel zu kommen.« Julien schnaubte. Dann wurde sein Blick unsicher. »Ist es denn wahr? Hast du dich wirklich in ihn verliebt?«

Sie schüttelte den Kopf. »Nein, auf keinen Fall! Er hat es zwar darauf angelegt. Aber ich ... ich habe immer nur an dich gedacht.« Verlegen schlug sie die Augen nieder. Das war ja schon beinahe eine Liebeserklärung von ihr.

Sofort setzte er sich auf den Platz neben sie und zog sie in seine Arme. »Und ich an dich! Meine hübsche Sommelière mit den Rosé-Champagner-Haaren.« Liebevoll strich er durch ihre Haare und die Berührung sandte sanfte Wellen über ihren ganzen Körper. Dann zog er sie an sich und küsste sie so stürmisch, dass ihr Hören und Sehen verging. Saß Raphaels Stachel so tief in ihm, dass er sich ihrer Gefühle vergewissern wollte?

Sie erwiderte den Kuss genauso leidenschaftlich, bis sie sich schwer atmend voneinander lösten. »Danke, dass du hergekommen bist.« Sie drückte seine Hand.

»*Naturalement!* Ich habe schließlich die ganze Zeit auf deinen Anruf gewartet und konnte nicht verstehen, warum du dich nicht meldest. Wer konnte denn auch ahnen, dass dieser Mistkerl meine Nachricht löscht!« Es zuckte in seinem Gesicht. »Als ich gestern deine säuerliche Nachricht gehört habe, dachte ich mir schon, dass etwas schief gegangen ist. Da ich geahnt habe, wo du bist, wollte ich dich auf dem Amt abpassen. Aber dann musste ich länger arbeiten und alle Restaurants abklappern. Doch nun haben wir uns ja gefunden!«

Er strahlte sie an und hauchte ihr einen Kuss auf den Scheitel. Hannah schloss die Augen und lehnte sich gegen ihn, während sein Geruch sie umhüllte. Bei ihm fühlte sie sich so geborgen, so verstanden. Sanft hob er ihr Gesicht an und sie öffnete die Lider. In seinen braunengrünen Augen stand so viel Wärme, dass es sie bis ins Mark traf.

»Wir werden herausfinden, was er vor dir verbergen wollte, *ma chérie*«, flüsterte er ihr.

»Wir?«

»*Mais oui.* Irgendwie schaffe ich es schon, dir zu helfen, ohne meinen Job zu verlieren. Und selbst wenn er mich feuert! Den Machenschaften der Familie Bernard muss man das Handwerk legen. Ich bin mir mittlerweile ganz sicher, dass sie etwas zu verheimlichen haben. Sonst hätte Raphael sich nicht an dich herangemacht.«

»Wenn ich das bloß beweisen könnte.« Sie seufzte. »Im Archiv habe ich nichts gefunden. Außer einem Artikel über einen verschwundenen Erntehelfer. Doch der hatte nichts mit unserem früheren Gut zu tun. Zumindest hat Raphael das gesagt. Falls er nicht gelogen hat ...« Aufgeregt griff sie in ihre Tasche und holte die Ausdrucke hervor. »Hier, schau mal. Was steht denn dort genau?«

Juliens Augen huschten über den Artikel. Schließlich pfiff er leise durch die Zähne. »Also irgendeine Verbindung könnte es da schon geben. Denn dieser spanische Erntehelfer hat auf dem Gut *Etoile* gearbeitet. Bis er eines Morgens nicht mehr zur Lese erschienen ist. Kein Mensch weiß, was geschehen ist. Die Polizei fand keine Anzeichen für ein Gewaltverbrechen, daher gingen sie davon aus, er wäre einfach so verschwunden. Aber seine Freunde haben gesagt, das hätte er niemals gemacht. Er oder besser seine Familie brauchten das Geld zu dringend.«

Hannah sah ihn nachdenklich an. »Da ist doch etwas faul. Erst verschwindet Oma Louise und dann dieser Miguel. Das kann kein bloßer Zufall sein.«

»Vermutlich nein. Aber es war umgekehrt.« Er tippte auf den Ausdruck. »Der Artikel erschien erst eine Weile nach dem Vorfall. Bestimmt hat man es am Anfang nicht ernst genommen. Er war ja schließlich nur ein Erntehelfer.« Er zog die Mundwinkel verächtlich hinab und fuhr sich durch die Haare. Dann betrachtete er den Artikel erneut. »Sieh nur, heute ist sogar Jahrestag. Miguel verschwand genau heute vor fast sechzig Jahren. Das ist alles sehr seltsam ... Ich denke, es würde sich lohnen, deine Familie noch einmal zu besuchen.«

Nachdenklich nickte sie. »Bestimmt. Florence hat meine Großmutter sehr geliebt. Vielleicht erfahren wir ja doch etwas, wenn ich gezielt nach diesem Miguel frage ...«

»*Alors,* dann lass uns gleich aufbrechen. Manchmal erzielt man mit einem Überraschungsbesuch die besten Wirkungen. *D'accord?*« Fragend schaute er sie an.

Hannah nickte und stand auf. »Worauf warten wir?«

Lachend erhob er sich ebenfalls. Wieder nahm er ganz selbstverständlich ihre Hand. Ihre Finger verschränkten sich miteinander, als gehörten sie zusammen. Und genau so empfand Hannah ihre Verbindung. Als ein wir.

Kapitel 12

Reims, 1965

Es dauerte eine gefühlte Ewigkeit, bis Henri endlich wiederkam. Anfangs hatte Ambre immer wieder verzweifelt wiehernd versucht, sich zu erheben. Doch mittlerweile schien sie erkannt zu haben, dass sie ihrer Verletzung damit nur noch mehr schadete. Sie lag nun regungslos auf dem Boden und ließ sich von der weinenden Louise streicheln.

Dann, die Sonne stand schon weit im Westen, hörte sie endlich lautes Hufgetrappel. Das klang nach mehr als nur zwei Pferden. Hatte Henri noch jemanden außer ihren Vater geholt? Sie horchte in die Stille des Nachmittags hinein. Ja, das waren mindestens drei Tiere. Kaltes Entsetzen ergriff Louise, als sie ahnte, wer vermutlich mit dabei war. Da tauchten auch schon Pferde und Reiter auf. Neben dem stämmigen Henri und ihrem korpulenten Vater erkannte sie Guillaumes schmale Gestalt. Natürlich hatte Henri auch ihn geholt. Für ihn war er ja schon der neue Besitzer von Gut Etoile – und für ihren Vater sowieso.

Die Männer erreichten sie und zügelten ihre Tiere. Ihr Vater saß als erster ab und eilte mit sorgenvoller

Miene auf Louise zu. »Oh, mein Schatz, es tut mir so leid. Die arme Ambre.« Er ging in die Knie und tätschelte der Stute den Hals, was diese mit einem leisen Schnauben quittierte.

Er musterte die Beine des Tieres. Beim linken Bein stand der Unterschenkel unnatürlich ab. Fachmännisch ließ ihr Vater seine Hand über die Knochen wandern und befühlte sie vorsichtig. Ambre wieherte laut vor Schmerzen, als er den unteren Teil erreichte. Sein Gesicht verzog sich vor Kummer.

»Schatz, es tut mir leid. Das Bein ist gebrochen. Glatter Durchbruch. Da können wir nichts mehr machen.«

»Was ... was soll das heißen? Du kannst sie nicht einfach aufgeben. Wir müssen einen Tierarzt rufen!«, forderte sie.

»Spart euch das Geld lieber, um die Gehälter eurer Angestellten zu bezahlen. Dann müsstet ihr nicht immer mich um Geld bitten«, schaltete sich Guillaume gehässig ein, der in der Zwischenzeit mit Henri näher gekommen war. »Dieses Vieh erholt sich nie wieder. Damit ist es nutzlos geworden. Wir können es nur noch erschießen.«

»Ambre ist kein *Vieh*«, empörte sich Louise mit bebender Stimme. »Und nutzlos ist sie sowieso nicht! Sie ist mein Pferd und ... und meine Freundin.« Weinend strich sie der Stute über die weiche, wallende Mähne. Gequält schaute sie die Männer an. »Ihr dürft sie nicht töten. Bitte, Vater! Das würde ich nicht überleben.«

Ihr Vater seufzte so tief, als wollte er damit sein schlechtes Gewissen vertreiben. »Schatz, du weißt, dass Pferde sich nie von solchen Verletzungen erholen. Sie ist vermutlich niemals wieder in der Lage, sich normal zu bewegen und wird Schmerzen haben. Und ganz sicher wird sie dich nie wieder auf ihrem Rücken tragen können.«

»Das ist mir egal, solange sie lebt«, schluchzte Louise.

»Aber mir nicht! Ich werde kein Biest durchfüttern, das keine Aufgabe mehr erfüllt«, knurrte Guillaume. Er drehte sich ohne weitere Worte um und ging zu seinem Pferd. Dort tastete er in der Satteltasche herum, bis er fand, was er suchte. Namenloses Entsetzen erfasste Louise, als sie sah, was er herausholte: Es war eine Pistole. Klein und tödlich. Er nahm sie an sich, drehte sich um und kehrte mit schweren Schritten zurück zu ihnen.

»Nein!« Louise sprang hektisch auf und stellte sich zwischen Guillaume und ihre verletzte Stute. »Das darfst du nicht machen. Sie ist mein Pferd, hörst du?« Er starrte sie aus seinen schiefergrauen Augen an, die so erbarmungslos aussahen, wie er war. »Geh zur Seite, Mädchen«, knurrte er. »Auf diesem Gut gehört bald alles mir; jeder Stein, jede Rebe und auch jedes Pferd. Und ich dulde keine nutzlosen Tiere in meinen Stallungen. Also lass mich das tun, was ich bald sowieso machen würde.«

»Das darfst du nicht!« Verzweifelt versuchte sie, ihm die Pistole wegzunehmen. Aber Guillaume stieß sie so grob zur Seite, dass sie taumelte. Beinahe wäre sie gestürzt, wenn ihr Vater sie nicht aufgefangen hätte.

»Papa, bitte lass das nicht zu«, wimmerte sie. Sie ertrug nicht noch einen Verlust. Das war zu viel für sie.

Betrübt schaute er sie an. Liebe und Kummer lagen in seinen Gesichtszügen. Er wusste, wie sehr sie diese

Stute liebte, die sie schon als Fohlen aufgezogen hatte. »Louise, bitte. Er verkürzt nur Ambres Leidensweg.«

Henri kam nun auch auf Louise zu und stellte sich neben sie. Fürsorglich legte er den Arm um sie.

»Henri, dann hilf du mir. Rette Ambre!«, wisperte sie.

Es zuckte in seinem Gesicht und sie hoffte schon, dass er den Mut fand, sich gegen seinen Vater zu behaupten. Doch dann schickte Guillaume ihm einen düsteren Blick und Henri senkte sofort den Kopf. »Es ist besser so für das arme Tier. Erspare ihr diese Schmerzen«, murmelte Henri leise.

Louise könnte schreien, weil alle so taten, als wollten sie nur das Beste für Ambre. Dabei ging es ihnen bloß um sich selbst. Die Behandlung wäre zu teuer und hätte zu wenig Aussichten auf Erfolg. Deswegen töteten sie lieber.

»Bitte nicht. Ambre muss leben. Für mich.« Sie wollte zurück zu ihrer Stute gehen, doch Henri und ihr Vater hielten sie fest. Sanft, aber dennoch entschlossen.

Guillaume schnaubte. »Typisch Frau. Kein Sinn für das, was getan werden muss. Das muss ein Ende haben.« Er hob die Pistole an und ging dichter an die am Boden liegende Ambre zu.

»Nein!«, brüllte Louise. Sie hegte die verzweifelte Hoffnung, dass ihre Stute vielleicht doch aufstand und diesem Scheusal zeigte, dass sie noch lange nicht nutzlos war. Aber Ambre richtete ihre sanften Augen nur mit einem schwachen Schnauben auf ihren Mörder. Guillaume hob die Waffe an und zielte ruhig auf den Kopf der Stute. Erneut wollte Louise aufschreien, aber ihr Vater legte ihr die Hand auf dem Mund und ihr Schrei hallte bloß in ihrer Seele nach.

Dann löste sich ein Schuss und traf Ambre mitten in der Stirn. Ein Zucken ging durch den Körper der Stute, danach erstarb der Glanz ihrer wundervollen, samtigbraunen Augen. Hellrotes Blut floss über das goldene Fell. Bei dem Anblick konnte Louise nicht mehr an sich halten. Sie riss sich mit einer Kraft, die sie selbst überraschte, los und stürzte sich auf Guillaume.

»Du hast sie getötet, du Mörder!«, brüllte sie, während sie mit Fäusten gegen seine Brust trommelte.

Er war einen Moment anscheinend zu verdutzt, um zu reagieren. Dann fand er seine Fassung wieder und reagierte, indem er Louises Fäuste mit einer Hand festhielt. Als sie wieder versuchte, ihn zu schlagen, gab er ihr eine schallende Ohrfeige. Schockiert hielt sie sich die Wange, dann sank sie weinend neben der Stute zu Boden.

»Guillaume, es reicht!«, entfuhr es ihrem Vater mit zornbebender Stimme. »Du kannst über das Pferd entscheiden, aber du wirst nicht die Hand gegen meine Tochter erheben.«

Der alte Bernard betrachtete erst ihn und danach Louise mit steinernem Blick. »Gut, für die Ohrfeige entschuldige ich mich.« Er ließ sich neben ihr hinabsinken. Anstatt, um Verzeihung zu bitten, knurrte er ihr leise ins Ohr: »Mach das nie wieder, du Biest. Sonst wird Henri bald nach der Hochzeit zum Witwer, hörst du? Du hast ja gesehen, wie gut ich mit einer Waffe umgehen kann.«

Schockiert starrte sie zu ihm auf, unfähig auch nur ein Wort auf diese kaum verhüllte Drohung zu erwidern.

Guillaume richtete sich wieder auf und klopfte ihr scheinbar gutmütig auf die Schulter. »Na, siehst du. Ich bin mir sicher, du kommst bald über den Verlust des Tieres hinweg. Such dir ein Schönes von unseren aus.«

Wie betäubt starrte sie an. Grauen stieg in ihr auf. Dieser Mann wollte sie zerbrechen, damit er sie danach wieder so zusammenfügen konnte, wie es ihm passte.

Reims, heute

Keine halbe Stunde später erreichten sie das Haus, in dem Florence lebte. Die alte Dame öffnete ihnen sofort und musterte sie mit einer Mischung aus Freude, Verwunderung und Beunruhigung. Letztere Gefühlsregung wurde vor allem offensichtlich, sobald ihr Blick auf Julien fiel.

Der sah sie mit gerunzelter Stirn an und stieß einen Redeschwall auf Französisch aus. Dabei wirkte seine Miene wie eingefroren. Hannah, die ihre App erst später nutzen wollte, verstand nichts, bis auf die Wörter Stéphane und Raphael. Nach einigen Erklärungen von Florence hellte sich Juliens Gesicht wieder auf und er lächelte die ältere Dame an.

»Die Farce mit Raphael tut ihr leid«, sagte er Hannah. »Aber Gustave wollte keinen Ärger mit der Familie Bernard. Deswegen hat er sie sofort angerufen, als ich den Termin für dich arrangiert habe. Dann kam Raphael und hat diese Scharade erzwungen. Er wollte sich dein Vertrauen erschleichen und alle Beweise vernichten, die seiner Familie schaden könnten. Typisch für den Bastard.« Er schnaubte. Dann schüttelte er den Kopf.

»Er hat den beiden gedroht, ihnen sonst das Haus wegnehmen und sie in ein Altersheim bringen zu lassen. Das fürchten sie mehr als alles andere.«

Hannah nickte und lächelte Florence an, die sie ängstlich betrachtete. »Es ist gut, ich verstehe das schon. Immerhin sind die Bernards eine bedeutende Familie; wer weiß, wozu sie in der Lage sind. Wer will schon sein Haus und seine Selbstständigkeit verlieren? Und ich bin eine Fremde. Eine Enkelin, von der niemand etwas wusste.«

Florence, die anscheinend spürte, dass Hannah ihr nichts nachtrug, nahm sie am Arm. Während sie sie in das Wohnzimmer führte, redete sie auf Französisch auf sie ein. Julien hielt sich mit der Übersetzung zurück. Doch es war klar, dass sie sich mit ihnen hinsetzen und reden wollte. Das Licht flutete in den Raum und unterstrich die heimelige Atmosphäre. Ihre Großtante schob sie sanft auf den Stuhl und strich mit ihren schmalen Fingern über die Schulter.

Danach setzte auch sie sich. Fast gleichzeitig mit Julien, der neben Hannah Platz nahm. Sie hob ihr Handy an. »Ich würde gern eine Übersetzungs-App laufen lassen.« Als sie den fragenden Blick der Älteren auf sich spürte, wandte sie sich an Julien. »Kannst du ihr das bitte erklären?«

»Sicher.« Er sprach eine Weile mit ihr, schließlich drehten sie sich zu ihr. »*Alors, commençons*«, sagte Florence.

In der Zwischenzeit hatte Hannah bereits den Auto-Modus aktivierte und eine Frauenstimme übersetzte: »Also gut, lasst uns beginnen.« Na, das klappte ja schon einmal. Nun konnte sie ihr Verhör starten. Wenn sie nur wüsste, wie sie das am besten machen sollte. Eine kurze Weile sammelte sie sich. Dann räusperte sie sich und fiel mit der Tür ins Haus. »Florence, was weißt du über Miguel?«

Noch während die App die Frage übersetzte, riss die Ältere ihre Augen auf und presste die faltigen Hände gegen den Mund. Kein Wort drang über ihre Lippen, sondern sie öffnete und schloss sie immer, als schnappte sie nach Luft.

Eine Zeit lang dachte sie, ihre Großtante würde schweigen. Auf einmal stieß sie einen wahren Redeschwall aus. Als Florence zwischendurch tief Luft holte, startete das Handy das Dolmetschprogramm. »Der arme Miguel. Er war Louises heimlicher Geliebter. Ein gut aussehender spanischer Erntehelfer, in den sie sich während der Lese verliebt hatte. Ich wusste nichts davon. Bis ich zufällig erfuhr, dass sie gemeinsam weglaufen wollten. Ein Teil von mir verstand sie, denn Louise hat Henri niemals geliebt. Trotzdem wollte sie ihn anfangs heiraten, um die Äpfel wegzubringen.«

Irritiert schaute Hannah auf das Gerät und Julien grinste. »Das ist definitiv eine falsche Übersetzung. Sie hat gesagt, *um unser Weingut zu retten*. Louises unerwünschte Hochzeit sollte anscheinend den Bestand des Guts *Etoile* sichern.«

Wie gut, dass er dabei war und solche Fehler ausmerzen konnte. Hundertprozentig konnte eine kostenlose App ja eigentlich nicht sein. Aber in Kombination war es perfekt.

Florence schaute sie fragend an. Als Hannah ihr zunickte, sprach sie weiter. Dabei umklammerten ihre

Hände einander krampfhaft, wodurch die Falten stärker hervortraten. Die App dolmetschte wieder mit einer kurzen Verzögerung.

»Ich habe eines Abends etwas auf dem Dachboden gehört. Natürlich dachte ich, es wären unsere Bediensteten und habe deswegen nachgesehen, um sie melden zu können. Aber stattdessen waren es Louise und Miguel. Ich hörte, dass sie gemeinsam nach Deutschland gehen wollten; um ein neues Leben anzufangen. Sein Cousin, der dort wohnte, hatte ihnen schon Arbeit besorgt. Ich war zutiefst bestürzt. Wie konnte Louise ihr Leben nur wegen einer kleinen Affäre wegwerfen? Vor diesem Fehler wollte ich sie bewahren.«

Sie knetete ihre Finger noch fester, während die App übersetzte und Julien korrigierte. Dabei starrte sie so intensiv auf ihre Hände, als sei dort ein Geheimnis verborgen. Nachdem Stille herrschte, seufzte sie schwer, bevor sie mit leiser Stimme fortfuhr. »Deswegen habe ich etwas Unverzeihliches getan. Anstatt direkt mit Louise zu sprechen, habe ich unserem Vater davon erzählt. Ich hatte gehofft, dass er sie zur Vernunft bringt. Aber stattdessen ist er weggefahren und hat Guillaume geholt. Zumindest muss Vater das gemacht haben. Seine Ankunft habe ich nicht gesehen, da habe ich geschlafen. Aber ich habe mitbekommen, dass er mitten in der Nacht weggefahren ist.«

Hannahs Augen wurden immer größer, je mehr die App enthüllte. »Also könnten die beiden bei Miguel gewesen sein? Aber wieso? Was haben sie ihm getan? Haben sie ihn …?« Sie sprach das Wort nicht aus.

Florence verstand auch so, was sie meinte. Sie schüttelte traurig den Kopf. »Was genau in jener Nacht geschehen ist, weiß ich nicht. Damals habe ich geglaubt, dass sie nur mit ihm gesprochen haben – sie haben ihm Geld angeboten, damit er Louise verlässt. Das hat Vater ihr zumindest erzählt. Aber jetzt denke ich, es ist etwas Entsetzliches passiert!«

Während die App übersetzte, brach die alte Frau in Tränen aus. Hannah drückte sanft ihre Hand. Ihre Gedanken rasten. Also hatte ihre Großmutter wirklich eine leidenschaftliche Affäre mit einem spanischen Erntehelfer gehabt. Sie wollte ihn sogar heiraten und mit ihm durchbrennen. Auch wenn das romantisch klang, so wusste Hannah mittlerweile, dass es wohl nicht dazu gekommen war. Bloß: Warum nicht?

Julien sah sie bedeutsam an. »Du hattest recht. Es gab einen Zusammenhang zwischen den beiden.«

Hannah nickte. Stumm wartete sie, bis sich die ältere Dame beruhigt hatte. »Und wie ging es danach weiter?«

Florence entzog ihr die Hand und nahm ein Taschentuch. Dezent schnäuzte sie sich. »Am nächsten Tag ist Miguel nicht zur Lese gekommen. Er war weg. Unser Gutsverwalter kam, um Vater davon zu erzählen. Louise war verzweifelt, als sie davon erfuhr. Doch Vater sagte ihr anscheinend, sie sollte froh sein. Guillaume Bernard habe Miguel viel Geld geboten, damit er sie verließ. Und er habe ihn nicht lange überzeugen müssen. Doch sie glaubte ihm kein Wort.«

»Aber du schon. Zumindest damals. Warum, wo doch die Umstände so seltsam waren?«, hakte Hannah nach.

Florence zuckte mit den Schultern und schaute zu Hannah auf. Nachdenklich musterte sie, bevor sie langsam sagte: »Vielleicht wollte ich es glauben. Außerdem: Miguel und seine Familie waren arm. Das Geld der Bernards könnte ihnen ein Leben in Wohlstand bescheren. Welcher Mann würde sich das schon wegen einer Frau entgehen lassen?«

»*Moi*«, sagte Julien leise, während die App die Worte wiederholte. »Ich würde alles für meine Liebste machen. Wenn sie es wert ist.« Dabei schaute er Hannah tief in die Augen. Ein warmes Gefühl breitete sich in ihrem Magen aus, wanderte von dort durch ihren ganzen Körper. Meinte er sie damit? Nur schwer konnte sie sich weiter auf Florence konzentrieren, die nach einem Moment der Pause mit erstickter Stimme und starren Augen weitersprach.

»Vater sagte ihr auch, was ich getan hatte.« Sie stöhnte voller Gram. »Ich werde niemals vergessen, wie sie mich danach anschaute. Als habe ich alles, was uns jemals verbunden hatte, verraten. So war es aus ihrer Sicht auch. Dabei tat ich es aus Liebe zu ihr. Aber das konnte sie nicht sagen. Sie hat mich danach mit Kälte und Missachtung gestraft. Eine Woche später verschwand sie einfach. Meine arme kleine Schwester. Ich habe sie und ihre Liebe verraten. O Gott, was haben Vater und Guillaume Bernard nur gemacht? Miguel war nicht der raffgierige Mann, als den sie ihn dargestellt haben. Dazu haben sie zu liebevoll miteinander gesprochen, als ich sie gesehen habe. Die Liebe, die sie füreinander gefühlt haben, lag in jedem Blick, jeder Berührung, jedem Wort. Warum habe ich das bloß nicht erkannt? Ich befürchte, sie haben den armen Kerl ermordet. Und das ist alles meine Schuld!« Wieder stiegen der Älteren Tränen in die Augen. Diesmal kamen sie mit der Wucht einer Sintflut. Ihre schmalen Schultern bebten, als sie die Hände vors Gesicht schlug und schluchzte.

Hannah stand spontan auf, um sie in den Arm zu nehmen. »Es war nicht deine Schuld, Tante Florence. Sondern die der Männer. Sie haben Miguel ...« Ihre Stimme erstarb. Ja, was hatten sie mit dem Ärmsten gemacht? Hatten sie ihm wirklich nur Geld geboten? Aber warum waren sie dann die ganze Nacht unterwegs gewesen? Sie befürchtete vielmehr, die beiden Männer hatten Louises störenden Geliebten mit Gewalt aus dem Weg geräumt. Bei diesem Gedanken krampfte sich ihr Magen schmerzhaft zusammen.

Ging es um einen Mord? Hatten Louises Vater – ihr Urgroßvater – und Guillaume Bernard den Erntehelfer getötet? Aber was hatte das mit dem Weingut zu tun? Wieso war es später in den Besitz der Bernards übergegangen? Fragen über Fragen, doch nur wenig Antworten.

»Hat die Polizei diesen Fall denn untersucht? Haben sie jemals in Erwägung gezogen, dass Miguel nicht freiwillig gegangen ist?« Julien sprach die Worte auf Französisch, doch die immer noch aktive App übersetzte sie sofort, sodass Hannah ihn ebenfalls verstand.

Florence hob die Achseln. »Ja, sie sind gekommen. Aber die Untersuchung dauerte nicht lange. Sie haben Vater, den Gutsverwalter und den Vorarbeiter befragt. Als sie nichts gefunden haben, haben sie den Fall abgehakt. Schließlich handelte es sich nur um einen Erntehelfer. Damals ging man solchen Fällen nicht sehr ernsthaft nach – zumal unser Vater jeden Bezug leugnete. Louise wollte der Polizei zwar alles über ihre Liebschaft sagen, aber Vater hat es ihr verboten. Er drohte ihr, sie zu enterben. Es sei schon schlimm genug, dass die Bernards etwas von ihrer Affäre wussten. Louise glaubte, dass wir alle etwas Entsetzliches vertuschten. Sie war auf alles und jeden zornig. Vor allem auf mich.«

Florence senkte den Kopf. Trotzdem erkannte Hannah Tränen, die in ihren Augen glitzerten. Nach einer Weile straffte die ältere Dame die Schultern und stand auf.

»Bien. Je vais nous chercher du café maintenant.« Seufzend ging sie Richtung Küche.

Auch ohne die App verstand Hannah, dass Florence ihnen Kaffee anbieten wollte. Sie stand auf, setzte sich wieder neben Julien und starrte vor sich hin. »Die arme Florence. Mit solch einer Schuld zu leben. Und Oma Louise! Nicht zu wissen, ob ihr Geliebter sie verlassen hatte oder sogar ermordet wurde. Entsetzlich.« Betrübt schüttelte sie den Kopf.

Julien legte seinen Arm um sie. »Willst du denn wirklich herausfinden, was geschehen ist? Was ist, wenn es ein Mord war? Willst du das deiner Großtante sagen?«

»Ich will die Wahrheit wissen. Für Oma.«

»Das verstehe ich.« Julien musterte sie. »Aber es wird sicher nicht einfach werden, die Wahrheit ans Licht zu bringen, *ma chérie.* Und sie wird wehtun, so oder so.«

Hannah nickte. Das war ihr bewusst. Dennoch spürte sie den unerklärlichen Drang, das Geheimnis zu lüften.

Es würde sie wahnsinnig machen, wenn ihr das nicht gelang.

Nach einer Weile kam Florence mit einem Tablett wieder, auf dem drei Kaffeetassen und ein wenig Gebäck standen. Sie stellte das Servierbrett auf den Tisch, setzte sich hin und reichte danach jedem eine Tasse voll dampfenden Café au Lait. Hannah pustete kurz, damit das heiße Getränk ein wenig abkühlte. Anschließend nahm sie einen Schluck. Er war schön stark und süß, genauso wie sie ihn mochte.

Sie tranken schweigend, jeder in seine Gedanken versunken. »Und wie ging es danach weiter?«, fragte Hannah schließlich zögerlich.

Florence schüttelte seufzend den Kopf. »Auf dem Weingut war nichts mehr so wie vorher. Nachdem Louise weg war, verlor Vater jeglichen Lebensmut. Sie war sein Augenstern gewesen; seine Inspiration. Ich zog mich ebenfalls weiter zurück, weil ich mich so entsetzlich schuldig fühlte. Nur Mutter benahm sich wie immer.«

Hannah konnte sich vorstellen, dass eine solche Tragödie die Familie auseinanderriss. Trotzdem musste sie weiterbohren. »Was war mit ihrem Verlobten? Und dem Weingut? Wieso ist es an die Bernards gegangen?«

»Henri heiratete einige Monate später die Tochter eines Hotelmagnaten und zog zu ihr nach Paris. Sein Vater blieb in Reims und machte Geschäfte mit uns, als wäre nie etwas passiert. Seine Aufträge halfen uns über einige schwere Jahre hinweg. Immer, wenn das Gut finanzielle Probleme hatte, platzierte Guillaume Bernard eine Großbestellung bei uns. Anscheinend verband die beiden Männer diese Nacht.« Florence seufzte erneut und nippte an ihrem Kaffee.

»Doch dann starb Vater und die Aufträge blieben aus. Als auch noch unsere Presse kaputt ging, konnten Mutter und ich das Weingut nicht mehr halten. Wir verkauften es an Henri Bernard. Der die Marke *Etoile* für alle Zeiten sterben ließ. Er hat alles, was daran erinnerte, entfernen lassen. Sogar das schöne Tor sieht heute anders aus.« Sie tippte auf das Bild. »Der Stern, der für unser Weingut stand, wurde durch das Wappen der Bernards ersetzt. Henri hat es anscheinend nie verwunden, dass Louise ihn so gedemütigt hat.«

Nachdem die App Florences Worte übersetzt und Julien wieder einiges klargestellt hatte, schwiegen sie eine Weile.

Hannah schaute ihre Großtante ernst an. »Wenn du mittlerweile selbst an ein Verbrechen glaubst – warum hast du niemals versucht, das Geheimnis zu lüften?«

Florence starrte blicklos aus dem Fenster in den gepflegten Garten. Allerdings hatte Hannah das Gefühl, dass vor ihrem geistigen Auge ein ganz anderes Bild erschien. »Ich hatte Angst vor dem, was ich finde. Ich wollte den Familiennamen nicht noch mehr in den Dreck ziehen. Daher habe ich mir viele Jahre lang eingeredet, Miguel hätte Louise tatsächlich des Geldes wegen verlassen. Aber das kann ich nicht mehr. Bitte, Hannah, suche nach der Wahrheit! Auch wenn ich nicht weiß, wo du sie findest.«

Kapitel 13

Reims, 1965

Louise fühlte nichts mehr, als sie zurück zum Gut ritten. Die Männer hatten in weiser Voraussicht bereits ein Pferd für sie mitgeführt. Es war eine hübsche Fuchsstute mit ausgreifendem Schritt, aber wenig Temperament. Kein Ersatz für ihre geliebte Ambre. Die nun tot war. Eiskalt getötet von ihrem baldigen Schwiegervater. Eisern verdrängte sie die Erinnerung an die Erlebnisse von vorhin und konzentrierte sich nur noch auf den Rhythmus der Pferdehufe. Sie trabten durch die Felder und die Geräusche klangen gedämpft.

Guillaume führte ihren kleinen Trupp an, während Henri und ihr Vater neben ihr ritten und sie immer wieder besorgt anschauten. Die arme Ambre mussten sie zurücklassen. Alois sollte sie später mit dem Traktor holen. Plötzlich sah sie wieder ihre tote Stute vor sich, mit dem Loch in der Stirn und all dem Blut, das über ihr goldenes Fell floss. Sie wollte schreien, weinen oder wenigstens leise wimmern. Aber der Schmerz prallte an der Mauer ab, die sie um ihr Herz errichtet hatte. Kein Wort drang über ihre fest zusammengepressten Lippen.

Auch, als sie in den Hof einritten, waren ihre Augen trocken und ihr Gesicht schien versteinert zu sein. Vor dem Eingang hatten sich alle versammelt. Florence ging ihr entgegen, als sie sich von ihrer Fuchsstute schwang.

»Es tut mir so leid, Louise. So ein Ende hat Ambre nicht verdient.« Fest nahm ihre Schwester sie in den Arm.

Die Berührung tröstete Louise, aber nur für einen Moment. Zu leer fühlte sie sich. Nun trat auch ihre Mutter auf sie zu und umarme sie schweigend. Eine Weile genoss Louise die Verbundenheit mit ihnen. Doch dann ertrug sie die Nähe nicht mehr und machte sich frei.

»Ich ... werde auf mein Zimmer gehen«, sagte sie stockend. Sie musste jetzt alleine sein, um ihre Stute zu betrauern. Das einzige Wesen, das es noch geschafft hatte, sie für einen Moment glücklich zu machen.

Ihre Mutter zögerte kurz, als ob sie etwas sagen wollte. Aber dann nickte sie nur seufzend und ließ sie los.

»Wenn du mit jemandem reden möchtest – ich bin heute über Nacht bei euch«, flüsterte Florence ihr zu und drückte sie leicht. »Gustave ist dienstlich verreist und ich wollte die Zeit nutzen, um mit dem Kleinen bei euch zu sein.«

Ihr Neffe munterte sie sonst immer auf. Aber nicht heute.

Auf ihrem Zimmer ging Louise unruhig auf und ab. Die Taubheit war fassungslosem Entsetzen gewichen. Wie ungerührt Guillaume Ambre erschossen hatte.

Und dann seine Drohung an sie. Meinte er sie ernst? Eigentlich konnte sie sich das nicht vorstellen. Er war doch kein Mörder, obwohl er im Krieg gekämpft hatte. Aber da hatte etwas in seiner Stimme gelegen, was ihr Angst gemacht hatte ... Nein, sie sollte diese Warnung keinesfalls ignorieren.

Ihre Magen zog sich schmerzhaft zusammen und die Haare an ihren Armen stellten sich auf. Mit dem Entsetzen kam auch die Trauer wieder. Schluchzend warf sie sich auf das Bett und weinte um alles, was sie verloren hatte.

Es war schon später Abend, als Louises Tränen allmählich versiegten und ihr Verstand sich wieder durchsetzte. Sie mochte ihre geliebte Ambre verloren haben, aber Miguel noch nicht. Er liebte sie und wollte mit ihr nach Deutschland ziehen, um ein gemeinsames Leben mit ihr aufzubauen.

Sehnsucht ergriff sie. Ihr Herz fühlte sich an, als sei es ein Teil eines Magneten, der von seinem Gegenpart magisch angezogen wurde. Miguel war ihr Gegenstück; ihr Seelenfreund, ihr Geliebter für alle Zeiten. Auf einmal wusste sie, dass sie ohne ihn nicht leben konnte. An Henris Seite würde sie verkümmern und sich jeden Tag verzweifelt nach Miguel sehnen. Bis Guillaumes Bosheit alle Gefühle in ihr getötet hatte. Falls er sie nicht irgendwann niederschießen würde wie Ambre, wenn auch sie nutzlos für ihn wäre.

Entschlossen sprang sie von ihrem Bett auf. Nein, so weit würde sie es nicht kommen lassen. Egal, was das für das Gut und alle anderen bedeutete, mit dieser

Angst, mit dieser gezielten Zerstörung ihrer Persönlichkeit konnte sie nicht leben. Sie würde ihrer Sehnsucht folgen.

Aufregung erfasst sie bei diesem Gedanken und sie spürte, wie Schmetterlinge in ihrem Magen auf und ab hüpften. Ja, sie würde mit Miguel gehen und alles hinter sich lassen. Ihre geliebten Reben. Ihre Familie. Ihr altes Leben. All das war nicht mehr wichtig, solange sie bei ihm sein konnte.

Schnellen Schrittes hastete sie zum Fenster, um zu schauen, ob sie gefahrlos über den Hof gehen konnte. Mittlerweile war dort niemand mehr zu sehen. Ambre war vermutlich irgendwo zwischengelagert, bevor sie sie beerdigten. Wo Guillaume das wohl machen würde? Auf dem Gut oder unter den Weinstöcken? Grauen erfasste sie bei der Vorstellung, einen Wein von Trauben zu trinken, deren Wurzeln sich vom Körper ihrer toten Stute genährt hatte.

Aber das würde sie nicht mehr erleben, weil sie vorher weg war. Sie zog ihre Reitkleidung aus und schlüpfte nach kurzem Nachdenken in eine Jeans und ein einfaches Oberteil. Sie wusste zwar, dass Miguel es liebte, wenn sie ein Kleid trug. Aber sie wollte ihr neues Leben nicht in dekorativer Kleidung beginnen, sondern in praktischer. Zum Schluss nahm sie noch eine leichte Jacke und schlich vorsichtig die Treppe hinunter. Aus dem Wohnzimmer drang das Lachen ihres Neffen und die gedämpften Stimmen der Erwachsenen.

Kurz blieb sie stehen und hörte einfach nur zu. Es drängte sie danach, zu den anderen zu gehen und ihren Neffen zu necken. Ihre Schwester und ihre Eltern ein letztes Mal zu umarmen. Aber das ging nicht. Niemand durfte wissen, dass sie sie verließ. Falls Miguel sie noch wollte.

Eine Sekunde lang stockte ihr der Atem, als sie über die Möglichkeit nachdachte. Er könnte in seinem Stolz so gekränkt sein, dass er sie nie wiedersehen wollte. Immerhin hatte sie seinen Antrag abgelehnt, für den er extra ein Liebeslied geschrieben hatte. Wie hatte sie nur so grausam sein können! Doch da hatte sie noch nicht gewusst, worauf sie sich mit dieser Ehe einlassen würde.

Sie hörte in ihrem Kopf erneut Guillaumes Stimme und erzitterte unter seiner Kälte. Niemals wieder wollte sie diesen Mann sehen. Wenn Miguel sie abwies, musste sie sich eine Alternative einfallen lassen. Aber sie hoffte unbeirrbar darauf, dass Miguel sie noch liebte. Er musste einfach. Weil auch sie ihn aus der Tiefe ihrer Seele liebte.

Reims, heute

»Es ist zum Mäusemelken«, murmelte Hannah, als sie knapp zwei Stunden später mit dem Wagen zurück nach Reims fuhren. »Irgendwie müssen wir doch herausfinden können, ob die beiden Männer Miguel nun ermordet oder in die Flucht geschlagen haben.«

»Bestimmt. Die Frage ist nur, wie. Es gab anscheinend keine Zeugen von dieser Tat.«

»Zumindest keine, von denen wir wissen.« Sie schaute ihn bedeutungsvoll an. »Auch wenn die Polizei den Fall damals nicht ernst genommen hat, heißt das nicht, dass niemand etwas gemeldet hat. Und heute wird ein

Verbrechen nicht bloß deswegen vertuscht, weil das Opfer arm ist.«

»Das stimmt. Dann werde ich mal Richtung Polizeistation fahren.« Er lächelte ihr mit einem schnellen Seitenblick zu, bevor er sich wieder auf die Straße konzentrierte und den Wagen über die Landstraße steuerte.

Sie waren erst einige Kilometer weit gekommen, als das Telefon klingelte. Nervös schaute Hannah darauf. Nicht dass sich die Staatsanwaltschaft bei ihr meldete wegen der verschwundenen Weine. Doch es war Nele. Allerdings zu einer ungewohnten Uhrzeit. Das ließ Böses vermuten.

»Hey«, sagte Hannah mit bebender Stimme, aktivierte ihre Kamera vorsichtshalber nicht. Das sollte Julien nicht mitbekommen. »Gibt es etwas Neues aus dem Hotel?«

»Und ob! Die Polizei ist auf irgendeine obskure Verkäuferin gestoßen, die sich Hannah K. nennt. Und diese Frau handelt mit dem Latour. Oder vielmehr hat sie das getan – die Dame ist nun nämlich untergetaucht.«

»Was! Nein? Das kann nicht sein. Ich ... ich mache so etwas nicht, das musst du mir glauben«, stammelte Hannah.

»Das weiß ich doch! Oder glaubst du etwa, ich würde dich verdächtigen? Unsere Miss Überkorrekt?« Neles Stimme klang so entrüstet, dass ihr ein Stein vom Herzen fiel.

»Ich hatte einen Moment schon Angst, dass du bei der Hetzjagd auf mich mitmachst. Wenn Annemarie das im Hotel herumposaunt, dass ich illegale Geschäfte mit Weinen mache, ist mein guter Ruf ruiniert.« Sie schluckte, als Julien ihr einen erstaunten Blick zuwarf. Mist, das sollte er doch nicht mitbekommen. Aber nun war die Katze aus dem Sack.

»Nicht nur das. Die Polizei schnüffelt überall hier herum. Hannah, ich befürchte, du musst ganz schnell zurück nach Köln und dir einen Anwalt suchen. Wer weiß, was hier noch alles weggekommen ist! Das muss jemand im großen Stil geplant haben – und er oder sie benutzt dich jetzt als Sündenbock. Klingt nach einer Hoteldrachen-Aktion, oder?«

Hannah schüttelte den Kopf. »Ich weiß nicht. Das war auch mein erster Verdacht. Ich würde ihr zutrauen, dass sie die Flaschen heimlich zu Hause aufbewahrt, damit ich gefeuert werde. Aber so schneidet sie sich ins eigene Fleisch.«

»Na ja, sie wollte sicher nicht, dass die Polizei eingeschaltet wird, sondern wollte dich erpressen ... Und deswegen hat sie einen Fake-Account auf dich angelegt.«

Hannah dachte nach. Das würde sie Annemarie zutrauen. Vielleicht hatte sie das gemacht, als sie weg war. Weil sie angenommen hatte, den Latour nähme eh niemand. Was sonst auch stimmte. Martins Bestellung könnte sie zum Handeln gezwungen haben. »Du, da könnte etwas Wahres dran sein.« Eine entsetzliche Vorstellung, eventuell von der eigenen Chefin hereingelegt worden zu sein. »Aber ich kann noch nicht weg. Ich glaube, hier sind wirklich schlimme Dinge gelaufen. Das kann ich nicht einfach so stehenlassen. Pass auf; ich gehe noch dieser Spur nach und dann fahre ich bald nach Köln.«

Juliens Gesicht zeigte nun eindeutig Entsetzen, was ihr Herz zum Galoppieren brachte.

»Mach das. Nur lass dir nicht mehr zu viel Zeit. Sonst holen die dich mit dem Streifenwagen ab.«

Nachdenklich legte Hannah auf.

»Was ist denn in deinem Hotel los? Hast du Probleme?«, fragte Julien erstaunt. Sie schaute ihn an, allerdings konnte er ihr während des Fahrens nur einen Seitenblick zuwerfen. Sorge lag darin und nicht die Spur von Misstrauen.

Also nahm sie ihren Mut zusammen und erzählte ihm die ganze Geschichte haarklein. Er hörte voller Anteilnahme zu. Als sie zum Ende kam, hielt er den Wagen wie schon beim letzten Mal am Wegesrand an, um sie in den Arm zu nehmen.

»Das klingt furchtbar! *Ma chérie,* sag mir – wie kann ich dir helfen?«

Sie schmiegte sich an ihn und atmete seinen Duft ein. Zumindest mit ihm war wieder alles gut, auch wenn ihr restliches Leben gerade in Tausende kleiner Scherben zerbrach. Einen Moment genoss sie seinen Trost, dann machte sie sich frei und schaute ihn ernst an. »Leider gar nicht. Ich glaube, dabei kann mir nur ein Anwalt helfen.«

Er nickte. »Such dir gleich morgen jemanden. Oder willst du zurück nach Deutschland fahren? Ich kann mich auch allein mit den Polizisten unterhalten. Schließlich möchte ich auf keinen Fall, dass du selbst ins Gefängnis kommst. Wie soll ich dich denn da besuchen?«

Unwillkürlich musste sie lächeln. Also wollte er sie weiter sehen, wenn sie wieder zurück in Köln war? Zumindest klang das so. Kurz dachte sie darüber nach, auf sein Angebot einzugehen. Allerdings konnte sie die Sache mit dem spanischen Erntehelfer nicht einfach auf sich beruhen lassen, dazu war es ihr zu wichtig. Also schüttelte sie den Kopf.

»Nein, das kann bis morgen warten. Das machen wir zusammen«, sagte sie fest.

Die Polizeiwache war nüchtern und funktional gestaltet. Die Wände waren in einem schlichten Weiß gehalten und der Boden bestand aus graumarmorierten Fliesen. Hannah fühlte sich gleich eingeschüchtert in dieser kühlen Atmosphäre. Scheu blickte sie zum Empfangstresen. Dort saß ein kräftiger Polizist um die dreißig, der ihnen freundlich zunickte.

Er kam Hannah vage bekannt vor. Allerdings wusste sie nicht, wann sie ihn gesehen haben könnte. Da lächelte Julien ihn an und steuerte geradewegs auf ihn zu.

»Salut, Julien, comment ça va?«, fragte der Polizist.

»Salut, Manon. Je vais bien. Et toi?«

Er gehört sicher zu Juliens Freunden, die mit in der Disco waren. Einer der jungen Männer war recht kompakt gewesen. Aber in der Polizeiuniform wirkte er ganz anders.

Die beiden begrüßten sich per Handschlag und sprachen eine Weile miteinander, wobei ihr Name fiel, ebenso wie die Wörter Miguel, Guillaume Bernard und *Etoile.* Anscheinend klärte Julien den Polizisten darüber auf, weswegen sie hier waren. Schließlich winkte er sie zu sich.

Dann redete er auf Englisch weiter: »Hannah, das ist mein Freund Manon. Du kennst ihn vielleicht noch von Samstag.« Also hatte sie sich nicht getäuscht.

Sie nickte ihm kurz zu und er lächelte zurück.

»Er wird uns helfen, mehr Informationen zu Miguels Verschwinden zu finden. Und du wirst es nicht glauben: Es ist noch jemand deswegen hier – Carlos Martinez. Er war Miguels bester Freund und damals auch zur Lese hier. Zum Jahrestag seines Verschwindens will er einen neuen Versuch wagen, mehr darüber herauszufinden, was damals geschehen ist.«

»Genau«, schaltete sich der Polizist ebenfalls auf Englisch ein. Wegen seines starken französischen Akzents fiel es Hannah schwer, ihn zu verstehen. Das meiste konnte sie irgendwie identifizieren. »Carlos hat angeblich in jener Nacht gesehen, dass die Herren Vidot und Bernard etwas vergraben haben. Aber ich finde keinen Eintrag in den Akten. Noch nicht einmal einen Hinweis, dass Carlos überhaupt hier war.« Er deutete auf eine Tür seitlich von ihm. »Ich habe ihm einige Unterlagen gegeben, die nicht vertraulich sind. Er sitzt drüben in einem Besprechungszimmer und sucht nach Beweisen. Sollen wir gemeinsam mit ihm sprechen?«

»Kannst du denn von hier weg?«, fragte Julien.

»Sicher. Ich hole jemand anderen her. Echte Polizeiarbeit ist schließlich wichtiger, als den Eingang zu bewachen. Das kennen wir schließlich von der Oberstufe, weißt du noch? Wo wir uns als Türsteher versucht haben. Wobei dein Freund kläglich gescheitert ist.« Er lachte zu Hannah hinüber und wirkte auf einmal viel lockerer; mehr wie der Freund, der er für Julien war, als der strenge Polizeibeamte.

Julien musste auch grinsen. »Erinnere mich nicht daran. Ich dachte damals halt, das wäre leicht verdientes Geld.«

»Wenn dein Kreuz so breit gewesen wäre wie meins, wäre es das gewesen. Ich werde nie verstehen, warum die dich überhaupt genommen haben.« Er schüttelte lachend den Kopf.

»Weil der Besitzer auf meine Tante stand.« Julien grinste. Dann wurde er wieder ernst. »Es wäre klasse, wenn wir mit Carlos sprechen könnten.«

Manon nickte. Danach griff er zum Telefon und redete mit jemandem. Wenige Augenblicke später kam ein älterer Polizist und musterte ihn streng. »Nicht, dass du dich nur vom Empfangsdienst drücken willst.«

»Ich schwöre es! Wir gehen einem alten Fall nach. Dieser verschwundene Erntehelfer aus den Sechzigerjahren.«

Sein Kollege nickte zwar, aber Hannah konnte erkennen, dass er sich nicht daran erinnerte. Wozu auch? Dieser Fall war auch lange vor seiner Zeit gewesen und hatte offensichtlich keine besonders hohen Wellen geschlagen. »Na los, ermittle mal mit deinen Freunden. Ich halte hier die Stellung. Aber besorg mir dafür einen Kaffee! Einen guten von einem Café, hörst du?«

Manon grinste und betätigte einen Summer, um Hannah und Julien in den Bereich einzulassen, der den Polizisten vorbehalten war. Sie schritten durch einen schmalen Korridor, von dem eine Handvoll Türen abgingen. Manon ging auf die zweite zu, klopfte einmal dagegen und trat ein.

»Hallo, Carlos, du bist heute nicht der Einzige, der herausfinden will, was mit Miguel geschehen ist«, sagte er auf Englisch. »Hier sind Hannah und Julien. Sie suchen ebenfalls nach Hinweisen. Dürfen sie zu dir?«

»Natürlich, ich spreche … viel mit ihnen. Mein Englisch ist klein. Aber ich … will wissen Wahrheit. Neue Zeiten … bringen neue Methoden … ich habe gehört«, erwiderte eine tiefe, sonore Stimme. Sein Englisch war von einem spanischen Akzent gefärbt und er benutzte zum Teil falsche Wörter. Hauptsache, Hannah konnte mit ihm sprechen. Woher er die Sprache wohl konnte?

Der Polizist winkte sie heran und Hannah betrat den Besprechungsraum, gefolgt von Julien. An dem kleinen Tisch saß ein älterer Herr, dessen Haare immer noch pechschwarz waren. Als sein Blick auf Hannah fiel, lächelte er. »Oh, eine hübsche Dame. Woher … du kennen Miguel?«

»Er war ein Freund meiner Großmutter.«

Carlos nickte. »Von Louise. Sie war … *una belleza*. Wie du.« Er lächelte sie herzlich an. Danach wandte er sich an Julien. »Und du … ihr Ehemann?«

Sie mussten beide lachen.

»Nein. Ihr Freund.« Er sagte es mit einer solchen Selbstverständlichkeit, dass Hannah ganz warm ums Herz wurde.

»Sehr gut. Jetzt … setzen und helfen.« Carlos deutete auf die Stühle. Sie nahmen Platz und schnappten sich die Unterlagen. Allerdings waren sie auf Französisch. Hannah starrte nur verständnislos darauf. Im Gegensatz zu den anderen, die sich emsig durch die Akten arbeiteten. Auch Carlos. Klar, er hatte damals schließlich in Frankreich gelebt.

Sie überlegte, was sie machen konnte. Dann erinnerte sie sich an ihre Übersetzungs-App. Vielleicht gab es so etwas ja auch für Dokumente? Schon bald hatte sie etwas Passendes gefunden und scannte ein Dokument ein, um es zu übersetzen. Es funktionierte erstaunlich gut. Allerdings waren die Akten nicht sehr ausführlich.

Nach einer Weile legte Julien die Papiere weg und seufzte. »Man hat nicht sonderlich intensiv nach Miguel gesucht. Die Polizei hat nur den Vorarbeiter befragt.«

»Und sie haben mit Louises Familie gesprochen. Vielmehr mit ihrem Vater und dem Gutsverwalter.« Manon rieb sich über die Augen. »Meine Kollegen haben das aus Arbeitgebersicht behandelt. Miguel hat seinen Vertrag nicht erfüllt. Deswegen musste der alte Vidot ein paar Unterlagen ausfüllen, damit er den Lohn einbehalten konnte.«

»Aber ... meine Aussage! Ich ... gesehen, dass die Männer in der Nacht ... auf dem Feld waren. Mit Schaufeln. Hier ... nichts davon«, sagte Carlos und schaute verwirrt drein.

»Das steht hier nirgendwo.« Manon blickte ihn ebenso betrübt wie entschlossen an. »Solange sich in den Unterlagen nichts findet, sind mir die Hände gebunden. Sorry.«

»Reicht Carlos' Aussage denn nicht?« Hannah konnte es kaum glauben. Immerhin war das ein ziemlich starker Beweis dafür, dass ein Verbrechen vertuscht werden sollte. »Miguel ist ja schließlich nicht in seine Heimat zurückgekehrt, wie die Herren Bernard und Vidot behauptet hatten. Also stimmt irgendetwas an ihrer Geschichte definitiv nicht ...« Manon schüttelte den Kopf, wobei sich seine kurzen, dunkelblonden Haare fast keinen Millimeter bewegten. »Leider nein, weil er eigentlich nichts gesehen hat. Keinen Streit, keine Leiche. Die beiden könnten im Weinberg nach Schlangen gesucht haben oder nach Wildschweinen. Ich brauche einen handfesten Beweis, kein Hörensagen. So bekomme ich keinen Gerichtsbeschluss. Vor allem nicht gegen die Familie Bernard. Ihnen gehört halb Reims. Die sind quasi unantastbar.« Er schnaubte. »Obwohl wir genau wissen, dass die ihre Geschäfte nicht immer ganz sauber laufen lassen. Aber es gibt nie Beweise gegen sie ...«

Julien schaute ihn nachdenklich an. »Und was wäre, wenn man sich ... nun ... inoffiziell umsieht?«

Manon runzelte die Stirn. »Wie soll das gehen? Ich kann kaum das Gelände der Bernards mit einem Metalldetektor oder einem Bodenradar untersuchen.«

»Du nicht. Aber wir vielleicht.« Julien wechselte einen Blick mit Hannah. »Was meinst du – wollen wir einen Nachtspaziergang in den Weinbergen machen?«

»Das kann ich nicht erlauben! Das wäre Hausfriedensbruch«, protestierte Manon.

»Wieso das denn? Ich bin immerhin der Controller des Hauses. Noch. Deswegen darf ich auf das Gut. Also könnte ich mich umsehen. Und ich bin mir sicher, ihr habt einen Metalldetektor auf dem Revier, den du uns leihen könntest.«

»Bitte, machen!«, stieß Carlos aus. »Das alles – meine Schuld. War keine gute Nacht. Am Abend ... einige Krähen ... über Miguel geflogen. Bringen Unglück. Ich ... ihn gewarnt. Aber Miguel gelacht.« Carlos bekreuzigte sich.

Hannah glaubte zwar nicht an einen Zusammenhang zwischen dem rätselhaften Verschwinden und irgendeinem Aberglauben. Allerdings vermutete sie ebenfalls, dass ein Verbrechen geschehen war. Bittend schaute sie den Polizisten an. »Bitte, Manon. Du scheinst mir ein guter, anständiger Mensch zu sein. Stell dir vor, es stimmt! Was ist, wenn mein Großvater und der alte Bernard den armen Miguel ermordet haben und damit durchkommen? Kannst du damit leben?«

Der Polizist wurde unter ihrem durchdringenden Blick weich. Er atmete hörbar aus und schüttelte den Kopf. »Nein, natürlich könnte ich das nicht. Ein Mord – oder was auch immer damals geschehen ist – muss bestraft werden. Also gut, ich besorge euch einen Detektor. Aber nur für diese Nacht. Wenn ihr versprecht, niemandem etwas zu sagen.«

»Ich werde schweigen wie ein Grab.« Hannah tat so, als wollte sie ihre Lippen verschließen.

»Verlass dich drauf, Mann.« Julien nickte knapp.

»Ich nicht reden.« Carlos lächelte schwach und in seinen Augen stand Hoffnung. »Wir … gehen heute Abend?«

Manon zögerte. »Julien, wenn du nachschaust, habe ich nichts dagegen. Aber ihr alle drei … Das wird zu auffällig.«

»Dann nur Hannah und ich. Wir können so tun, als wäre wir aus … nun ja, privateren Gründen in den Weinbergen«, sagte Julien und schaute Carlos fragend an.

Dem Spanier war die Enttäuschung deutlich anzusehen, aber schließlich nickte er. »*Si claro*. Ihr gehen allein. Doch ich nicht wissen, wo … Grab. Nur gesehen Männer.«

»Danke, Carlos«, flüsterte Hannah und drückte seinen Arm. Dann setzte sie eine ratlose Miene auf. »Die

Frage ist jedoch: Wo sollen wir suchen? Wir können ja schlecht den ganzen Weinberg durchforsten.«

Manon strich sich nachdenklich über das leicht stoppelige Kinn. »Vielleicht müsst ihr das auch nicht. Ich habe nämlich die anderen Vorfälle aus jener Nacht herausgesucht. Und hier ist etwas Merkwürdiges: Es gab einen anonymen Hinweis auf verdächtige Tätigkeiten in den Weinbergen der Vidots. Jemand wollte gesehen haben, dass dort seltsame Dinge vorgegangen seien. Allerdings wollte derjenige nicht zur Wache kommen, sondern hat wortlos aufgelegt.«

»Und niemand ist auf die Idee gekommen, das könnte mit Miguel zu tun haben?« Hannah konnte es nicht glauben.

Manon schüttelte den Kopf. »Nein, weil die Kollegen noch gar nichts davon wussten. Sein Verschwinden kam ja erst am nächsten Tag heraus. Außerdem hat man das Ganze für einen falschen Alarm gehalten. Der Kollege, der in der Nacht vorbeigefahren ist, hat nichts Auffälliges gesehen. Er dachte, der anonyme Anrufer hätte vielleicht ein Reh gesehen. Oder ein Pärchen, das sich in den Weinbergen miteinander vergnügen wollte.« Manon zuckte mit den Achseln und grinste. »So etwas kommt immer wieder vor.«

»Und niemand mir geglaubt«, sagte Carlos.

Hannah betrachtete ihn schweigend. Daran war etwas Wahres. Man konnte den Polizisten keinen Vorwurf machen, weil sie den harmlosen Anruf übersehen hatten. Vielmehr sollte sie dankbar sein, dass Manon so aufmerksam war. »Steht dort denn auch, wo das ungefähr war?«

»Die verdächtige Person – oder was auch immer – wurde an den Rebstöcken vor dem kleinen Waldstück gesehen. Gegenüber der mächtigen Eiche.«

Julien nickte. »Ich weiß, wo das ist.«

Als Hannah ihn erstaunt ansah, grinste er. »Was – glaubst du, bloß weil ich kein Winzer bin, gehe ich nie in die Weinberge? Als Kind der Champagne liegen mir Trauben im Blut. Ich liebe es, zwischen den Reben zu spazieren. Und dieses kleine Stück ist besonders romantisch. Du wirst schon sehen.« Er zwinkerte ihr zu.

Hannah musste lachen, wurde aber sofort wieder ernst. »Also willst du wirklich mit mir das Land umgraben? Was ist, wenn Raphael Wind davon bekommt? Dann bist du deinen Job schneller los, als du Kündigung sagen kannst.«

»*Ma chérie,* es gibt Dinge im Leben, die wichtiger sind als die Karriere. Gerechtigkeit – und natürlich die Liebe. Hier ist ein schreckliches Unrecht verübt worden und davor werde ich nicht die Augen verschließen. Lieber kündige ich meinen Job. Für dich mache ich fast alles.« Er griff nach ihrer Hand und hauchte einen Kuss darauf.

Die Wärme in seinem Blick ließ Dutzende Schmetterlinge in Hannahs Magen aufsteigen und kleine Purzelbäume machen. Er riskierte ihretwegen seinen Job. Konnte es einen schöneren Liebesbeweis geben?

Kapitel 14

Reims, 1965

Leise ging Louise über den Hof. Stille und Dunkelheit umfingen sie. Das Wohnzimmer, in dem sich der Rest der Familie befand, lag auf der anderen Seite des Guts. Und die Bediensteten waren mittlerweile entweder bei sich zu Hause oder in dem Seitenflügel, in dem ihre Wohnräume untergebracht waren. Auch Henri und sein mörderischer Vater waren schon weggefahren. Also war das Risiko auf Entdeckung verschwindend gering.

Louise bewegte sich trotzdem mit größtmöglicher Vorsicht, sich immer am Rand haltend. Dann hatte sie das Herrenhaus passiert. Aufmerksam schaute sie sich um, suchte nach einem Anzeichen dafür, dass die Enterhelfer, die für die Zeit der Lese in kleinen Zelten lebten, schon in ihren provisorischen Unterkünften waren. Die Zelte, die sie sich meist zu dritt oder viert teilten, lagen etwa fünfhundert Meter vom Gut entfernt, zwischen den Weinbergen und dem Heuschuppen. Dorthin musste sie, um mit Miguel zu reden.

Ein kurzer Anflug von Angst stieg in ihr auf. Ihre Mutter hatte sie stets eindringlich davor gewarnt, sich nachts in die Nähe der Erntehelfer zu wagen. Die Gier der spanischen Männer kannte angeblich keine Grenzen. Louise hielt das zwar für ein Gerücht, um Liebschaften zu unterbinden. Das schlechte Gefühl konnte sie trotzdem nicht abschütteln.

Mit schnellem Schritt machte sie sich auf den Weg, wobei sie die Taschenlampe aufleuchten ließ, die sie eingesteckt hatte. Während sie auf die Behausungen zuging, fragte sie sich plötzlich, wie sie Miguel finden sollte. Sie waren nie in seinem Zelt gewesen, sondern immer woanders. Entweder in ihrem Waldstück oder auf dem Heuboden. Je näher sie dem kleinen Zeltdorf kam, in dem mehrere Dutzend Unterkünfte aufgebaut waren, desto unwohler fühlte sie sich. Sie konnte ja kaum in jedes Zelt hineinblicken, um nachzusehen, ob Miguel da war. Aufgeben wollte sie aber auch nicht. Irgendwie würde sie Miguel finden. Sie musste!

Sie zog die Kapuze tiefer in ihr Gesicht und hastete weiter. Dabei war sie so sehr in ihren Gedanken versunken, dass sie den Mann nicht bemerkte, der sich von den Zelten entfernte. Dann stieß sie mit jemanden zusammen. Erschrocken schaute sie auf. Gerade noch rechtzeitig dachte sie daran, ihr Gesicht durch die Kapuze zu verhüllen.

»*Buenas noches, señorita*«, erklang eine freundliche Stimme. Sie hörte sich etwas heller als die von Miguel an, besaß aber auch den unvergleichlichen spanischen Charme.

»*Buenos noches*«, erwiderte sie den Gruß auf Spanisch, bevor sie ins Französische wechselte: »Ich suche Miguel. Wissen Sie, wo er ist?« Sie hoffte, dass in dieser Frage nicht all ihre Verzweiflung und ihre Sehnsucht lagen.

Ganz unbemerkt schien beides dem Mann jedoch nicht geblieben zu sein, denn er lächelte leise. »*Sí, claro*. Alle kennen Miguel. Miguel ist ein guter Mann. Nur im Moment etwas traurig. Ihretwegen?« Neugierig schaute er zu ihr, versuchte anscheinend ihr Antlitz zu erkennen.

Hastig zog sie die Kapuze noch tiefer ins Gesicht. Sie beschloss, nicht auf die indirekte Frage einzugehen. »Können Sie mir sein Zelt bitte zeigen?«

»*Sí, claro.* Kommen Sie, *señorita,* ich zeige es Ihnen.«

Erleichtert stieß Louise den Atem aus, den sie unwillkürlich angehalten hatte. »*Muchas gracias!*«

»Ich helfe gern. Vor allem einer jungen Dame, die versucht, meine Sprache zu sprechen.« Der junge Mann, der in etwa ihr Alter hatte, lachte sie an und ging wieder zurück Richtung Zelte. Vorher warf er einen sehnsuchtsvollen Blick auf eine bestimmte Stelle in den Weinbergen. Vermutlich hatte er ein Stelldichein mit einer Bediensteten von einem der Weingüter. Sofort bekam sie ein schlechtes Gewissen. Nun musste die Ärmste ihretwegen auf den Liebsten warten.

Schon bald erreichten sie die Zelte, aus denen überall laute Stimmen erklangen. Die Männer lachten und scherzten anscheinend miteinander. Immer wieder hörte sie auch die Klänge einer Gitarre, was sie schmerzlich an Miguels romantischen Antrag erinnerte. Nur ein Zelt war schwarz und völlig still. Und genau dieses Zelt steuerten sie an.

Der junge Mann deutete mit der Hand darauf. »Dort ist Miguel.« Er schaute sie ernst an. »Gehen Sie vorsichtig mit seinem Herzen um. Er scheint Sie sehr zu lieben. Er war die letzten Tage stumm wie eine Auster und hat nicht ein einziges Mal gelacht.« Er schüttelte traurig den Kopf. »Bitte bringen Sie die Freude zurück in sein Leben.«

»Das habe ich vor«, raunte sie leise. Sie wollte die Freude zurück in ihrer beider Leben bringen. Hoffentlich wollte er sie noch. Sie schluckte.

Der junge Spanier nickte ihr zu, dann verschwand er schnellen Schrittes. Vermutlich eilte er zu seiner Verabredung.

Einen Moment blieb sie stocksteif stehen und versuchte, sich zu sammeln. Sie lauschte in die Dunkelheit des Zeltes hinein. Es wirkte, als sei es leer. Doch nein, da hörte sie etwas. Ein leises Stöhnen. Ihr Herz zog sich vor Kummer zusammen. Warum nur hatte sie ihn so verletzen müssen? Andererseits: Er würde nicht trauern, wenn er sie nicht mehr liebte. Entschlossen drückte sie den Rücken durch und klopfte gegen die Zeltplane. Natürlich war nichts zu hören; der Stoff verschluckte alles. Sie versuchte es bei einer Zeltstange, aber auch das brachte nicht den erhofften Effekt.

Schließlich riss sie sich zusammen. »Miguel, bist du da?«, fragte sie leise.

Eine Weile blieb es still in dem Zelt, dann flüsterte Miguel mit seinem wunderschönen Timbre: »Nun bilde ich mir schon ihre Stimme ein. Geh fort, du quälender Geist, und lass mich mit meinen Erinnerungen alleine.«

Aufgeregt hüpfte ihr Herz. »Ich bin kein Trugbild.« Kurz entschlossen ging sie in das Zelt.

Miguel sog bei ihrem Anblick scharf die Luft ein und seine Augen wurden so groß, als würden sie gleich herausfallen. »Louise! Du bist gekommen.« Er sprang auf und umarmte sie ganz vorsichtig, als habe er Angst, dass er nur Luft berührte. Ihre Haut prickelte dort, wo sie seine Hände spürte. Zart hob er eine Hand und legte sie an die Stelle, wo sich ihr Hals und ihr Kopf trafen.

Sein Daumen ruhte in ihrem Nacken, die Finger auf ihrer Wange. Vor Glück schloss sie die Augen und genoss dieses Kribbeln.

»Du bist es wirklich«, stieß er aus und bedeckte ihr Gesicht mit Küssen. »Louise. *Mi querida. Mi angel!*« Ihre Lippen fanden sich zu einem Kuss voll verzehrender Leidenschaft, die Louise bisher erst ein einziges Mal gespürt hatte. Und heute wollte sie diese Sehnsucht stillen.

Sie streckte ihre Hand nach ihm aus. »Lass uns gehen«, sagte sie mit rauer Stimme.

Zum Glück fragte Miguel nicht, wohin sie ihn führen wollte. Vielleicht hatte er selbst eine Ahnung oder vielmehr eine Hoffnung, denn seine dunklen Augen blitzten erwartungsvoll auf. Schweigend gingen sie durch die Nacht, Richtung Heuschuppen, der zu ihrer Liebeshöhle geworden war. Vorsichtig stieg Louise als Erste hinauf, um zu schauen, ob jemand da war. Aber alles war leer.

»Komm hoch, mein Liebster. Wir haben den Schuppen für uns«, flüsterte sie zärtlich.

Miguel kletterte die Leiter so hastig hinauf, dass er beinahe gestürzt wäre, weil er eine Sprosse übersah. Louise hielt die Luft an, als er kurz den Halt verlor. Doch dann fing er sich wieder und hangelte sich weiter hoch zu ihr. Louise ging zu der Kiste, wo immer eine Decke lag. Dieser Schuppen war sehr beliebt; für nächtliche Stelldicheins ebenso wie für unschuldigere Treffen.

Sie breitete die Decke auf dem Heu aus und klopfte einladend neben sich. Wieder folgt Miguel ihrer Anweisung schweigend. Ernst schaute sie ihn an, sah die

Liebe in seinem Gesicht und das brennende Verlangen, das sie teilte. Sie streckte die Hand aus und begann wortlos, sein Hemd aufzuknüpfen. Sie war etwa bei der Hälfte angelangt, als er ihre Hand festhielt und ihr tief in die Augen schaute.

»Louise, was ist los? Warum machst du das mit mir?«

Sie lächelte ihn kokett an. »Wieso? Gefällt es dir nicht?«

»Natürlich gefällt es mir. Sehr sogar.« Er zog sie an sich und küsste sie wieder mit dieser alles verzehrenden Leidenschaft, die sie ganz schwindelig machte. Er beendete den Kuss mit einer letzten, zarten Berührung ihrer Oberlippe. Dann hob er die Hand und strich über ihre Wange. *Dime, mi angel.* Was ist geschehen? Warum bist du hier?«

»Ich ... er ... er hat Ambre getötet. Und er wird auch mich umbringen, wenn ich nicht tue, was er will.« Verzweifelt schlug Louise ihre Hände vors Gesicht und weinte bitterlich.

Schweigend nahm er sie in den Armen und strich tröstend über ihren Rücken, die Wirbelsäule hinab und wieder hinauf. Stockend erzählte sie von dem Ausritt mit Henri, der mit der Erschießung ihrer Stute endete, und von Guillaumes Drohung.

Miguel versteifte sich bei diesen Worten. »Das soll er nur wagen! Vorher werde ich ihn töten.« Seine Stimme klang grimmig. Louise wusste sofort, dies war keine leere Drohung. Nein, Miguel würde im Gegensatz zu Henri stets für sie einstehen. Es war ihm egal, welche Konsequenzen seine Taten hatten. Und deswegen liebte sie ihn aus tiefster Seele.

Sie schmiegte sich ganz fest an ihn, um seine Wärme und seine Kraft zu spüren. »Miguel«, hauchte sie an seiner Wange, »meinst du … du könntest mir noch einen Antrag machen? Damit ich diesmal die richtige Antwort gebe.«

Sie konnte regelrecht spüren, wie sein Herz bei dieser Frage schneller schlug und sich an ihres drängte.

»Naturalmente, mi angel.« Seine Stimme war rau, als müsste er seine Anspannung unterdrücken. Fahrig verschloss er das halb aufgeknöpfte Hemd wieder. Dann nestelte er in der Tasche herum und holte das Schmucketui heraus. Als sie ihn erstaunt ansah, lächelte er schief. »Ich trage ihn immer bei mir, weil ich nie die Hoffnung aufgegeben habe, dass du dich für deine Gefühle entscheidest und nicht für die Vernunft.«

Er öffnete die Schatulle und holte den schmalen Silberring heraus. Mit feierlicher Miene griff er nach ihrer Hand. »Louise; Licht meines Morgens, Stern meiner Nacht, Liebe meines Lebens – willst du mich zum glücklichsten Mann der Welt machen und meine Frau werden?«

»Sí, claro«, hauchte sie mit Tränen erstickter Stimme, noch bevor seine Worte verklungen waren. Sie lachte kurz, als er sie erstaunt ansah. Dann fügte sie ernst hinzu: »Natürlich will ich das. Jetzt und für immer. Ich liebe dich mehr als alles auf der Welt. Für dich lasse ich mit Freuden alles zurück und beginne ein neues Leben – das von grenzenloser Liebe erfüllt sein wird.«

Eine einzelne Träne löst sich aus Miguels Augen. Sie rollte über seine markante Wange hinunter bis zu seinen vollen Lippen. Dann steckte er ihr den Ring auf den Finger, zog sie an sich und küsste sie. Erst war dieser

Kuss ganz sanft und süß, die Besiegelung ihres Eheversprechens. Aber schon bald loderte erneut die wilde Leidenschaft in ihm auf. Seine Zunge und auch seine Hände wurden forscher.

Louise erschauerte, als er seine Finger unter ihr Oberteil gleiten ließ, um jeden Zentimeter ihrer Haut zärtlich zu erkunden. Dabei schob er ihr Oberteil langsam immer weiter nach oben. Als er ihre Schultern erreichte, lösten sie sich kurz voneinander, damit er es ihr ganz ausziehen konnte. Danach nestelte Miguel an seinem Hemd herum, doch seine Hände waren in seiner Ungeduld zu ungeschickt.

Louise wollte ihm helfen, als er sich die Knöpfe schon abriss. Hastig streifte er sich erst das Oberteil ab, dann folgten Jeans und Unterhose. Nun kniete er völlig nackt vor ihr. Louise schluckte, als sie ihn in seiner ganzen Schönheit sah. Die Haut besaß einen wunderschönen Erdton. Seine wohlproportionierte Brust war reichlich behaart, was ihn sehr männlich aussehen ließ. Dazu passten seine muskulösen Arme. Man sah Miguel an, dass er es gewohnt war, harte körperliche Tätigkeit zu verrichten.

Er bewegte sich auf sie zu und drückte sie sanft auf den Boden, fasste nach ihrer Hose. Leise seufzend hob Louise ihr Becken an, damit Miguel sie ebenfalls ganz entkleiden konnte. Dann ließ er seine Finger langsam an ihrer Wade entlang nach oben gleiten, zog kleine Kreise um ihre Knie und streichelte zum Schluss sanft die Innenseite ihrer Schenkel. In Louise staute sich flammende Hitze auf, die sich in ihrem Unterleib sammelte. Sie stöhnte leise auf, als er sich auf sie legte und sie so an sich drückte, dass sie seine harte Männlichkeit an ihrer intimsten Stelle spürte.

»*Te quiero, Louise*«, murmelte er. »*Te quiero mucho.*« Dabei glitten seine Lippen heiß über ihren Hals, während seine Fingerspitzen ihre Seite entlangstrichen.

Louises Unterleib kribbelt mittlerweile, als sei er unter Strom gesetzt. Vor allem dieser kleine Teil, der das Zentrum ihrer Lust darstellte. Miguel küsste sich von ihrem Nacken hinab zur Halsbeuge, bevor er seinen Mund tiefer wandern ließ. Seine Lippen umschlossen ihre Brustwarzen. Sanft saugte er daran. Louise keuchte auf vor entfesselter Lust und krallte ihre Finger in seinen Rücken.

Das machte ihn noch wilder. Er stöhnte und bewegte sein Becken rhythmisch. Dadurch massierte seine Männlichkeit ihren Unterleib, was Louise regelrecht brennen ließ. Alles in ihr bettelte um Erlösung.

»Miguel«, hauchte sie. »Bitte zeig mir deine Liebe.«

Er verharrte einen Augenblick und legte seine Hand auf ihre Wange. Mit seinen dunklen Augen sah er sie an. »Bist du dir ganz sicher, *mi angel?* Diese Entscheidung kannst du nicht mehr rückgängig machen.«

»Das will ich auch nicht. Ich will niemals mehr ohne dich leben. Ich bin mit Haut und Haaren dein.«

Sie hatte es kaum ausgesprochen, da küsste er sie wieder heftig. Ihre Zähne schlugen gegeneinander, aber das kümmerte Louise nicht. Alles in ihr war voll gespannter Erwartung und wilder Lust. Er ließ seine Finger über ihre Scham und in sie hinein gleiten. Er nahm seine Hand weg und sie spürte, wie sich etwas Größeres, Dickeres in sie hineinschob. Sie keuchte, als seine pralle Männlichkeit sie ausfüllte. Es war schmerzhaft und schön zugleich.

»Ist es gut so?« Er schaute sie besorgt an.

»O ja«, sagte sie und küsste ihn. Und wie gut es war. Es fühlte sich sogar atemberaubend an. Mit äußerster Vorsicht bewegte er sich in ihr. Dennoch spürte sie auf einmal einen reißenden Schmerz und sie zuckte zusammen. Er zog sie an sich, strich über ihre Schultern und ihre Arme.

»Sch...«, flüsterte er beruhigend in ihr Ohr. »Ich will dir nicht wehtun. Das gehört beim ersten Mal dazu. Aber es ist gleich vorbei. Das verspreche ich dir, *mi querida.*«

Sie nickte und versuchte, sich zu entspannen. Als das Stechen verebbte, zog sie ihn wieder enger an sich. Miguel verstand diesen Hinweis sofort und bewegte sich langsam in ihr. Nun war der Schmerz komplett vergangen. Geblieben waren die Freude und das Verlangen, ihn ganz tief in sich zu spüren, um ihre Liebe für alle Zeiten zu besiegeln.

Reims, heute

»Warum hast du deine Meinung geändert?« Fragend schaute Hannah Julien an, der dicht neben ihr auf dem Sofa saß. In seiner Wohnung warteten sie darauf, dass es dunkel genug wurde, um die Suche auf dem Weinberg zu starten.

»Was meinst du, *ma chérie?*« Mit aufrichtigem Staunen richtete er seine braungrünen Augen auf sie. »Dass ich dich mag, habe ich dir doch bereits gesagt.« Er beugte sich zu ihr und zog sie an sich, um sie voller Leidenschaft zu küssen. »Ich kann dir auch gern zeigen, wie sehr«, flüsterte er.

Seine Lippen strichen bei diesen Worten zart über ihre Wange, während er mit den Fingerspitzen langsam ihren Oberarm entlang fuhr. Als er den Ellenbogen erreichte, glitten seine Finger zu ihrer Taille und von dort zurück zur Mitte. Nur zu gern würde sie dieser sinnlichen Verlockung nachgeben. Aber vorher brauchte sie eine Antwort.

Sanft schob sie Julien von sich und schaute ihn ernst an. »Das meine ich nicht. Sondern deine Verpflichtung gegenüber den Bernards. Die war dir am Sonntag so wichtig, dass du mir nicht helfen wolltest. Und heute willst du mit mir unbefugt das Weingut betreten. Wieso machst du das?«

»Ah, darum geht es.« Er ließ die Luft hörbar entweichen, setzte sich etwas weg. Sanft strich er ihr über die Wange, bevor er ihre Hand nahm. »*Alors,* als ich dich heute mit Raphael gesehen habe, war es, als ramme mir jemand einen Dolch ins Herz. Ihr saht so vertraut miteinander aus, dass es mich regelrecht zerrissen hat.« Er hob ihre Hand an, um einen Kuss auf den Handrücken zu hauchen. »Da habe ich gemerkt, dass ich mir einen anderen Job suchen kann. Aber eine Frau wie dich gibt es nur einmal. *Mon petit étoile du champagne rosé.*«

Mein kleiner Rosé-Champagner-Stern ... Wie süß, dass er ihren Spitznamen mit dem alten Namen des Weinguts verband. Seine Worte klangen dabei so zärtlich, dass Hannah kaum noch atmen konnte. Impulsiv schlang sie die Arme um seinen Nacken und zog ihn wortlos zu sich. Ihre Lippen trafen sich in einem glutvollen Kuss, bei dem die Welt um sie herum für einen Moment zu verschwinden schien. Es gab nur noch sie beide und ihre Gefühle füreinander.

Einige Stunden später waren sie auf dem Weg zu den Weinbergen der Bernards. Wärme breitete sich in Hannahs Bauch aus, als sie Julien von der Seite ansah. Er steuerte den Wagen durch die Dunkelheit, wobei er Ausschau nach dem Waldstück hielt, das sie als Bezugspunkt nutzten. Nur zu gerne würde sie ihn bitten anzuhalten, damit sie sich noch einmal lieben konnten. Sie stand völlig unter dem Bann ihres sinnlichen Nachmittags.

Aber nicht der Sex haute sie so um – obwohl der fantastisch gewesen war. Viel stärker wirkte die Liebe in ihr nach, die in jedem Kuss, in jeder Berührung gelegen hatte. Glücklich sah sie zu, wie er beim Fahren die Augenbrauen zusammenzog und ganz konzentriert aussah. Süß irgendwie. Irgendwann bemerkte er ihren Blick.

Mit einem zärtlichen Lächeln legte er seine Hand auf ihre. Hannah liebte es, wie sich sein Gesicht dabei erhellte. Hatte sie jemals solche Gefühle in jemandem ausgelöst? Vermutlich nicht, auch wenn sie es sich bei ihrem Ex-Freund Christian lange eingeredet hatte. Aber das, was sie mit Julien verband, war unvergleichlich. Sie fuhren schweigend, während französischer Pop leise im Hintergrund spielte. Für Hannah würde diese Musik immer untrennbar mit der Champagne und Julien verbunden sein. Vor allem mit Julien.

»Wir sind gleich da«, murmelte er und starrte noch angestrengter in die Dunkelheit.

Hannah konnte kaum etwas erkennen, außer den endlosen Weinbergen. Sie waren in der Nacht bestenfalls als dunkle Schemen zu erahnen. Dann schoben sich höhere Schatten in ihr Blickfeld. Dies musste das Waldstück sein, von dem Carlos gesprochen hatte. Sofort setzte sie sich aufrecht hin und spähte ebenso angestrengt in die Dunkelheit wie Julien.

»Das ist es.« Er nahm seine Hand weg und schaltete den Gang herunter. Immer langsamer wurde der Wagen, bis Julien schließlich anhielt. »Wir müssen einmal durch die Weinreben bis zum Ende gehen.«

Er parkte das Auto am Seitenrand und sie stiegen aus.

Hannah sah sich argwöhnisch um. »Wir sind mitten auf der Landstraße. Was, wenn jemand den Wagen sieht?«

»Dann wird er glauben, wir verbringen ein Schäferstündchen miteinander.« Julien grinste und zog sie an sich heran. »Was mir auch gut gefallen würde. *Mais bon*, wir sind aus einem nicht ganz so schönen Grund hier.« Er nahm einen der beiden Metalldetektoren aus dem Wagen, die Manon besorgt hatte, und drückte ihn ihr in die Hand.

Das Teil sah fast wie ein normales Gartenutensil aus, nur dass es in einem kreisrunden Gerät, der Suchspule, endete. Außerdem steckte in der Mitte ein handgroßes Bedienteil, mit dem man die verschiedenen Programme eingeben konnte, wie Manon ihnen erklärt hatte. Hannah war sich nicht sicher, ob sie alles verstanden hatte. Aber Julien hatte immer genickt, als ob für ihn alles klar wäre.

Julien holte nun den zweiten Metalldetektor heraus sowie zwei Kopfhörer und eine Campinglampe. Zuletzt folgten die Spaten. Für den Fall, dass sie graben mussten. Hannah schluckte. Was, wenn sie Knochen fanden oder irgendetwas anderes, das von Miguel zurückgeblieben war? Die Vorstellung war gruselig. Allerdings konnte es dazu beitragen, Licht in dieses Geheimnis zu bringen.

Seufzend nahm sie ihre Sachen und schulterte sie. Julien sah sie besorgt an. »Immer noch überzeugt von dem Plan?«

Trotz ihrer Bedenken nickte sie. Julien seufzte ebenfalls, legte eine Hand auf ihre Schulter und drückte sie leicht. »Was auch immer geschieht, wir machen das zusammen.«

»Darüber bin ich sehr froh.« Sie lächelte zu ihm auf. Nicht auszudenken, wenn sie hier ganz alleine mitten in der Nacht wäre. Nur umgeben von den schweigenden Weinreben, die ein entsetzliches Geheimnis bergen könnten.

Entschlossen bog sie den Rücken durch. »Also los. Lass uns zu der Stelle gehen, die du im Sinn hast.«

»Sicher.« Er nahm die Hand von ihrer Schulter, griff sich seine Sachen und ging langsam voran. Dabei warf die Campinglampe lange Schatten auf die Rebstöcke, ließ sie beinahe wie zum Leben erwachte Wesen aussehen. Die Stille der Nacht wurde nur unterbrochen vom Zirpen der Grillen und dem Rascheln kleiner Tiere, die in der Nähe lebten. Außerdem strich der Wind hin und wieder leise durch die Blätter und ließ sie sanft rauschen. Es klang beinahe, als flüsterten die Rebstöcke miteinander; tauschten ihre Geheimnisse aus, die sie zu wahren geschworen hatten.

Hannah schüttelte den Kopf. Sie und ihre blühende Fantasie. Trotzdem war ihr unheimlich zumute. Nur zu gern würde sie Juliens Hand nehmen, aber dazu waren sie beide zu schwer bepackt. Also ging sie mit einem unguten Gefühl hinter ihm her. Ihre Schritte knisterten leise auf dem Boden, während sie den Pfad zwischen den Rebstöcken suchten.

»Wir sind da«, sagte Julien und deutete auf ein kleines Waldstück, aus dem sich einige mächtige Eiche deutlich heraushoben. »Wenn Carlos mit seinem Verdacht recht hat, dann liegen hier Miguels sterbliche Überreste.«

Gerade als er ausgesprochen hatte, erklang der laute Ruf eines Uhus, der die Wirkung seiner Worte verstärkte. Sie zuckte zusammen und drängte sich unwillkürlich enger an Julien. Er nahm den Detektor in die Hand, mit dem er auch den Spaten hielt, und zog sie an sich. Leicht hauchte er ihr einen Kuss auf den Scheitel und murmelte: »Es ist alles gut. Ich bin ja bei dir.«

Die Berührung beruhigte sie sofort. Was sollte ihnen schon passieren? Der Uhu würde sie kaum angreifen – und auch keine sonstigen wilden Tiere. Schließlich waren sie in der Champagne und nicht in Afrika, wo sich Löwen und andere Raubtiere auf sie stürzen wollten. Die gefährlichsten Tiere, die hier herumschlichen, waren vermutlich Wildschweine. Die auch ziemlich aggressiv sein konnten. Das waren sie allerdings eher zur Wurfzeit im Frühling.

Sie nickte Julien zu und brachte ihren Detektor in Stellung. »Also gut: Wie funktionieren die Dinger jetzt?«

Julien lachte. »Hast du bei Manon nicht aufgepasst, als er uns das erklärt hat?«

»Doch ... schon. Aber irgendwie habe ich es nicht richtig begriffen. Das war mir zu kompliziert.«

»Und da dachtest du dir, der große, starke Mann wird es schon richten.« Grinsend stieß er sie in die Seite.

Sie verdrehte die Augen. »Sicher. So wird es sein.«

Er lachte wieder und der Schalk funkelte in seinen Augen. »Keine Sorge. Ich weiß, wie tough du bist. Aber ja, ich kenne mich damit aus. Manon und ich haben früher mit so ähnlichen Teilen Münzen oder Schätze gesucht. Was die Touristen halt alles verlieren. Hier, damit geht das Gerät an.«

Er drückte einen kleinen Knopf am Handgriff des Metalldetektors, um ihn einzuschalten. Ein sanftes, elektronisches Summen erfüllte die Luft und auf dem Display erschienen Zahlen und Symbole.

»Das ist der Einstellungsbildschirm«, sagte Julien und deutete auf die Anzeige. »Damit können wir Empfindlichkeit und andere Parameter einstellen, aber für den Anfang lass uns die Standardeinstellungen verwenden.« Er tippte ein paarmal auf dem Gerät herum, dann nickte er. »Gut. Jetzt du.«

Hannah drückte ein paar Tasten, bis auch ihr Metalldetektor auf den Standardwerten stand.

»Jetzt kommt der Ton.«

Er befestigte die mitgelieferten Kopfhörer und schob den Stecker in die entsprechende Buchse am Detektor. Hannah tat es ihm nach. Sofort wurde die Welt um sie herum still.

Julien tippte sie an und bedeutete ihr mit Gesten, dass sie den Kopfhörer abnehmen sollte. Sein Teil hielt er bereits in den Händen. »Das war es. Sobald das Gerät metallische Gegenstände wahrnimmt, hören wir ein Piepsen. Je lauter und schärfer der Ton ist, desto näher sind wir am Fund.«

Hannah schluckte. Nun also war es so weit. »Lass uns beginnen«, sagte sie mit heiserer Stimme. »Am besten nehmen wir uns eine Reihe nach der anderen vor.«

Julien drückte kurz ihre Hand. Dann setzte er seine Kopfhörer auf und hielt den Detektor so, dass sich die Suchspule etwa eine Handbreit über dem Boden befand. Hannah folgte seinem Beispiel. Aufregung stieg in ihr auf. Mit etwas Glück könnten sie ein furchtbares Unrecht aufdecken und für Gerechtigkeit sorgen. An diesem Gedanken hielt sie sich fest, blendete alles andere aus. Sie hörte nur noch das leise Summen der Detektoren, die der Nacht ihre verborgenen Geheimnisse entreißen sollten.

Langsam ging Hannah mit dem Detektor durch die Rebstöcke. Sie hielt ihn knapp oberhalb des Bodens und schwang ihn immer wieder hin und her, um möglichst viel Erde zu untersuchen. Dabei fragte sie sich, was mit dem Teilstück war, in dem sich die Pflanzen befanden. Orteten die Geräte dort auch etwas oder waren sie zu schwach? Das sollte sie im Hinterkopf behalten, falls sie nichts fanden.

Julien arbeitete sich durch die Reihe, die daneben lag. Es wirkte nicht so, als ob er schon erfolgreich gewesen wäre. Vielmehr zog er ebenfalls seine Runden, den Detektor vorsichtig über den Boden schwenkend. Während sie sie sich voranbewegten, lauschte Hannah in den Kopfhörer hinein, wartete auf einen Ton, der einen Fund ankündigte.

Eine ganze Weile geschah nichts und sie fühlte bereits Enttäuschung in sich aufsteigen. Dann erklang plötzlich ein hohes Piepen in ihren Ohren, während das Display hektisch blinkte. Aufregung ergriff sie, und sie hielt inne, um den Fund auszugraben.

Julien eilte zu ihr. »Hast du etwas gefunden?«

»Ich weiß nicht. Vielleicht. Zumindest hat der Detektor angeschlagen. Prüf es selbst nach.«

Julien fuhr ebenfalls mit dem Gerät darüber, das laut anschlug. Hannah konnte den Ton durch seinen Kopfhörer wahrnehmen. Sie hoben fast gleichzeitig die Spaten und begannen gemeinsam, die Erde wegzuschaufeln. Dabei prüfte Hannah immer wieder, ob sie das Metallteil, wegen dem das Gerät angeschlagen hatte, schon herausgeholt hatten.

Schließlich kam ein kleiner, rostiger Gegenstand zum Vorschein. Konnte das ein alter Hosenknopf sein? Hannahs Hände zitterten vor Aufregung, als sie den Fund von der letzten Erde befreite. Die Größe und die Farbe stimmten beinahe. Allerdings war das Teil flach. Im Schein der Campinglampe konnte sie erkennen, dass es sich um ein Cent-Stück handelte. Enttäuschung stieg in ihr auf. Das war kein Beweis, sondern nur ein verlorenes Geldstück.

Julien blickte sie mit einem milden Lächeln an. »Hast du gedacht, wir wären schon nach ein paar Minuten erfolgreich? Stell dich lieber auf eine lange Nacht ein; die Weinberge bewahren so manche verlorenen Gegenstände auf.« Hannah steckte das Cent-Stück ein. Obwohl es nicht das war, was sie erwartet hatte, wollte es sie es als Erinnerung aufbewahren. Ihr erster Fund mit

dem Metalldetektor. Hoffentlich blieb es nicht ihr letzter!

Kapitel 15

Reims 1965

Nach ihrer Vereinigung lag Louise atemlos neben Miguel. Sie drückte ihr Ohr auf seine Brust, um sein Herz zu hören.

»Es schlägt nur für dich«, sagte er leise und nahm ihre Hand. Sanft küsste er die Innenseite ihrer Handgelenke, bevor er seine Finger mit ihren verschränkte.

Louise genoss die stille Verbundenheit und schloss die Augen, während sie dem behutsamen Takt in seiner Brust lauschte. Dann fiel ihr ein, dass sie noch gar nicht darüber gesprochen hatten, wie es weitergehen sollte.

»Miguel«, sagte sie aufgeregt, doch er legt ihr lächelnd einen Finger auf die Lippen. »Nicht jetzt. Alles wird gut. Lass uns diesen Moment genießen.«

Sie nickte, obwohl sie nicht ganz so überzeugt davon war wie er, dass sich alles in Wohlgefallen auflösen würde. Henri und Guillaume würden ihr niemals verzeihen, was sie ihnen angetan hatte. Und ihr Vater ... an seinen Kummer, wenn er das Weingut verlor, wollte sie gar nicht denken. Aber ihre Entscheidung war getroffen. Ein Zurück gab es nicht mehr.

Schließlich murmelte Miguel: »Ich werde gleich morgen früh mit meinem Vorarbeiter sprechen, dass er mir meinen Lohn auszahlt. Und dann gehen wir.«

Das klang so einfach bei ihm. Louise starrte ihn verblüfft an. »Aber wie? Mit welchem Wagen? Was nehmen wir mit? Wie kommen wir über die Grenze?«

Er setzte sich halb auf und schaute sie mit einem milden Lächeln an. *»Mi querida*, wir kommen hier schon weg. Was du trägst, ist mir egal. Und um die Grenzformalitäten kümmert sich mein Cousin. Vergiss nicht; wir sind erwünschte Einwanderer.« Er nahm ihr Gesicht in seine Hände und gab ihr einen schmatzenden Kuss. »Morgen um diese Zeit sind wir schon in Deutschland. Es wird uns dort gut gehen. Das sind gute, fleißige Menschen. Das Wichtigste aber ist sowieso, dass wir zusammen sind. Wir werden schon bald heiraten und sehr, sehr glücklich werden.«

Bei dem Gedanken musste sie unwillkürlich lächeln. Auf diese Hochzeit freute sie sich mit allen Sinnen. Sie konnte es nicht erwarten, Miguel das Ja-Wort zu geben und in die Welt hinauszuschreien, dass sie zusammengehörten.

Noch einmal teilten sie ihre Leidenschaft miteinander. Diesmal spürte Louise keine Schmerzen, sondern nur unbeschreibliche Glücksgefühle. Sie hätte nie gedacht, dass sie sich jemals so fühlen könnte; so voll und ganz erfüllt von Glück, Zufriedenheit und grenzenloser Liebe.

Sie lagen eine Weile eng aneinandergeschmiegt. Dann seufzte Miguel leise. »Du solltest besser gehen und noch etwas schlafen.«

Schmollend sah sie zu ihm. »Aber ich möchte bei dir bleiben und die Nacht mit dir verbringen.«

Er küsste sie leicht auf die Nasenspitze. »Das wirst du. Ab morgen jeden Tag. Heute müssen wir beide noch ein paar Sachen in Ordnung bringen, bevor wir gehen.« Er erhob sich und sie wollte es ihm gleich tun. Doch auf einmal hatte sie ein ungutes Gefühl. Hastig hielt sie ihn fest. »Nein, lass uns jetzt sofort gehen. Bevor uns jemand aufhält.«

Er lachte leise. »Wer soll uns schon daran hindern? Niemand weiß von uns. Ich werde so tun, als müsste ich aus familiären Gründen früher zurück nach Spanien und du ...« Er kratzte sich am Kinn und schaute sie ratlos an. »Ich weiß gar nicht, was du deiner Familie sagen willst.«

»Nichts«, erwiderte sie leise. »Ich werde einen Brief hinterlassen. Und ihnen erzählen, dass ich spazieren gehe. Sie ... sie würden es nicht verstehen.«

Er hob eine Augenbraue, nickte aber. »*Bueno.* Dann lass uns eine Uhrzeit ausmachen. Sagen wir um zehn Uhr morgens? An unserem Lieblingsplatz im Wald.«

»Ich freue mich darauf«, hauchte sie. Trotzdem brachte sie es nicht über sich, aufzustehen und diesen Dachboden zu verlassen. Sie blieb einfach auf der Decke sitzen.

Miguel schaute zu ihr hinab und lächelte mild. »*Mi querida,* entweder ziehst du dir jetzt etwas an oder ich komme wieder zu dir auf die Decke.«

Seine Stimme klang so verführerisch, dass es nichts gab, was sie lieber wollte. Da entwich ihr ein lautes Gähnen.

»Ich glaube, dein Körper weiß am besten, was gut für dich ist. Du bist müde und gehörst ins Bett. Morgen wird ein anstrengender Tag.« Lachend hielt er ihr die Hand hin und sie ließ sich von ihm hochziehen. Er drückte sie an sich, sodass sie seinen starken Körper spürte. Sofort stand sie wieder in Flammen. Sie lehnte den Kopf gegen seinen.

»Du bist so schön, *mi angel*. Ich kann es immer noch nicht glauben, dass du dich wirklich für mich entschieden hast«, hauchte er in ihre Haare.

»Das habe ich. Jetzt und für immer.«

***

Obwohl Louise glaubte, sie wäre zu aufgeregt, um schlafen zu können, fielen ihr die Augen zu, sobald sie im Bett lag. Gegen acht Uhr wachte sie auf, kurz vor dem Wecker. Wie immer war sie sofort hellwach. Ihr erster Gedanke galt Miguel und sie musste lächeln. Ihr baldiger Ehemann.

Dann musste sie wieder an die arme Ambre denken und Trauer stieg in ihr auf. Auch wenn diese Grausamkeit sie letztlich mit Miguel zusammengebracht hatte, wünschte sie sich sehnlichst ihr Pferd zurück. Aber ihre Zeit war unwiderruflich abgelaufen. Mit einem stechenden Gefühl des Schmerzes stand sie auf. Sie duschte sich und zog sich wieder bequeme Kleidung an. Danach ging sie nach unten, zum Frühstück, das die Familie traditionell um halb neun einnahm.

Florence war noch mit Jean hier, der in der Küche herumwirbelte. Er verbreitete eine kindliche Freude, die Louise zumindest ein kurzes Lächeln abrang. Ihre

Mutter nickte ihr aufmunternd zu, während ihr Vater sie sorgenvoll von der Seite betrachtete. Sie setzte sich neben Florence, die kurz ihre Hand drückte, bevor sie sich wieder ihrem Kind zuwandte. »Jean, nun setz dich endlich hin«, rief sie.

Er gehorchte und nahm Platz. Nun kaum auch ihre Mutter, die noch letzte Sachen auf den Tisch stellte.

»Bedient euch«, sagte ihr Vater und alle griffen nach Brot und Käse, Aufschnitt oder Marmelade.

Louise nahm sich nur eine Scheibe Graubrot und bestrich sie mit gesalzener Butter. Mehr bekam sie nicht herunter. Vor Nervosität war ihr Magen wie zugeschnürt. Sie aß schweigend und trug nichts zur allgemeinen Unterhaltung bei. Aber die anderen schoben das anscheinend auf die gestrigen Ereignisse zurück. Niemand versuchte, ihr ein Gespräch aufzudrängen. Auch ihre Ausrede, im Wald spazieren gehen zu wollen, zweifelte niemand an.

Ihr Vater lächelte sie traurig an. »Das tut dir sicher gut. Es ... es tut mir einfach so leid. Ich hätte dir diesen Kummer so gern erspart, aber ...« Er beendete den Satz nicht. Doch sie verstand ihn auch so. Gegen Guillaume und sein Geld konnte er sich nicht durchsetzen. Und das würde er nie. Es machte sie zwar traurig, aber sie verstand es.

»Ich weiß, Papa.« Verständnisvoll nickte sie ihm zu.

Mit einem Ausdruck der Erleichterung in den Augen stand er auf, gab ihr einen Kuss auf den Scheitel und ging dann hinaus, um die Lese weiter zu überwachen. Würde das ihr letztes Bild von ihm sein? Sie schluckte die Tränen hinunter.

Sie durfte nicht noch trauriger wirken, sonst bestand ihre Schwester am Ende darauf, sie zu begleiten. Sie betrachtete sie schon mitleidig. Da krähte Jean lautstark und Florence ging schnell zu ihm. Sofort erhob Louise sich.

»Ich ... ich werde jetzt gehen.«

»Mach das, mein Schatz.« Ihre Mutter lächelte ihr nur mild zu. Louise unterdrückte mühsam den Impuls, sich weinend in ihre Arme zu werfen.

Zurück auf ihrem Zimmer nahm sie einen Beutel und steckte alles ein, von dem sie glaubte, dass sie es brauchen konnte. Ihren Pass natürlich und ihr Geld. Außerdem könnte sie Schmuck verkaufen, falls sie knapp bei Kasse wären. Sorgfältig nahm sie alle wertvollen Stücke und wickelte sie in ein gepolstertes Etui. Dann noch einige Kleider zum Wechseln, die Zahnbürste und ein paar Toilettenartikel. Das war es. Mehr nahm sie nicht mit. Alles gut verschnürt in einem Beutel, der exakt auf ihren Rücken passte.

Sie stellte sich vor den Spiegel und drehte sich davor. Wenn man nicht zu genau hinsah, bemerkte man den kleinen Beutel kaum. Falls ihre Eltern fragten, würde sie ihnen sagen, dass sie darin Essen mitnahm. Sie nahm den Rucksack wieder ab und setzte sich an den Schreibtisch, um einen Abschiedsbrief zu schreiben. Aber wie sagte man seiner Familie, dass man sie für immer verließ?

Nachdenklich kaute sie auf dem Stift herum, setzte immer wieder an und hielt dann doch inne. Nach einer Weile wusste sie endlich, was sie schreiben sollte. Sie fing an, ihre Gründe darzulegen, warum sie sich gegen

Henri und für Miguel entschieden hatte. Sie unterschrieb mit:

Bitte seid mir nicht böse. Ich habe mir diese Gefühle nicht ausgesucht. Aber ich kann sie nicht verleugnen und jemanden heiraten, den ich niemals lieben werde. In Liebe, Eure Louise.

Sorgfältig faltete sie den Brief zusammen und steckte ihn in einen Umschlag. Kurz dachte sie nach, wo sie ihn hinlegte. Zu früh sollten die anderen ihn ja nicht finden. Schließlich verstaute sie ihn im Inneren ihres Sekretärs. Hier würden sie sicher erst nachschauen, wenn Louise über mehrere Stunden verschwunden war – und sie hoffentlich schon über die deutsche Grenze gekommen waren.

Leise nahm sie sich ihr kleines Bündel und ging hinaus. Sie schritt über die Kiesauffahrt. An dem schmiedeeisernen Tor, das das Wappen des Weingutes – ein verschnörkelter goldener Stern – trug, blieb sie stehen. Sie drehte sich um und blickte zurück auf das Herrenhaus, das sie so sehr liebte. Ob sie das Gut und ihre Familie wohl jemals wiedersehen würde? Seufzend machte sie sich auf den Weg zum Treffpunkt mit Miguel; ihrer gemeinsamen Zukunft entgegen.

Reims, heute

Stunden vergingen, doch bisher gab es nicht die leiseste Spur eines Beweises. Ihre Geräte hatten zwar immer wieder angeschlagen, aber jedes Mal stellte sich heraus, dass es sich nur um noch mehr verlorene Münzen, verrostete Nägel oder ähnliches handelte. Einmal fanden sie sogar einen Schraubenzieher, wobei Hannah sich fragte, warum jemand ein Werkzeug in den Weinberg mitgenommen hatte.

Die anfängliche Aufregung war mittlerweile verflogen. Ernüchterung stieg in ihr auf. Was sollten sie machen, wenn sie keine Beweise für einen Mord fanden? Bedeutete das dann, dass Miguel ein raffgieriger Erntehelfer war, dem Geld wichtiger als Oma Louise gewesen war? So sehr Hannah auch davor graute, Knochen oder andere Überreste zu finden, diesen Gedanken fand sie noch viel schlimmer. Weil das bedeutet hätte, dass seine Gefühle doch nicht so groß waren.

Gerade jetzt, wo sie Julien gefunden hatte, wollte sie an die wahre Liebe glauben. Die Standesunterschiede überwand – oder Distanzen, so wie bei Julien und ihr. Letztlich waren es nur vierhundert Kilometer. Etliche aus ihrem Bekanntenkreis führten Fernbeziehungen oder hatten es getan. An der Entfernung lag es meist nicht, wenn es nicht klappte. Solange man sich liebte, konnte man trotzdem glücklich miteinander werden. Zumindest für eine Weile. Die Frage war daher, waren ihre Gefühle füreinander groß genug?

Hannahs Herz schrie sofort begeistert hurra. Oh ja, sie hatte sich mit Haut und Haaren in Julien verknallt. Und er schien ebenso angetan zu sein, wenn sie sich daran erinnerte, wie liebevoll er sie ansah und wie zärtlich er sie liebte. Aber war das von Dauer? Französische Männer galten schließlich als Charmeure, die es oft nicht ernst meinten. Waren seine Gefühle nur ein kurzes Strohfeuer, das zwar lichterloh brannte, aber schnell wieder erstarb?

Hannah war völlig in ihre Gedanken versunken. Fast hätte sie nicht bemerkt, dass ihr Metalldetektor erneut anschlug. Sie nahm den Spaten, um das nächste Fundstück auszugraben. Ob sie wohl wieder ein Cent- oder Franc-Stück aufgetan hatte, von denen sich mittlerweile einige in ihrer Tasche tummelten? Doch diesmal dauerte es deutlich länger, bis sich etwas tat. Anscheinend war dieses Teil tiefer in der Erde. Weil hier etwas mit Absicht verborgen werden sollte?

Ihr Puls raste, als sie hektisch ihren Spaten in den Dreck grub und die Klumpen schwungvoll hervorholte. Der Schweiß brannte ihr in den Augen, als sie schneller arbeitete, um das aufzudecken, was sich unter der Oberfläche verbarg.

Julien bemerkte ihre Aufregung und kam wieder zu ihr. Das hatte er nach dem ersten Mal nicht mehr gemacht, weil sie doch nur wertlose Sachen fanden. Aber diesmal war das anders, das spürte sie. Wortlos nahmen sie die Spaten und stießen sie beinahe gleichzeitig in den Boden. Er war hart und von kleinen Steinen durchsetzt, doch sie gruben immer tiefer.

Der Ton wurde stetig lauter und klarer. Hier lag etwas! Hannahs Herzschlag beschleunigte sich, als sie die Erde mit Schaufel und Händen ausgrub. Schließlich blitzte es im Schein der Campinglampe auf. Etwas Kleines, Halbrundes. Hannah wollte schon einen Laut der Begeisterung ausstoßen. Doch dann fiel ein Teil der Erde ab und sie erkannte den flachen Umriss. Enttäuscht stieß sie die Luft aus, die sie unwissentlich angehalten hatte. Wieder nur eine Münze.

Julien warf ihr einen mitleidigen Blick zu. Resigniert wollte sie ihren Fund schon weglegen, als sie bemerkte, dass noch ein Stück Erde das Teil bedeckte. Kurz überlegte sie, den Dreck einfach daran zu lassen, aber das brachte ihr innerer Monk nicht über sich. Also wischte sie vorsichtig mit dem Finger darüber – und erkannte erstaunt, dass sich in dem Dreck noch etwas befand. Etwas Kleineres, Längliches. Mit zitternden Händen befreite sie den Fund von der Erde – und starrte auf eine silberne Kette. Das war keine Geldmünze, sondern ein Anhänger mitsamt Kette.

Sie stieß einen leisen Schrei der Begeisterung aus und hielt Julien das Schmuckstück unter die Nase. »Sieh dir das an! Das … das könnte Miguel gehört haben.« Ihr Blick schweifte zwischen dem Anhänger und Juliens Gesicht hin und her.

Julien nickte ernst. »Vielleicht hast du recht. Komm, ich halte die Lampe dichter heran.« Er hob die Lampe an, sodass ihr Schein auf das Fundstück fiel.

In dem grellen Lichtschein erkannte Hannah eine silberne Münze, deren Rand von Blättern umrahmt wurde. In der Mitte befanden sich Weinreben. Mit zitternden Händen drehte sie das Schmuckstück um und las die Widmung: *»In ewiger Liebe. Deine Louise.«*

Hannah keuchte und sie hätte beinahe die Münze losgelassen. Also stimmte es. Miguel, der Geliebte von Oma Louise, war das Opfer eines grausamen Mordes geworden. Getötet von dem Vater seiner Liebsten. Tränen rannen über ihre Wangen, als die Erkenntnis über sie heranbrandete.

Julien legte sofort seine Geräte ab. Er zog sie eng an sich und strich ihr beruhigend über die Haare. »Weine nicht, *ma chérie.* Es ist alles geschehen und vergangen. Wir können nur dafür sorgen, dass Miguel Gerechtigkeit widerfährt.«

»Das stimmt. Aber es macht mich trotzdem so traurig!« Sie schluchzte weiter in seinen Armen. Nach einer Weile beruhigte sie sich und wischte sich schniefend die letzten Tränen aus dem Gesicht.

Julien lächelte sie liebevoll an. »Geht es wieder?«

Sie nickte. »Ja. Trotzdem ... es ist so schrecklich. Ein Teil von Oma Louise muss sich immer gefragt haben, ob er sie doch des Geldes wegen verlassen hat. Dabei hat er sie geliebt. Sonst würde er vielleicht immer noch leben.« Die letzten Worte hauchte sie mehr, als dass sie sie laut aussprach. Aber Julien verstand sie trotzdem.

»Und wir beide sorgen dafür, dass jeder das weiß.«

Dankbar lächelte sie ihn an. Dann schaute sie verwirrt auf den Boden. »Aber wieso ist hier ... nicht mehr? Wieso nur die Kette? Müsste hier nicht selbst nach fast sechzig Jahren mehr sein? So etwas wie ...« Sie schluckte. »Knochen. Stoffreste. Oder Knöpfe. Irgendetwas. Was ist, wenn Miguel den Anhänger vor Wut weggeworfen hat? Immerhin durfte er Louise nicht lieben, weil er zu arm für sie war.« Tränen stiegen ihr in die Augen. Dieser Fund verriet ihr immer noch nicht die ganze Wahrheit.

Julien beugte sich vor und strich ihr sanft über die Wange. Ein bisschen Lehm rieselte dabei auf ihre Kleidung, aber das war ihr egal. Die Berührung tröstete sie trotzdem.

»Es kann alles Mögliche passiert sein. Gib sie mir bitte einmal.« Hannah reichte ihm die Kette und Julien befühlte sie sanft. Vorsichtig klopfte er die letzte Erde davon ab. Dann zog er leicht daran und eins der Glieder löste sich. Hannah wollte schon mit ihm schimpfen, weil er das Fundstück kaputt gemacht hatte.

»Schau«, sagte er und deutete auf das Schmuckstück. »Die Kette ist zerrissen. Vielleicht gab es vor dem Mord einen Kampf und sie liegt deswegen an einer anderen Stelle.« Aufmunternd lächelte er ihr zu. »Aber wir wissen nun, wo wir suchen müssen. Unsere Detektoren finden sicher etwas.«

Damit hatte er Recht. Zumindest einen Knopf aus Metall könnten die Geräte orten. Sie mussten einfach etwas entdecken. Dieser Fund machte Hannah sonst noch unruhiger, weil er alles und nichts heißen konnte. Das Geheimnis lag irgendwo in dieser Erde. Sie mussten nur tief genug graben.

»Dann wollen wir nachsehen, was wir noch alles ans Tageslicht bringen.« Entschlossen hob sie den Detektor an und setzte die Kopfhörer wieder auf.

Sofort erklangen die fast schon vertrauten Töne und blendeten alles andere aus. Mittlerweile konnte Hannah die Geräusche unterscheiden. Dennoch ging sie auch den Piepsern nach, deren Fundstücke vermutlich zu weit oben im Erdreich lagen. Die Leiche wäre sicher tiefer eingegraben. Sie schluckte bei diesem Gedanken.

Nach gut einer Stunde kamen in Hannah allmählich Zweifel auf. Vielleicht war Miguel bei dem angebotenen Geld doch schwach geworden? Bisher hatten sie nichts weiter gefunden außer drei Münzen und einem Nagel. Und sie hatten alles im Radius von ein paar Metern um die Kette abgesucht. Hannah ließ die Schultern hängen. Mittlerweile kroch die Müdigkeit unaufhaltsam in ihr hoch und ihr entwich ein lautes Gähnen. Außerdem schmerzten ihre Arme von den ungewohnten Bewegungen. Sie brauchte bald eine Pause, sonst klappte sie zusammen.

Sie wollte gerade ihren Kopfhörer abnehmen und Julien eine kurze Unterbrechung vorschlagen, als erneut ein Ton anschlug. Diesmal erklang er leiser, dumpfer als die anderen. Ihr Herz klopfte aufgeregt und ihr Atem ging flach. Waren hier die sterblichen Überreste von Großmutters Geliebtem verborgen?

Hannahs Finger zitterten, als sie den Spaten immer tiefer in den Boden grub. Der stetige Rhythmus von Hineinstechen und Ausheben hypnotisierte sie beinahe. Plötzlich spürte sie, dass dies hier die richtige Stelle war. Ihre Bewegungen wurden schneller, als ob die Aussicht auf baldigen Erfolg ihren Muskeln neu Kraft gäbe. Schon bald gesellte sich Julien zu ihr.

Gemeinsam hoben sie einen Klumpen Erde nach dem nächsten heraus. Je tiefer sie kamen, desto mehr klebte der Boden zusammen. Auf einmal kroch ein Regenwurm schläfrig über die Fläche. Hannah stoppte ihren Spaten mitten im Schwung, damit sie ihn nicht erwischte. Sie wusste zwar, dass die Tiere ihren Schwanz nachwachsen lassen konnten. Trotzdem fand sie die Vorstellung eklig, einen armen Regenwurm zu halbieren. Also hob sie ihn vorsichtig auf und trug ihn weg. Danach machte sie entschlossen weiter.

Bald hatten sie eine Fläche von rund zwei Quadratmetern fünfzig, sechzig Zentimeter tief ausgegraben. Julien richtete die Campinglampe auf die Stelle. Erschien da nicht etwas Weißes in dem dunklen Erdreich? Aufgeregt wechselte sie einen Blick mit Julien, der nickte.

Also bildete sie sich das nicht ein. Hastig nahm sie den Spaten wieder an, buddelte aber deutlich vorsichtiger weiter. Im Wesentlichen nutzte sie das Metall, um das

Erdreich zu lockern. Ein paarmal stieß sie gegen etwas Hartes und sie hoffte stets, dass dies nur Steine und keine Knochen waren. Julien kam ihr von der anderen Seite entgegen. Als sie genügend Lehm weggeschaufelt hatten, ging Hannah auf die Knie. Mit den Händen schob sie vorsichtig die Erde weg.

Kurz ärgerte sie sich, dass sie keine Handschuhe dabei hatte, aber so weit hatten sie nicht gedacht. Schließlich grub man ja nicht jeden Tag ein Grab aus. Endlich hatte sie das Skelett freigelegt. Hannah schluckte und ihre Augen wurden feucht. Besonders makaber war der Totenkopfschädel, der irgendwie so wirkte, als würde er grinsen.

Ein kalter Schauer lief ihr den Rücken hinunter. Hastig sprang sie auf und drehte sich zu Julien. Zu ihrem namenlosen Entsetzen erblickte sie ihn nicht am Fußende des ausgehobenen Grabs, sondern Raphael. Neben ihm stand ein Mann, der vermutlich schon in den Achtzigern war. Er war korpulent und sein Gesicht wirkte derb, ganz im Gegensatz zu seiner eleganten Kleidung. Das musste Henri Bernard sein, Raphaels Großvater. Louises ehemaliger Verlobter.

Beide richteten Pistolen auf sie. »Danke, dass du den Beweis für uns herausgeholt hast. Das erspart uns viel Arbeit«, sagte Raphael höhnisch auf Englisch. »Wenn du jetzt so nett wärst, mir die Überreste zu geben ...« Er deutete mit der Waffe auf die vor ihnen liegenden Knochen.

»Sicher nicht!« Wütend verschränkte sie die Arme vor der Brust. Dann schaute sie sich hektisch nach Julien um. Doch sie sah sie ihn trotz des Campinglichts nirgendwo. »Wo ... Wo ist Julien? Was habt ihr mit ihm gemacht, ihr Schweine?«

»Der ist mundtot«, sagte Raphael.

Sein Großvater schnaubte. »So wie du auch gleich, wenn du uns weiter beleidigst.« Sein Akzent war stärker als der den von Raphael, dennoch klang er extrem befehlsgewohnt. Kein Wunder, immerhin hatte er einen Weltkonzern aufgebaut. »Er ist dort.« Er nickte Richtung Boden, wo Julien lag. Ihr Magen krampfte sich zusammen bei seinem Anblick.

»Ist er ...?« Ihre Stimme erstarb.

»Tot? Nein. Nur bewusstlos. Das reicht.« Raphael zuckte mit den Achseln. Dann hob er die Waffe an und zielte mit grimmigem Gesichtsausdruck auf sie. »Aber glaub nicht, dass wir nicht schießen würden. Wir können beide gut damit umgehen. Großvater hat es mir schon als Kind gezeigt. Er findet, ein Mann muss schießen können.«

»Genau! Man weiß nie, wozu man es braucht.« Henri Bernard legte seinem Enkel eine Hand auf die Schulter. Dann grinste der Ältere. »Wobei ich eher an Selbstverteidigung gedacht hatte. Es gibt genügend Irre, die unseren Reichtum als Einladung zur Selbstbedienung sehen. Aber na ja – hierfür ist es auch gut.«

Einen Moment fragte Hannah sich, woher die beiden die Waffen hatten. Doch mit dem Geld der Bernards ließ sich vermutlich alles besorgen. Außerdem war das letztlich auch egal. Klar war, dass die beiden den Mord an Miguel weiterhin vertuschen wollten. Und zwar um jeden Preis

»Also los – sammle die Dinger ein und gib sie uns, damit wir sie loswerden können«, befahl Raphael.

»Nein, das dürft ihr nicht.« Verzweifelt starrte Hannah auf das Skelett hinab. Die freiliegenden Knochen lagen weiß und kalt in der dunklen Erde; eine stumme Mahnung, das Unrecht, das ihnen widerfuhr, zu sühnen. Sie lenkte den Blick der Männer mit der Hand darauf. »Das sind die Reste eines Menschen. Miguels sterbliche Überreste. Der nur deswegen ermordet wurde, weil er die falsche Frau liebte.«

Etwas zuckte auf in Henris Gesicht. War es die Erinnerung an seine frühere große Liebe – die seine Gefühle allerdings nicht erwidert hatte? Es musste schlimm für ihn gewesen sein. Für einen Moment tat er ihr leid.

Der Blick des Älteren wanderte zu den Knochen und sie glaubte, einen Anflug von schlechtem Gewissen in seiner Miene zu erkennen. Er seufzte. »Das … das tut mir leid. Miguel hätte nicht sterben müssen. Warum hat er bloß das Geld nicht angenommen? Eine halbe Millionen Franc hat Vater ihm angeboten. Das hätte ihm und seiner Familie ein Leben in Wohlstand ermöglicht. Aber er hat nur gelacht und gesagt: *Die wahre Liebe ist mehr wert als alles Geld der Welt. Ich bin lieber arm mit meiner Louise als reich ohne sie.* Dabei hat er die ganze Zeit dieses verdammte Amulett umklammert. Ein Geschenk von ihr.«

Unwillkürlich griff Hannah in ihre Hosentasche und zog die zerrissene Kette hervor. »Meinen Sie das hier?«

Er riss es ihr aus der Hand und starrte darauf. Wut stand in seinen Augen und seine Kiefermuskulatur spannte sich an. Er tippte mit dem Finger auf die eingravierte Inschrift. »Hier, siehst du das? *In ewiger Liebe*

– *deine Louise*. Ich hatte ja geahnt, dass sie meine Gefühle nie erwidert hat. Aber dann musste dieser Miguel mir das unter Nase reiben. Wie hätte ich denn darauf reagieren sollen? Ein Mann kann doch nicht tatenlos zusehen, wie jemand seine Liebste wegnimmt!«

Hannah erstarrte regelrecht bei seinen Worten. War er gar nicht der arme Verlassene, sondern der Mörder? »Also haben Sie Miguel ermordet und nicht Guillaume?«, fragte sie und keuchte.

Henri lachte freudlos. »Vater wollte ihn durch Geld davon überzeugen, dass es besser wäre, einfach zu verschwinden. Aber dann hat er meine Gefühle in den Dreck gezogen und ich ... ich konnte mich nicht mehr beherrschen. Ich rammte ihm meine Faust in sein Gesicht. Dabei traf ich ihn so hart, dass er zurücktaumelte und die Treppe hinabfiel. Er war sofort tot.« Der alte Mann hielt inne und schloss die Augen. »Seitdem vergeht kein Tag, an dem ich es nicht bereue«, flüsterte er. »Denn Louise habe ich trotzdem verloren. Und ich konnte niemals wieder eine Frau lieben. Wie auch; wo ich so viel Unglück über Louise gebracht habe?«

Tränen rannen über Hannahs Wangen. Wie tragisch diese Geschichte doch war! Eine einzige unbedachte Handlung hatte drei Leben vernichtet: Miguel war tot, Großmutter Louise am Boden zerstört und Henri Bernard eine Geisel seiner Schuld. Etwas verstand sie allerdings noch nicht. Sie schluckte, um ihre Tränen zu bezwingen. »Aber wieso hat Carlos nur zwei Männer gesehen? Er hat Sie nicht erwähnt.«

Henri Bernard zuckte zusammen, als wäre er mit seinen Gedanken ganz woanders gewesen. Dann richtete er seine kleinen Augen auf sie. »Vater hat mich weggeschickt, um mich zu schützen. Außerdem hatte er wohl Angst, dass ich mich selbst stellen könnte. Deswegen sollte ich nicht wissen, wo sich die Leiche befindet.« Er blickte sich nachdenklich um. »Hier also hat Miguel die ganze Zeit gelegen. Nicht weit von der Stelle, wo wir einmal aneinandergeraten sind. Allerdings wusste ich damals nicht, dass Louise eine Affäre mit ihm hatte. Hätte ich es da bloß schon geahnt! Vielleicht wäre die ganze Sache dann anders ausgegangen.«

»Was soll's? Das ist schon fast sechzig Jahre her«, mischte sich Raphael mit kalter Stimme ein. Er schaute Hannah entschlossen in die Augen und zielte mit seiner Waffe auf sie. »Ich lasse nicht zu, dass du unseren guten Namen wegen einer längst vergangenen Dummheit in den Dreck ziehst.«

»Mord verjährt nicht!«, rief sie heftig.

»Totschlag, meine Liebe. Es war schließlich keine Absicht«, wandte Henri Bernard ein, der nun wieder so selbstbewusst wie am Anfang wirkte. Der kurze Anflug von Schuldbewusstsein war offenbar verflogen. »Deswegen habe ich nie verstanden, wieso sich Vater so lange von deinem raffgierigen Urgroßvater hat erpressen lassen. Immer wieder hat er gedroht, alles zu verraten und die Polizei zur Leiche zu führen. Selbst wenn! Was hätte das bewiesen? Genauso gut könnte ihn ein anderer Erntehelfer getötet haben. Aber Vater war der gute Ruf der Familie wichtiger als alles andere. Wehe, ich habe mich einmal nicht *eines Bernards würdig verhalten.*« Ein Schatten der Wehmut huschte über seine Augen, verflog jedoch so rasch, wie er gekommen war. Sicher war seine Kindheit nicht immer leicht gewesen mit solch einem Vater. Einen Mord rechtfertigte das aber nicht.

Er lächelte bitter. »Als der alte Vidot gestorben ist, war das Thema erledigt. Außer ihm wusste keiner davon. Und ohne unsere Hilfe war das Weingut *Etoile* innerhalb kürzester Zeit bankrott. Ich habe es gekauft und jede Erinnerung an die Marke *Etoile* gelöscht. Denn sie war untrennbar mit deiner Großmutter verbunden. Sie war der Stern des Hauses.«

Das also war damals geschehen. Endlich passten alle Puzzleteile zusammen. So war die Familie Bernard zu dem Weingut gekommen. Streng genommen war es kein Betrug. Aber die Tat zuvor, das war ein Verbrechen. Und das würde sie bekannt machen. »Damit kommen Sie nicht durch! Ich werde das zur Anzeige bringen.«

Raphael lachte. »O nein. Weil du mir jetzt endlich diese verdammten Knochen geben wirst. Dann kann ich sie zu Mehl verarbeiten und unter den Dünger streuen.«

Kapitel 16

Reims, 1965

Weil sie das Haus viel zu früh verlassen hatte und nicht zu lange herumsitzen wollte, streifte Louise noch durch die Wälder. Die Herbstsonne beleuchtete die Blätter, als würde die Natur selbst ihre heimliche Liebe billigen. Vögel sangen in den Bäumen, schienen ihr Mut machen zu wollen. Doch Louise war viel zu nervös, um die Idylle zu genießen. Daher beschloss sie, gleich zum verabredeten Treffpunkt zu gehen.

Sie erreichte ihn fast fünfzehn Minuten zu früh und setzte sich auf einen Stein, den Beutel neben sich legend. Die Zeit schien stillzustehen, als sie auf Miguel wartete. Die Minuten vergingen; es wurde zehn, fünf nach zehn, zehn nach zehn. Doch Miguel kam nicht. Selbst eine halbe Stunde nach zehn Uhr war nichts von ihm zu hören und zu sehen.

Louises Magen rumorte nervös und ihre Kehle wurde eng. Hatte er es sich anders überlegt? Aber warum? Er wollte doch, dass sie mit ihm kam, um in Deutschland ein neues Leben anzufangen. Wo blieb er nur? Ihre Gedanken wirbelten wild in ihrem Kopf herum, während das Ticken ihrer Uhr von Schlag zu Schlag lauter zu werden schien.

Die Minuten dehnten sich zu Stunden und der Himmel verdunkelte sich langsam. Schließlich begann es zu regnen. Die ersten Tropfen fielen auf Louises Gesicht. Schon bald konnte sie die Tränen auf ihren Wangen nicht von den Regentropfen unterscheiden. Der Regen tropfte stärker, durchnässte ihre Kleidung, ihre Haare, ihre Haut. Doch es war ihr egal. Die Nässe war nicht so schlimm wie die unsäglichen Schmerzen in ihrem Herzen.

Gegen eins erkannte sie allmählich, dass er nicht kommen würde. Er hatte sie versetzt. War es ihm doch nur um ihren Körper gegangen? War das alles, was die spanischen Männer wollten; genauso wie ihre Mutter es immer gesagt hatte? Nein, das konnte nicht sein! Sie schüttelte den Kopf und ihre klatschnassen Haare wirbelten umher. Bestimmt war etwas vorgefallen, das ihn am Erscheinen gehindert hatte. Vielleicht war er gestürzt. Oder sein Vorarbeiter ließ ihn nicht gehen.

Natürlich, so kurz vor dem Abschluss der Ernte brauchten sie noch jede Hand. Zumal der Regen, der zwischenzeitlich wieder versiegt war, nur den Anfang einer längeren Regenzeit darstellte. Die Erntehelfer mussten sich beeilen, damit sie die Trauben einholten, bevor sie durchweichten. Sicher war Miguel auf den Feldern. Er würde mit ihr fortgehen. Aber nicht heute, sondern bald.

Der Gedanke tröstete sie. Sie erhob sich von ihrem kalten Platz auf dem Stein, schulterte ihr Bündel und machte sich auf den Rückweg. Nicht weit entfernt erblickte sie die Weinfelder, auf denen die Männer Hand anlegten. Miguel konnte sie nicht darunter erblicken. Aber das musste nichts heißen. Er konnte auch in einem anderen Abschnitt arbeiten. Sie beschleunigte ihren Schritt, damit sie zurück auf dem Gut war, bevor ihre Familie sie vermisste und vielleicht den Brief fand. Das musste noch warten. Eisern klammert sie sich an die Hoffnung, dass Miguel seine Entscheidung nicht infrage stellte, sondern dass er zu seiner Verpflichtung stand.

Als sie das Herrenhaus erreichte, herrschte dort eine geschäftige Aufregung. Alois führte drei Pferde hinaus; gesattelt und gezäumt. Louise erkannte erstaunt ihren Vater, den Vorarbeiter und sogar ihren Kellermeister, die mit ernsten Mienen auf die Pferde zugingen. Hastig eilte sie ihnen entgegen. Hunde liefen neben ihnen und bellten aufgeregt. Auf dem Vorhof lag eine Atmosphäre gespannter Unruhe.

Auf einmal erfasste Louise eine dumpfe Vorahnung und sie rannte auf die Männer zu. »Vater, was ist hier los?«

Ihr Vater nahm seinen Hut ab. »Einer der Erntehelfer ist verschwunden. Wir müssen ihn suchen.«

»Wie ... wie ist sein Name?«, hauchte sie und spürte, wie alles Blut aus ihrem Gesicht wich. Gleichzeitig fraß sich ein grausamer Schmerz durch ihre Eingeweide.

»Es ist zwar vermutlich eigentlich egal, weil du ihn kaum kennen wirst. Aber gut, er heißt Miguel. Wir befürchten ... ihm könnte etwas zugestoßen sein.«

Der Schmerz in ihrem Innersten wurde nun zu einer reißenden Bestie. Er grub sich immer tiefer in jedes einzelne Organ ihres Köpers. Louise taumelte keuchend.

Ihr Vater stützte sie, beobachtete sie aufmerksam. Sein Gesicht sah tadelnd aus. Wusste er etwas von Miguel und ihr? Aber nein, das konnte nicht sein. Trotzdem – irgendwie ahnte er, dass Miguel kein Unbekannter für sie war. Doch er zog es vor, nicht in sie zu dringen.

»Ich weiß, die Vorstellung, dass einem der Männer etwas passiert sein könnte, ist schlimm für dich. Komm, setz dich.«

Behutsam führte er sie zu einem der Stühle, die auf dem Platz standen. Sie ließ sich wie betäubt darauf sinken, während die Gedanken durch ihren Kopf rasten. Also wurde Miguel vermisst? Er war weder bei der Lese noch bei ihr gewesen. Aber wo war er? Und vor allem: Wie ging es ihm? Sicher war etwas Schlimmes geschehen! »Ihr müsst ihn suchen. Vielleicht hatte er einen Unfall und liegt irgendwo verletzt herum. Eine Schlange könnte ihn gebissen haben. Bitte, ihr müsst ihn finden.« Drängend schaute sie erst ihren Vater und dann die anderen Männer an.

Im Gesicht ihres Vaters zuckte es. Seine Augen nahmen nun eindeutig einen Ausdruck allergrößter Wut an und sie erschrak. *Er weiß es, er weiß es,* hallte es durch ihren Kopf.

»Genau das haben wir vor. Wobei ich das für Zeitverschwendung halte. Vermutlich ist er einfach nur abgehauen, weil er etwas Besseres gefunden hat. So sind diese Vagabunden halt.« Er zuckte mit den Achseln.

Weil er etwas Besseres gefunden hat. Dieser Satz hallte in Louises Seele nach. Lag darin eine Botschaft für sie? Es passte nicht zu ihrem Vater, so kaltschnäuzig über einen verschwundenen Erntehelfer zu sprechen. Nun klang er mehr wie Guillaume Bernard als wie ihr mitfühlender Vater. Erschrocken schaute sie zu ihm auf, sah eisige Kälte in seinem Blick und ihr wurde schlecht. Irgendwie wusste er, dass Miguel ihr heimlicher Geliebter war.

Er sah sie eindringlich an, als wollte er sie warnen, noch mehr Aufhebens um die Sache zu machen. Die anderen Männer schienen ohnehin schon über Louises seltsame Anteilnahme verwirrt zu sein. »Frauen und ihr weiches Herz. Sie sind um jedes Wesen besorgt, das auf dem Gut lebt. Sogar, wenn sie sie nicht kennen.« Er winkte lachend mit der Hand ab, ließ Louise aber nicht aus den Augen.

Die anderen Männer nickten verständnisvoll.

Louise schlug hastig den Blick nieder. Sie durfte nicht zeigen, wie sehr sie Miguels Verschwinden quälte. Vor den anderen musste sie so tun, als sei er nur irgendein dahergelaufener Erntehelfer. Dabei schrie ihre Seele verzweifelt danach, ihn selbst zu suchen.

Louise wartete nervös in ihrem Zimmer darauf, dass die Männer mit Miguel zurückkamen. Sie mussten ihn einfach finden. Er konnte nicht so weit weg von den Unterkünften sein. Schließlich hatte er nur die Kündigung mit dem Vorarbeiter regeln wollen, bevor er zu ihr kam. Was war bloß danach geschehen? Ein Schlangenbiss? Ein Unfall? Oder vielleicht ein Streit mit einem der Arbeiter?

Die Ungewissheit war furchtbar für Louise. Vor allem, weil sie zum schweigenden Warten verdammt war. Niemand durfte wissen, wie sehr sie die Angst um Miguel quälte. Ihren Geliebten, den sie eigentlich gar nicht kennen dürfte. Nervös knetete sie ihre Finger und ging im Zimmer auf und ab. Irgendwann setzte sie sich wieder hin. Sie griff sich ihr Buch, um darin zu lesen. Doch die Worte verschwammen vor ihren Augen, als sie erneut anfing zu weinen. Sicherlich war etwas Schreckliches geschehen.

Erst viele Stunden später hörte Louise Hufgetrappel, als der kleine Suchtrupp wieder heimkehrte. Hastig trocknete sie ihre Tränen und eilte hinab zum Vorplatz. Sie wusste, dass sie sich damit nur noch verdächtiger machte. Aber sie hielt es nicht aus, auf ihrem Zimmer zu bleiben; nicht wissend, wie es Miguel ging. Als sie die Männer erreichte, sah sie auf einen Blick, dass sie mit leeren Händen gekommen waren.

»Ihr habt ihn nicht gefunden?«, fragte sie trotzdem leise.

Ihr Vater, der bereits abgestiegen war, musterte sie verärgert. »Nein, es gibt keine Spur von ihm. Er ist sicher abgehauen, wohin auch immer.«

Sie wollte protestieren, aber da griff ihr Vater ihren Oberarm mit fester Hand und zerrte sie weg von den anderen. Sein Blick war finster, als er sie fast schon grob zu den Stallungen zog. Kurz schaute er sich um, doch zu so später Stunde war niemand mehr hier zu sehen. Alois wuselte bei den Männern herum, um beim Absatteln zu helfen.

»Zeit, diese Farce zu beenden, Tochter«, knurrte ihr Vater nun und seine Miene verzog sich voller Wut. »Ich weiß, was du und dieser ... Bastard miteinander getrieben haben! Ich bin entsetzt von dir, Louise! Wie konntest du nur?«

Betreten blickte sie zu Boden. Leugnen war zwecklos, das wusste sie. Außerdem wollte sie das gar nicht mehr. Sie hob das Gesicht wieder an und schaute ihm fest in die Augen. »Ich liebe ihn. Und ich will mit ihm fortgehen.« Nun war es heraus, was sie eigentlich nur im Brief hatte mitteilen wollen. Dennoch fühlte es sich gut an, es ihm direkt zu sagen. Dann kehrte die Sorge um ihren Geliebten wieder zurück und sie schluckte. »Wenn ich nur wüsste, wo er ist und wie es ihm geht. Bitte, erzähl es mir, wenn du etwas weißt.«

Er schnaubte. »Er ist weg.«

Ihr Herz setzte für einen Moment aus, nur um danach wie ein Dampfkolben weiterzuschlagen. »Nein, das kann nicht sein«, keuchte sie. »Er wollte mit mir gehen.«

»Das sagen diese Kerle immer. Sie versprechen dir die große Liebe, aber wenn sie haben, was sie wollten, sind sie weg. Vergiss ihn und sei froh, dass Henri dich immer noch will.« Er sah sie missbilligend an. Doch es lag auch ein Hauch von schlechtem Gewissen in seinem Blick. Was verschwieg er ihr? Dann ging ihr auf, was er gerade eben gesagt hatte. »Wieso will Henri mich noch? Was weiß er? Und vor allem: Was ist geschehen, Vater?«

Ihr Vater biss sich auf die Lippen und runzelte die Stirn, schließlich nickte er. »Gut, du sollst die Wahrheit wissen. Vielleicht vergisst du ihn dann endlich.« Er machte eine kurze Pause und zog an seinen Fingern, bis sie knackten. Das Geräusch hörte sich beinahe wie brechende Knochen an und ein Schauder rann über Louises Rücken.

»Also, deine Schwester konnte gestern Nacht nicht schlafen. Sie hat etwas auf dem Dachboden gehört und nachgesehen. Und dann hat sie dich und diesen ... diesen spanischen Lustmolch gehört. Sie hat mir Bescheid gesagt, damit ich dich vor dem Fehler deines Lebens bewahre. Das habe ich gemacht. Mit Guillaume und Henri.«

Louise keuchte entsetzt auf und schlug die Hand vor den Mund. Hatte Florence auch ihre Vereinigung mitbekommen? Dann könnte sie ihr nie wieder unter die Augen treten. »Wieso mit den beiden? Und was habt ihr getan?«

Ihr Vater betrachtete sie immer noch mit dieser entsetzlichen, eiskalten Wut, die nicht zu ihm passte. »Natürlich musste ich deinem Verlobten Bescheid sagen. Er muss es wissen, wenn du nicht mehr ... unversehrt bist.«

Also wussten sie alle, was geschehen war. Blut schoss in ihre Wangen und sie fühlte sich so heiß wie ein Herdfeuer.

»Er wollte mitkommen. Und natürlich sollte Guillaume dabei sein«, erklärte ihr Vater mit harter Stimme. »Als wir zurückkamen, warst du schon weg. Aber er war noch in eurer Liebeshöhle.« Er spuckte das Wort regelrecht aus, sah sie mit zusammengezogenen Augen an, die vor Wut fast schwarz waren. »Guillaume hat ihm viel Geld angeboten, damit er dich verlässt. Und das war ihm wichtiger als du.«

»Nein, das stimmt nicht«, stieß Louise mit erstickter Stimme aus. Tränen zwangen sich hoch, doch sie hielt sie verbissen zurück. Sie würde nicht vor ihrem Vater weinen. »Miguel würde mich niemals nur des Geldes wegen verlassen. Er liebt mich mehr als sein Leben!«

Ihr Vater schnaubte. »Von wegen. Er hat keine Sekunde gezögert. Louise, Guillaume hat ihm eine halbe Millionen Franc angeboten. Davon können seine Familie und er gut leben. Natürlich hat er das angenommen!« Ein Schatten huschte über sein Gesicht. War es das schlechte Gewissen?

Sie starrte ihn aus leeren Augen an. Konnte es stimmen? Hatte Miguel sein finanzielles Wohlergehen über seine Gefühle gestellt? Nun konnte Louise die Tränen doch nicht mehr zurückhalten. Sie flossen ungehindert über ihre Wangen. Ihr Vater sah sie mitleidig an.

»Sieh es ein, mein Kind. Du gehörst hierher. Auf den Weinberg. Und zu Henri.«

»Nein«, wimmerte sie. »Ich werde ihn niemals heiraten. Ich … ich liebe ihn nicht. Und ich werde niemals Guillaumes Marionette sein. Er will mich kontrollieren. Er hat gedroht, mich zu töten, wenn ich mich widersetze.«

Ihr Vater seufzte. »Guillaume ist ein harter Hund. Trotzdem – so weit würde er schon nicht gehen. Und Henri wird dir ein guter Mann sein.«

»Nein. Ich will Miguel!« Verbissen verschränkte sie die Arme vor der Brust.

»Er ist fort. Er hat dich benutzt wie einen Spaten. Und nun ist er wieder bei seiner Familie und lacht über dich.«

Die Grausamkeit seiner Worte fraß sich wie Säure in ihr Innerstes. Verzweifelt fragte sie sich, ob es stimmte. Aber dann erinnerte sie sich wieder an die Liebe in seinen Augen und an die Zärtlichkeit, mit der er sie umschlungen hatte.

»Du lügst«, rief sie weinend aus. »Miguel ist nicht ohne mich gegangen. Und wenn, dann habt ihn dazu gezwungen. Oder … ihr habt ihm etwas angetan!« Entsetzt riss sie die Augen auf. »Habt ihr ihn verschwinden … *lassen*?«

»Natürlich nicht. Was denkst du denn von uns?«, herrschte ihr Vater sie an. Aber sie meinte, ein nervöses Funkeln in seinen Augen zu erkennen. Hatte sie recht? Waren Guillaume und er Miguels Mörder?

Reims heute

Hannah japste angesichts der Vorstellung, Miguels sterbliche Überreste so würdelos zu behandeln. Auch Henri Bernard wirkte schockiert. Doch er schwieg zu den Plänen seines Enkels. Im Gegensatz zu Hannah. Sie schüttelte heftig mit dem Kopf und stellte sich schützend vor das Skelett. »Nein, das darfst du nicht! Ich werde dich daran hindern.«

Raphael lachte. »Was willst du denn machen? Du bist alleine. Unbewaffnet. Und wir sind zu zweit und haben Waffen.« Er entsicherte die Pistole, wobei er die Augen zusammenzog. »Hannah, meine Geduld ist langsam am Ende. Oder ich schwöre dir, ich lasse zwei Leichen verschwinden.« Gönnerhaft grinste er sie an.

»Aber da ich dich nun einmal ganz apart finde, würde ich dich lieber am Leben lassen. Wenn du mir jetzt endlich diesen Beweis gibst.« Mit entschlossenem Blick zielte er auf ihr Herz. Hannah fiel auf, dass sein Großvater die Waffe auf halber Höhe hielt. Es wirkte weniger bedrohlich als vielmehr pflichtbewusst. War diese

Aktion vielleicht gar nicht seine Idee, sondern die von Raphael?

Hannah ließ ihre Augen zwischen den beiden Männern und den Knochen hin und her schweifen. Sie konnte ihnen nicht den einzigen Beweis für diesen Mord geben! Sterben wollte sie allerdings auch nicht. Was sollte sie noch machen? Mutlos ließ sie die Schultern sinken.

Raphael deutete das anscheinend als Kapitulation. Er senkte die Waffe und lächelte großspurig. »Na siehst du, so schwer ist das doch nicht, oder?«

»Und ob das schwer ist, wenn man ein Gewissen hat«, erklang auf einmal eine vertraute Stimme von hinten. Das war Julien! Er musste aus seiner Ohnmacht erwacht sein.

Sofort drehte sich Raphael um und versuchte, auf ihn zu zielen. Aber Julien schlug ihm bereits den Metalldetektor mit voller Wucht gegen die Hand, sodass er die Waffe fallen ließ. Julien stieß die Pistole mit dem Fuß so heftig weg, dass sie in den Weinstöcken verschwand.

Danach rammte er Raphael das Gerät gegen die Brust, wodurch dieser wie ein umgeworfener Kegel rücklings auf den Boden krachte. Julien warf sich auf ihn und rang ihn mit seinem Körper nieder. Allerdings bemerkte Hannah, dass seine Bewegungen schwerfällig waren. Trotzdem gelang es ihm irgendwie, sich gegen Raphael zu behaupten.

»Lass ihn los oder ich erschieße dich!«, blaffte ihn Henri Bernard an und zielte mit der Waffe auf die Kontrahenten.

Hannah schlug sich entsetzt die Hand vor den Mund. Er durfte Julien nicht töten. Allerdings schien er

Schwierigkeiten zu haben, sauber zu zielen. Die beiden Männer rangen miteinander und mal lag der eine oben, mal der andere. Es war unmöglich, den Richtigen zu erwischen. Das erkannte Henri Bernard anscheinend auch. Denn er richtete nun die Waffe drohend auf Hannah. »Gib meinen Enkel frei oder ich erschieße deine Freundin.«

Sofort sprang Julien auf. »Nein, bitte nicht!« Er entwand sich aus Raphaels Griff und stellte sich schützend vor Hannah. Dabei bemerkte sie, wie zusammengekniffen sein Gesicht aussah. Er musste furchtbare Kopfschmerzen von der Ohnmacht haben. Trotzdem hielt er sich eisern auf den Beinen. »Das würde ich niemals zulassen«, flüsterte er und strich ihr zärtlich über die Wange.

Sie schluckte und griff dankbar nach seiner Hand.

Derweil kam Raphael fluchend wieder auf die Beine und stellte sich neben seinen Großvater. Suchend schaute er sich um. Vermutlich hielt er nach seiner Waffe Ausschau. Schließlich gab er es auf. Er nickte seinem Großvater zu. »Worauf wartest du noch? Erledige sie.«

»Noch nicht«, gab der Ältere zurück. Er zielte zwar weiterhin auf sie. Aber er wirkte nicht so, als wollte er seiner Drohung Taten folgen lassen. Er war kein Killer. Auch Miguel hatte er nicht mit Absicht getötet. Und er bereute diese Tat. Er wollte nicht noch mehr Blut an seinen Händen kleben haben, davon war sie überzeugt.

Hastig trat Hannah hinter Juliens schützender Gestalt hervor.

»Nicht!«, keuchte er.

Sie nickte ihm beruhigend zu. »Vertrau mir!« Dann ging sie langsam auf Henri Bernard zu, der die Waffe weiterhin drohend auf sie richtete.

»Noch ein Schritt näher und ich schieße!«

»Nein, das werden Sie nicht machen«, sagte sie. Ihre Stimme klang erstaunlicherweise viel entschlossener, als sie sich fühlte. »Wenn Sie das gewollt hätten, wäre ich schon tot.« Schritt für Schritt näherte sie sich ihm, als wäre er ein wilder Hund, der bei der kleinsten falschen Bewegung zubeißen konnte. Und das konnte er auch oder vielmehr könnte er jederzeit abdrücken. Ihr Herz raste wie ein Presslufthammer, während sie ihm zögernd immer näher kam.

Der Ältere behielt zwar seine harte Miene und richtete die Pistole auf sie. Aber kein Schuss löste sich aus dem Magazin.

»Nun schieß schon!«, rief Raphael zornig. »Oder bist du etwa zu feige dafür? Sie sind Zeugen!«

Einen Moment befürchtete Hannah, Henri Bernard würde auf die Provokation anspringen. Eine Ader pochte an seinem Hals und seine Augen wurden starr. Aber statt auf sie zu schießen, starrte er seinen Enkel wütend an. »Es ist keine Feigheit, Respekt vor dem Leben zu haben! Ich habe damals einen Fehler gemacht und auf Vater gehört. Wir hätten gleich zur Polizei gehen sollen. Dann wäre mein Gewissen heute rein. Ich werde nicht noch mehr Schuld auf mich laden.«

Seufzend nahm er seine Waffe herunter. »Du hast recht. Ich bin kein Mörder. Weder damals noch heute. Aber ich bitte euch – bringt mich nicht ins Gefängnis. Ich bin fünfundachtzig. Das würde mich umbringen.«

Ernst schaute er sie an. »Bitte verschone einen alten Mann.«

Verzweifelt starrte sie ihn an. Was sollte sie nur machen?

Julien ging zu dem Älteren und nahm ihm die Waffe aus der Hand. »Das Gefängnis mag nicht Ihr gewohntes Niveau besitzen. Aber wir können Sie auch nicht ungestraft mit einem Mord durchkommen lassen.«

»Miguels Tod muss ... Rache bekommen«, ertönte auf einmal eine vertraute Stimme mit spanischem Akzent.

Erstaunt drehten sie sich alle um und sahen Carlos auf sie zukommen. Der alte Mann stützte sich schwer auf seinen Gehstock, Tränen rannen in wahren Sturzbächen seine faltigen Wangen hinab. »Ich es gewusst ... Miguel nicht weggelaufen. Er hat Louise ... zu sehr geliebt.«

Henri sah ihn verwirrt an. »Und wer sind Sie?«

»Ich bin Carlos. Miguels bester Freund. Ich mich erinnere ... an Sie! Sie ... oft auf dem Gut.«

Henri starrte ihn an, als suchte er nach etwas Vertrautem, zuckte dann jedoch mit den Schultern. »Mag sein. Ich habe viele Erntehelfer kommen und gehen sehen.«

Carlos seufzte. »*Sí.* Aber Miguel ... nicht vergessen.«

»Niemals«, hauchte der Henri Bernard. »Ich wollte es. Allerdings hat meine Tat mich immer verfolgt.«

»Gut.« Carlos funkelte ihn zornig an. »Er ... ein guter Mann. Hat Leben geliebt. Und die Musik. Wollte Musiker werden. Sie ... das gewusst?«

Henri Bernard schüttelte den Kopf.

Carlos schnaubte. »Nein. Woher auch? Sie ihn erschlagen! Jetzt ... wollen frei sein? Nein. Seine Familie ...

sie ... nie wussten, was geschehen. Sie getrauert. Und ich auch!« Die letzten Worte stieß er wie einen Schmerzensschrei aus. All die Qual, seine Trauer um seinen Freund lagen darin und Hannah hätte beinahe wieder angefangen zu weinen.

Auch Henri sah ergriffen aus. Er legte eine Hand auf seine Schulter. »Ich fühle Ihren Schmerz. Wenn ich ihn dadurch lindern kann, dass ich ins Gefängnis gehe, dann gestehe ich alles. Aber wird Sie das glücklich machen?«

»Großvater, nicht!«, rief Raphael. »Wir leugnen einfach alles. Sagen, einer der Erntehelfer hätte Miguel des Geldes wegen ermordet, das er von dir bekommen hat. Oder wir sagen, es waren Urgroßvater und der alte Vidot. Wer soll dir denn schon etwas nachweisen können?«

Henri hob die Hand und es sah sehr gebieterisch aus. »Es reicht, Raphael. Bei Gott, ich bewundere deinen Ehrgeiz und deine Entschlossenheit, aber das geht zu weit. Ein Mann muss zu seinen Taten stehen. Auch zu seinen Fehlern.« Er wandte sich wieder an Carlos. »Es ist deine Entscheidung.«

Die Augen des alten Spaniers flackerten einen Moment voller Zorn auf. Dann schüttelte er den Kopf und starrte auf den Boden. »Er nicht ... wieder lebendig wird.«

Eine Weile schwiegen sie. Schließlich hob Carlos seinen Kopf wieder an. Hannah konnte die Tränen in seinen Augen erkennen. »Sie bringen ... seinen Körper nach Spanien.«

»Das werde ich veranlassen«, versprach Henri fest.

»Gut.« Carlos nickte.

»Aber das kann nicht alles gewesen sein!« Hannah stemmte die Hände in die Hüften und starrte ihn böse an. »Sie haben meine Großmutter zerstört; ihre Liebe vernichtet. Haben verhindert, dass sie bei ihrer Familie lebt. Dadurch konnten wir unsere französischen Verwandten niemals kennenlernen. Und unser Weingut nicht sehen.« Wie schön wäre es gewesen, wenn Großmutter und sie gemeinsam über die Weine der neuen Jahrgänge hätten fachsimpeln können.

»Pah«, machte Raphael, »euer Weingut hat deine Familie verloren, weil sie nicht richtig gewirtschaftet haben.«

»Nicht nur«, sagte Henri ruhig. »Vater wollte dieses Gut unbedingt. Weil es zu den besten Lagen in der Montagne de Reims zählt. Er hatte große Pläne – und hat daher dafür gesorgt, dass einige Anlagen schneller kaputt gehen.«

»Also hat er das Gut sabotiert, um es zu kaufen?« Hannah konnte es nicht glauben, wie skrupellos diese Familie war.

»Ja. Aber das habe ich erst später erfahren. Da war ich bereits gefangen in meinem Sog aus Schuldgefühlen und Angst vor der Justiz.« Er straffte die Schultern. »Zumindest dieses Unrecht kann ich wiedergutmachen.«

»Und wie?«

»Indem ich dir das Weingut überschreibe.«

Hannah lachte auf. »Na klar. Sie schenken mir mal eben ein Weingut im Wert von ein paar Millionen.«

Er schaute sie ruhig an. »Du weißt genauso gut wie ich, dass das nicht *mal eben* ist. Es ist mein Versuch, Abbitte zu leisten. Nimm das Gut und gib ihm seinen alten

Namen wieder. *Etoile.* Das bringt ein Stück von Louise zurück.«

Hannah starrte ihn verblüfft ihn. Danach schaute sie Carlos an, der nicht weniger verwirrt wirkte. Doch schon bald umspielte ein kleines Lächeln seine Lippen. »*Si.* Miguel hätte gemocht. Louises Enkelin bekommt Weingut. *Me gusta.*«

Henri lächelte ihn an und nun sah er regelrecht herzlich aus. »Das würde mir auch gefallen. Und ich werde dafür sorgen, dass Miguels Andenken geehrt wird.« Er machte eine kurze Pause, bis alle Blicke auf ihn gerichtet waren. »Ich werde eine Stiftung in seiner Heimat gründen für junge, mittellose Musiker. So wie er einer war.«

Erneut rannen Tränen über Carlos' Wangen, aber Hannah war sich sicher, diesmal entsprangen sie der Freude. »*Gracias, senor.* Das sein ... eine Ehre für seine Familie.«

»Aber du kannst nicht einfach nicht unser Geld verschenken, Großvater!«, beschwerte sich Raphael. »Dabei haben Vater und ich ja wohl auch noch ein Wörtchen mitzureden.«

»Das ist mein Geld und meine Entscheidung!«, donnerte der Ältere und Raphael zuckte zusammen.

Henri schaute Hannah und Carlos bittend an. »Wenn ihr mit der Lösung einverstanden seid, werde ich das veranlassen.«

Hannah biss sich auf die Unterlippe und blickte zweifelnd zu Julien. »Ich weiß nicht ... Es fühlt sich falsch an, Profit aus Miguels Tod zu ziehen. Wäre es nicht besser, den Fall der Polizei zu übergeben?«

Julien legte eine Hand auf ihre Schulter und zog sie an sich. Leise flüsterte er in ihr Ohr. »Das kannst nur du alleine entscheiden. Wenn es sich für dich falsch anfühlt, dann lass es. Allerdings bin ich mir nicht sicher, ob die Beweise wirklich reichen, um so einen alten Fall wieder aufzurollen.«

Sie nickte. Damit hatte er recht. Wer wusste schon, ob Raphael und sein Vater den Älteren nicht doch davon überzeugten, die Tat weiter zu leugnen? Anscheinend kannten die beiden deutlich weniger Skrupel als Henri. In Raphaels Augen stand bereits blanker Hass, wenn sein Blick auf sie fiel. Als ob sie ihm etwas wegnähme!

Nachdenklich wandte sie sich Carlos zu. »Was sagst du? Wie ehren wir Miguels Andenken besser – durch einen Prozess oder durch den Vorschlag von Monsieur Bernard?«

Der alte Spanier lächelte bitter. »Das für viele junge Menschen in Spanien ein Geschenk. Miguel hätte ... gewollt. Und«, er musterte Henri mitleidig, »er nicht sollte ... liegen auf hartem Bett. Wir zeigen sollten ... Gnade.«

Hannah nickte. Auch ihr war das viel lieber. Zumal Henri nicht gerade wie ein eiskalter Killer wirkte. Es war ein tragischer Unfall, den sein Vater danach vertuscht hatte. Er war zu schwach gewesen, um sich selbst zu stellen.

»Also gut«, sagte sie. »Wir werden dieses Skelett nun ausgraben und es sicher verwahren, damit Sie es sich nicht anders überlegen – oder überredet werden.« Sie warf Raphael einen misstrauischen Blick zu, der sie angrinste.

»Ich stehe zu meinem Wort«, sagte Henri voller Ernst. »Du wirst bald eine Winzerin sein. Überleg dir schon einmal, wann du in die schöne Champagne herziehst.«

»Wenn du eine Wohnung brauchst – meine ist groß genug für zwei«, sagte Julien und zwinkerte ihr zu. »Natürlich nur, wenn du dir eine Zukunft mit einem bald arbeitslosen Controller vorstellen kannst.«

»Deine Kündigung ist schon per Post unterwegs«, zischte Raphael durch zusammengebissene Zähne.

Jeder ignorierte ihn. Stattdessen starrte Hannah Julien mit offenem Mund an. War das sein Ernst? Er scherzte schließlich gern. Aber das schien kein Witz zu sein. Denn er blickte sie abwartend, beinahe ängstlich an. Als habe er Sorge, zu forsch gewesen zu sein. In seinen Augen stand so viel Liebe, dass Hannah auf einmal wusste, es konnte nur eine Entscheidung geben.

»Ich glaube, das Haus *Etoile* hat auch noch das eine oder andere Schlafzimmer.« Lachend machte sie einen Schritt auf ihn zu. »Es gäbe für mich nichts Schöneres, als meine Zukunft mit dir zu verbringen.«

Sanft umschloss er ihr Gesicht mit seinen Händen und zog sie an sich, um ihr einen innigen Kuss zu geben. Hannah wusste: Auch wenn sie sich erst so kurz kannten, Julien war genau der Richtige für sie. Sie freute sich schon auf weitere Abenteuer in der Champagne mit ihm.

Kapitel 17

Reims, 1965

Mit jedem Tag, der verstrich, versteinerte Louises Herz ein wenig mehr. Mittlerweile war es zu einem kleinen Klumpen geworden, so hart wie Granit. Mit starrer Miene blickte sie aus dem Fenster. Die Felder lagen abgeerntet vor ihr. Die Erntehelfer waren schon alle weg. Der Weinberg sah für Louise aus wie tot, obwohl die Blätter noch sattgrün waren. Eine kleine Träne stahl sich heimlich nach oben, schob sich durch ihre Wimpern hervor und rann die Wange hinab.

Ärgerlich wischte Louise sie weg. Sie wollte nicht mehr weinen. Ihre Tränen des ersten Tages hätten gereicht, um einen ganzen See zu füllen. Aber das brachte Miguel auch nicht zurück. Er war weg. Für immer. Und niemand wusste, was geschehen war. Die Polizei kam zwar, weil einer der Erntehelfer meldete, etwas gesehen zu haben. Außerdem wies er darauf hin, dass Miguels Sachen noch da waren – und dass ihm der Lohn der ganzen Woche zugestanden hätte.

Aber jeder wusste, dass die Polizisten nicht ernsthaft damit rechneten, ein Verbrechen aufzuklären. Sie wollten lediglich den Formalitäten gerecht werden. Zumal ihr Vater und Guillaume Bernard natürlich nichts von den wahren Geschehnissen jener Nacht erzählten. Was auch immer geschehen war. Sicherlich etwas Schreckliches.

Louise trat vom Fenster weg und setzte sich auf das Bett. Ein tiefer Seufzer entfuhr ihr. Das Leben war so leer ohne Miguel. Sie wusste nicht, wie sie ihre Tage ausfüllen sollte. Selbst am Reiten hatte sie keinen Spaß mehr, weil es sie zu sehr an Guillaumes Grausamkeit erinnerte.

Hatten die beiden Männer den armen Miguel genauso unbarmherzig getötet? Kälte ergriff sie bei diesem Gedanken. Guillaume kannte keine Gewissensbisse, das hatte er an Ambre unter Beweis gestellt. Wäre er tatsächlich zu einem Mord fähig? Ihr Magen zog sich bei der Vorstellung schmerzhaft zusammen und sie konnte kaum noch atmen. Sie würde es niemals erfahren. Was auch immer in jener Nacht geschehen war, es würde ewig verborgen bleiben. Es würde sie stets quälen, wie eine nicht verheilte Wunde.

Es klopfte an der Tür. »Louise, bist du da?«, hörte sie Florences Stimme. »Ich ... ich muss mit dir reden.«

Zorn durchflutete Louise. Ihre Schwester hatte sie verraten! Anstatt mit ihr zu sprechen, war sie zu ihrem Vater gegangen und hatte ihm alles erzählt. Wenn sie nicht gewesen wäre, hätte sie mit Miguel ein neues Leben angefangen. Vielleicht wären sie sogar schon verheiratet. Ihr ganzes Innerstes weinte bei diesem Gedanken. Doch ihre Augen blieben trocken.

»Du bist an allem schuld. Ich will dich nie wieder sehen!«, schrie sie Florence entgegen. Wut war die einzige Gefühlsregung, die sie sich noch erlaubte.

»Aber ich ... bitte ... lass es mich doch erklären«, drang es verzweifelt durch die geschlossene Tür. Florences Stimme klang tränenerstickt.

Früher hätte ihr Kummer Louise berührt. Ihr Steinherz kannte dieses Gefühl jedoch nicht mehr. »Ich will es nicht hören«, erwiderte sie barsch. »Geh weg.«

»Nein, du musst ...«

Den Rest hörte Louise nicht mehr. Sie war bereits hinüber zum Radio gegangen und hatte es angestellt. Immer lauter drehte sie die Lautstärke, bis Florence endlich aufgab und leise verschwand. Bis zum nächsten Tag.

Dieses Spiel spielten sie nun schon seit einer Woche. So lange war Miguel bereits verschwunden. Seitdem verbarrikadierte Louise sich auf ihrem Zimmer. Auch Henri wollte sie nicht mehr sehen. Sein bloßer Anblick verursachte ihr Übelkeit. Wie konnte er nur erwarten, dass sie Miguel vergaß und klaglos seine Frau wurde? Ihm gehorchte und Kinder schenkte – und dabei natürlich stets gut aussah.

Nein, das konnte und wollte sie nicht. Nicht mehr, seit sie wusste, wie sich wahre Liebe anfühlte. Noch immer spürte sie Miguels Köper auf ihrem; in sich. Wie süß er sie ausgefüllt hatte. Es wäre ihre Bestimmung gewesen, ihn zu lieben, und zwar mit jeder Faser ihres Herzens.

Auf einmal fasste sie einen Entschluss. Sie konnte nicht mehr hierbleiben. Sie würde Miguels Traum folgen und ein neues Leben in Deutschland anfangen. Allein. Aber nicht einsam. Denn sie nahm ihre Erinnerungen mit sich.

Reims, sechs Monate später

Hannah sah durch die großen Fenster des Wohnraums und genoss den Ausblick, der sich ihr bot: sanfte Hügel und endlose Weinberge, so weit das Auge reichte. Und all das Land, all diese Rebstöcke gehörten tatsächlich ihr. Ihr, Hannah Kramer. Wie so oft stahl sich bei dem Gedanken ein Lächeln auf ihr Gesicht. Sie war Winzerin. Und nicht irgendwo. Nein, sie besaß ein Gut in der Champagne.

Voll beseelter Glückseligkeit warf sie einen Blick auf das Bild aus Omas Nachlass, das sie zur Spur des Weingutes geführt hatte. Es hing über dem Kamin, auf dessen Sims Fotos standen. Darunter befand sich das Foto ihrer Großmutter vor dem Gut *Etoile* und ein weiteres, das sie mit Großvater zeigte. Von Miguel hatte sie sich eins von seiner Schwester geben lassen, als sie und Carlos die Gebeine ihres Bruders nach Spanien gebracht hatten. *»Wir haben nie erwartet, diesen Tag zu erleben«*, hatte sie unter Tränen hervorgestoßen. *»Danke, dass wir Miguel zur letzten Ruhe betten können.«* Nur zu gern hatte sie Hannah ein Andenken an ihren Bruder gegeben, der so tragisch gestorben war.

Nun waren die beiden Liebenden wenigstens auf dem Kaminsims vereint. Manchmal fragte sich Hannah, wie ihr Leben verlaufen wäre, wenn ihre Mutter Miguels Tochter und nicht die von Opa Paul gewesen wäre. Allerdings wäre sie dann ein anderer Mensch gewesen, also war das ein müßiges Gedankenspiel. Sie öffnete die Flügeltür und ging auf die Veranda. Ganz tief atmete sie ein.

Die Luft roch an diesem wundervollen Frühlingstag klar und rein. Ein Hauch von Freiheit, Abenteuer und Schicksal lagen darin. Heute würde sich zeigen, ob der Hotel- und Restaurantbetrieb, den sie auf dem Gut *Etoile* gestartet hatte, sich bewährte. Lieferte ihr Team die Spitzenqualität, die sie versprochen hatte?

Prüfend ließ sie den Blick über die Tische schweifen, die für die Hochzeitsfeier auf dem weitläufigen Rasen vor dem Herrenhaus arrangiert worden waren. Die elfenbeinfarbenen Tischdecken bewegten sich leicht im Wind, ebenso wie die pastellfarbenen Papierlampions, die in den Bäumen hingen, um in den Abendstunden ein sanftes Licht zu verbreiten.

Üppige Blumenarrangements mit weißen und rosa Rosen, Lilien und Orchideen verströmten einen betörenden Duft. Ein vorwitziger Sonnenstrahl fiel auf das Silberbesteck und die Kristallgläser. Sie blitzten dabei so hell auf, dass Hannahs Augen schmerzten. Da spürte sie starke Arme, die sie von hinten umschlangen.

»*Mon dieu,* es ist trocken geblieben!« Julien hauchte ihr einen sanften Kuss auf den Scheitel, dann zog er sie enger an sich und legte sein Kinn gegen ihren Kopf.

Hannah schloss mit einem leichten Lächeln die Lider und genoss ihre Verbundenheit. Nach einer Weile löste sie sich aus seinen Armen und drehte sich zu ihm. »Ich habe es dir doch gesagt: Petrus und ich haben einen Deal. Er gibt mir einen Tag Extrasonne und dafür fluche ich nicht mehr, wenn er mir mal wieder einen Ausflug durch Platzregen ruiniert.«

Lachend drückte er ihr einen Kuss auf den Mund. »Daran werde ich dich erinnern, *ma chérie,* wenn wir das nächste Mal ohne Regenschirm unterwegs sind.

Dabei ist dir schon das eine oder andere unflätige Wort herausgerutscht.«

»Mir? Das würde mir *nie* passieren. Dazu bin ich viel zu kultiviert.« Sie setzte eine gespielt blasierte Miene auf und Julien lachte prustend los. Ihr fiel erneut auf, wie warmherzig seine Augen dabei strahlten. Und wie gut er in diesem Anzug aussah. Der gerade Schnitt betonte seine gute Figur und verlieh ihm etwas sehr Weltmännisches.

»Na, dann komm mal, meine kultivierte Schöne.« Er reichte ihr den Arm. »Gleich ist Showtime.«

Lachend schob sie ihren Arm durch seinen und hakte sich bei ihm ein. Über die breite Steintreppe, die von Löwen und Adlern gesäumt war, gingen sie zu der Rasenfläche. Etliche Kellnerinnen und Kellner eilten in weißen Anzügen geschäftig von Tisch zu Tisch und stellten sicher, dass alles perfekt war. Ganz vorne befand sich eine improvisierte Bühne, auf der die Band mit ihren Instrumenten wartete.

Daneben stand zwischen zwei mächtigen Kastanien ein Chor aus zwölf spanischen Jungen und Mädchen. In ihrer ebenfalls weißen, allerdings weit fallenden Kleidung sahen sie aus wie Engel, die nur für die Feier vom Himmel hinabgestiegen waren. Dies waren einige der armen Künstlerkinder, um die sich die *Stiftung für Musik – Miguel Sanchos* kümmerte. Noch waren zwar nicht alle Formalitäten erledigt, aber durch eine Kooperation mit einer spanischen Organisation kamen bereits die ersten Mädchen und Jungen in den Genuss der Förderungen. Der Chor stimmte ein Lied an, dessen Töne sich hell und klar in die Höhe schraubten. Dabei waren die Stimmen perfekt aufeinander abgestimmt.

Die Melodie klang sehnsüchtig. Hannah verstand die spanischen Worte zwar nicht, doch sie spürte, dass dies ein Liebeslied war. Ob Miguel diesen Song wohl für Großmutter Louise gesungen hatte, in der kurzen Zeit, in der sie sich lieben durften?

»Es war eine wunderbare Idee, die Kinder einzuladen. Das macht die Feier zu etwas ganz Besonderem«, riss Julien sie aus ihren Gedanken, wobei er sie an sich drückte.

Hannah schluckte hastig die Tränen hinunter, die sich bei der Erinnerung hochzwängten. Stattdessen bewunderte sie voller Stolz die Perfektion, die sie umgab – die sie geschaffen hatte. Fehlten nur noch das Brautpaar und die Gäste.

Sie schaute auf die Uhr. »Lange kann es nicht mehr dauern. Ich glaube, wir müssen Position beziehen.«

»Aye, aye, Madame!« Julien grinste. Lachend bewegten sie sich zum Eingang, der aus metallenen Rankbögen bestand, um die sich zartrosa Rosen schlangen. Darüber hing ein goldenes Schild mit den Worten: *Eine Liebe wie im Märchen – Maximilian und Luna Brenner.* Schließlich stand die Hochzeit unter dem Motto *Ein Märchentraum wird wahr.* Nichts weniger war Hannahs Auftrag.

Was für ein Glück, dass Herr Brenner die Verleumdungen keine Sekunde geglaubt hatte. Er hatte sie stattdessen angerufen, um nachzufragen, was wirklich geschehen war. Beim Gespräch stellte sich heraus, dass er seiner Verlobten den Antrag in der Champagne gemacht hatte – und dass sie am liebsten auf einem Weingut heiraten würde. Ein Wunsch, den sie nur zu gerne erfüllte. Damit hatte sie noch vor der offiziellen Übertragung ihren ersten Kunden.

Julien und sie stellten sich vor die Rosenbögen und warteten voll gespannter Ungeduld. Schon nach kurzer Zeit hörten sie das Klappern von Hufen und das Rattern von Rädern. Dann bog das Gefährt um die Ecke, das sie für das Brautpaar gemietet hatte; eine prächtige, goldverzierte Prinzessinnenkutsche, die von vier Schimmeln gezogen wurde. Die Tiere kamen mit weit ausgreifenden Schritten näher und hielten erst kurz vor dem Rosenbogen.

Hannah hatte einen Moment lang Angst, dass die Pferde sie über den Haufen rannten. Dann kamen sie abrupt zum Stehen und schnaubten. Der Kutscher, der in einer weißen Livree mit goldenen Verzierungen steckte, sprang vom Kutschbock und öffnete die Tür. Herr Brenner trat heraus, bevor er seine Braut aus dem Wageninneren heraushob. Vorsichtig setzte er sie ab und nahm besitzergreifend ihre Hand. Seine Augen strahlten vor Liebe und Besitzerstolz, Hannah wurde ganz warm ums Herz.

Den Pfad, der zur Feier führte, hatte sie mit Tausenden von rosa Blütenblättern bestreuen und von Rosensträuchern säumen lassen. Kaum tauchte das Paar auf, sang der Kinderchor in wunderbarer Harmonie *You are beautiful*, das Lieblingslied der frisch gebackenen Frau Brenner.

Tränen liefen über ihre Augen und sie blieb stehen, um Hannah in den Arm zu nehmen. »Danke! Das ist alles wie ein Traum«, hauchte sie.

»So war es doch geplant.« Hannah drückte sie lächelnd an sich, wobei sie darauf achtete, die wallende Pracht des Hochzeitskleides nicht zu beschädigen.

Frau Brenner nickte ihr noch einmal zu, dann machte sie sich frei und schritt am Arm des stolzen Bräutigams zum Tisch am Kopfende der Feierlichkeit. Sie im champagnerfarbenen Rauschekleid und er im farblich passenden Smoking passten perfekt zueinander, obwohl er rund fünfzehn Jahre älter war. Aber er glich das höhere Alter durch eine Aura der Distinguiertheit und Charme aus.

Hannah sah zu, wie sie vor Glück strahlend Platz nahmen. Kurz darauf kamen auch die anderen Gäste und strömten auf den Festplatz. Die Gästeliste las sich wie das Who is Who der Wirtschaftsbonzen, durchmischt mit illustren Filmsternchen. Die Hochzeit des Immobilienmoguls mit der Schauspielerin war das Medienereignis in diesem Frühling.

»Ich würde zu gern Annemaries Gesicht sehen, wenn sie die Bilder im Fernsehen oder Internet sieht.« Hannah grinste schadenfroh. »Falls es das im Gefängnis gibt.«

Julien runzelte die Stirn. »Sei froh, dass deine Kollegin beweisen konnte, dass dieser ominöse Hannah-K-Account ihr gehört ... Ansonsten wärst du dort.«

Hannah lachte. »Wäre Annemarie mal besser nett zu Nazar gewesen, anstatt sie für jede kleine Verspätung anzuranzen.« Hannah schüttelte grinsend den Kopf. Wer konnte auch ahnen, dass die junge Türkin über erstaunliche Hackerqualitäten verfügte? »Bereust du es manchmal, dass du ihren Job nicht übernommen hast?« Julien sah sie eindringlich an und strich mit den Fingerspitzen über ihre Wange.

»Keine Sekunde!«, schoss es sofort aus ihr heraus. »Was soll ich denn als Hotelmanagerin in Köln, wenn ich mit dir ein Champagnergut führen kann? Dein Geschäftssinn und mein Weinverstand ergeben ein perfektes Team. Und Martin als Küchenchef herzuholen, war der Clou, oder?«

Julien nickte voller Begeisterung. »Seine Gerichte sind *merveilleuse.*« Er legte seine Hände zusammen und setzte einen Kuss auf die Fingerspitzen. »Ich liebe sie.«

»Ich auch. Er versteht es, die Seele des Champagners zu unterstreichen. Ich bin schon gespannt, was er sich für *La belle Louise* ausdenkt.« Im Andenken an ihre Großmutter würde sie ihre neue Vintage-Linie nach ihr benennen. Die Ernte des letzten Jahres war so gut gewesen, dass sie einen Jahrgangs-Champagner keltern konnte. Selbst ihre Eltern und Mara waren deswegen aufgeregt. Sie warteten sehnsüchtig auf den ersten Schluck – aber Hannah wollte ihn fünf Jahre reifen lassen, damit er seine ganze Finesse entwickelte.

Eigentlich war alles perfekt. Sie musste nur noch Nele die Champagne schmackhaft machen. Aber ihre Freundin wollte nicht kommen, wenn sie nichts trinken durfte. Und sie würde ihre Kleine mindestens ein Jahr stillen. Hannah seufzte leise.

»Was gibt es denn zu stöhnen?« Julien blickte sie erstaunt an. »Läuft irgendetwas nicht nach Plan?«

»Doch. Mir fehlt meine Freundin Nele bloß so sehr.« Wieder seufzte Hannah. »Das ist die erste Feier, bei der wir endlich einmal zusammen arbeiten konnten. Wir hatten es uns so schön vorgestellt, mit einem Glas

Champagner in der Hand für einen Tag die Welt der Reichen und Schönen zu erblicken.«

»Glaubst du ernsthaft, davon würde ich mich abhalten lassen?«, erklang auf einmal Neles Stimme. Verblüfft drehte Hannah sich um – und erblickte ihre beste Freundin, die sich grinsend aus dem Schatten eines Apfelbaums löste. Hannah stieß einen Schrei aus und rannte ihr entgegen. Stürmisch drückte sie Nele an sich.

»Du … Wie … Was …? Was machst du hier?«, rief sie atemlos. »Du wolltest doch erst nach der Stillzeit kommen.«

Nele deutete lachend auf Julien. »Erzähl das mal deinem Freund. Er hat mir klargemacht, dass er es mir niemals verzeihen würde, wenn ich heute nicht an deiner Seite bin und Händchen halte. Außerdem – irgendwer muss doch dafür sorgen, dass dieses Ereignis richtig vermarktet wird, oder?« Ihre Augen funkelten vor Schalk.

»Du bist einfach der Wahnsinn! Und du auch.« Sie strahlte erst Nele und danach Julien an, der zu ihnen kam.

»Natürlich. Du brauchst deine Freundin heute.« Er lächelte Nele an und gab ihr die traditionellen Begrüßungsküsschen auf die Wange. »Ich bin übrigens Julien. Der Mann, der Hannah glücklich machen will.«

»Das will ich auch für dich hoffen. Sonst hetze ich dir einen Schlägertrupp auf den Hals«, drohte sie spielerisch.

»Das ist meine neue Lebensaufgabe. Die ich sehr ernst nehme.« Dabei warf er Hannah einen liebevollen Blick zu, der sie dahinschmelzen ließ.

Ja, er machte sie glücklich. So sehr, dass ihr Herz vor Glück zerspringen wollte. Sie streckte ihre Hand nach seiner aus und verschränkte ihre Finger mit seinen. Er hob ihre Hände an, drehte sie so, dass ihr Handrücken oben lag und hauchte ihr einen sanften Kuss auf.

Sie lächelte ihn zärtlich an. »An diese Aufgabe werde ich dich immer erinnern.«

Danksagung

Liebe Leserin, lieber Leser,

ich danke dir ganz herzlich, dass du dich mit Hannah und mir auf eine Reise in die wunderschöne Champagne begeben hast! Ich hoffe, du hast dich dort genauso wohlgefühlt wie ich mich. Denn natürlich habe ich mich vor Ort umgesehen und bin ganz verliebt in diese Region. Auch wenn ich leider keinen Julien getroffen habe. Aber vielleicht bei der nächsten Rerchereise ...

Ich verdanke es übrigens einer Ausschreibung in einer Online-Autorengruppe, dass die Geschichte bei Digital Publishers erscheint. Dabei wurden u.a. Familiengeheimnisse gesucht, die an einem Sehnsuchtsort spielen – und das ist die Champagne ja wohl, oder? Dass meine Geschichte für die Veröffentlichung ausgewählt wurde, freut mich ganz außerordentlich und bedeutet mir sehr viel. Danke DP für diese Chance. Danken möchte ich auch meinen lieben Autorenkolleg*innen und Testlesenden: Friederike, Marie, Jess, Cornelia, Hans-Joachim und den Mädels aus meiner Wordwar-Gruppe, vor allem der wunderbaren Aila. Ihr alle habt einen Teil dazu beigetragen, dass sich Hannah und Julien am Ende so schön bekommen haben. Und [Achtung: Spoiler!], dass Miguel so tragisch ums Leben gekommen ist.

Bittersüß – so nennt meine liebe Lektorin Monia (auch ein großes Danke!) die Geschichte und das ist sie in der Tat. Am Ende hat es mir sehr leidgetan, Miguel sterben zu lassen, weil ich ihn so sehr mochte. Aber manchmal lässt diese Bitterkeit andere Dinge umso süßer schmecken!

In diesem Sinne wünsche ich euch wenig Bitterkeit in eurem Leben und umso mehr Süße. Schweift durch die Champagne oder andere schöne Orte und lasst es euch gutgehen. Wenn euch meine Geschichte gefallen hat, würde ich mich sehr über eine – gern auch kurze – Rezension freuen, damit andere Lesende sich ebenfalls davon verzaubern lassen.

Vielen lieben Dank und alles Liebe
Eure Heike